Nur er weiß warum

Psychothriller

Angela Zimmermann

Nur er weiß warum
Angela Zimmermann

© 2025 Angela Zimmermann
Covergestaltung: © Birgit Gürtler
https://bg-coverdesign.jimdofree.com/

Kontakt zur Autorin:
http://autorin-angela-zimmermann.jimdofree.com/

ISBN: 978-3-8192-7718-4

Bibliografische Information der Deutschen Nationalbibliothek: Die Deutsche Nationalbibliothek verzeichnet diese Publikation in der Deutschen National-bibliografie; detaillierte bibliografische Daten sind im Internet über http://dnb.dnb.de abrufbar.

Die automatisierte Analyse des Werkes, um daraus Informationen insbesondere über Muster, Trends und Korrelationen gemäß §44b UrhG („Text und Data Mining") zu gewinnen, ist untersagt.

Verlag: BoD · Books on Demand GmbH, Überseering 33, 22297 Hamburg, bod@bod.de
Druck: Libri Plureos GmbH, Friedensallee 273, 22763 Hamburg

Angela Zimmermann

Nur er weiß warum

Psychothriller

Glaube an deinen Mut
und deinen Fähigkeiten,
um aus den Fängen
des Bösen zu entkommen.

Kapitel 1

Das Wasser eines kleinen Baches, entsprungen aus einer Quelle mitten im Wald, läuft in Richtung der noch schlafenden Stadt.

Durch die letzten tagelangen Regenfälle ist der Pegel gestiegen, wie auch die Strömung sich ungewöhnlich für den eigentlich geringen Wasserlauf erhöht hat.

Ein paar Fische huschen hin und her, aber sie werden durch etwas verschreckt. Hastig verstecken sie sich unter Steinen oder zwischen den üppig wachsenden Pflanzen.

Langsam stapft jemand mit Gummistiefeln mitten im Bach durch das Wasser Richtung Stadt. Man hört nur ein Klatschen, wenn einer der Stiefel den nächsten Schritt macht und die Wasseroberfläche durchbricht.

Ringsum im Wald ist es still geworden. Die Tiere sind verstummt oder haben sich wie die Fische ängstlich versteckt.

Einige hundert Meter mag der große kräftige Mann schon durch das Wasser gegangen sein, als er endlich den Ort für günstig empfindet.

Die Last, die er auf seinen Schultern trägt, scheint ihm gegenüber winzig. Aber so ist es nicht. Es ist eine junge Frau, die er fast behutsam am Ufer des Baches drapiert. Er platziert sie zwischen Steinen, damit sie nicht weggespült werden kann, und das Wasser wird seine Spuren, falls er welche hinterlassen hat, trotzdem wegwaschen und wenn nicht, dann ist es eben so. Sie werden nichts haben mit dem sie es vergleichen können.

Er hat bis hier alles getan, dass keine Spuren von ihm gefunden werden, wodurch sie herausfinden könnten, wo er lebt. Das ist das wichtigste, alles andere ist ihm grundsätzlich egal, denn sie werden ihn nicht finden, dafür hat er längst gesorgt, schon vor Jahren. Bei diesem Gedanken grinst er vor sich hin und wendet sich seinem Opfer zu.

Er streicht der Frau das nasse Haar aus dem einst wunderschönen Gesicht, öffnet ihren Mund leicht, was durch die einsetzende Leichenstarre kaum noch möglich ist, und schiebt ihr einen Zettel in die Mundhöhle. Er soll keinesfalls feucht oder gar vom Wasser weggespült werden.

Eine Botschaft an die von ihm gehasste Menschheit, die er schon lange den Rücken gekehrt hat.

Fast vorsichtig zupft er an den Resten ihrer Kleidung, aber das Wasser legt sie in Sekunden wieder anders an den leblosen Körper. Letztendlich belässt er es dabei, sonst vergeht zu viel Zeit und die hat er nicht. Ein letzter Blick und dann macht er sich auf den Weg zurück. Genauso wie er gekommen ist, durch das Wasser gegen den Strom, zurück in seine verworrene Welt.

Auf dem Rückweg zu seinem Wagen bemerkt er, dass es schon wieder hell wird. Durch die vielen Wolken ist die Sonne nicht zu sehen und es beginnt zu regnen. Ihm macht das nichts aus, weil er gleich da ist und wenn genügend Regen fällt, wird es auch die letzten Spuren, die er vielleicht im Wald hinterlassen hat, verwischen. Der Pick-up steht nicht auf dem Parkplatz oberhalb des schön gestalteten Stadtparks, sondern auf einem Waldweg etwas versteckt. So weit entfernt, dass man ihn von den angelegten Wegen des Parks nicht sehen kann. Er kennt sich hier sehr gut aus und weiß genau, wo er jemanden über den Weg laufen könnte.

Gerade als er einsteigen will, lässt ihn ein gleichmäßiges Knirschen, was von Turnschuhen verursacht wird, die den Schotterweg berühren, aufhorchen. Eigentlich wollte er heute nicht mehr jagen und vor allem nicht hier. Er versucht, keine Verbindungen herzustellen und dazu gehört auch den Anfang und das Ende nicht an demselben Ort zu legen. Die junge Frau, die da unten am Bach liegt, kommt aus einem kleinen Dorf auf der anderen Seite des Waldes. Und wenn er jetzt eine von hier mitnimmt, muss er sich einen neuen Ablageort suchen. Aber darüber kann er sich später Gedanken machen, denn momentan steigt seine perfide Vorfreude fast ins Unermessliche. Er kann nicht anders, beugt sich ins Auto und greift nach dem Propofol, was in seinem Handschuhfach liegt. Er steckt es in die

Jackentasche, huscht lautlos über den Parkplatz und versteckt sich ein einen der Büsche, die zwischen dem Weg und dem angrenzenden Wald angelegt wurden, auf die Lauer.

Ein Schatten läuft an ihm vorbei und er betrachtet sein nächstes Opfer sehr genau. Dieses Mal jedoch, hat die Joggerin eine Kapuze auf, da es begonnen hat stärker zu regnen. Er erkennt somit nicht viel von ihr, und er erhofft sich trotzdem, eine junge Frau nach seinen bestimmten Vorlieben vor sich zu haben.

Sie läuft wie jeden Tag diese Strecke als Ausgleich zu ihrem Studium. Es ist nicht nur der sportliche Aspekt dahinter, sondern auch Freiheit und die Einsamkeit morgens hier im Park, wobei sie den Kopf für das anstehende Lernpensum frei bekommt.

Sein Körper ist angespannt und er macht sich fertig, um den richtigen Moment nicht zu verpassen, als sie langsamer wird. Gleichzeitig zieht sie das zarte weiße Kabel aus dem Ohr, womit sie Musik gehört hat, und hält nun ein Handy vor das Gesicht. Sie telefoniert, aber das Gespräch interessiert ihm nicht, ganz im Gegenteil, es lenkt sie ab. Der Zeitpunkt ist da und sollte er jetzt Geräusche machen, wird sie diese zu spät wahrnehmen.

Und so ist es auch. Fast lautlos fällt ihr Handy zu Boden und es soll das Einzige sein, was man von ihr finden wird, denn andere Spuren hinterlässt er nicht. Zumindest versucht er es.

Mit einem Ruck wird sie von den Beinen gerissen und nach hinten geschleudert. Sie landet fast in Lichtgeschwindigkeit auf dem Waldboden, weg vom Schotterweg, um jeden Hinweis auf ihn zu vermeiden. Sie liegt auf dem Bauch und er drückt ihr Gesicht in das nasse Moos unter ihr.

Ihr Herz springt ihr fast aus der Brust und sie bekommt kaum noch Luft.

„Kein Wort, sonst bleibst du gleich hier", hört sie leise durch den Stoff der Kapuze, die sie immer noch über dem Kopf hat, an ihrem Ohr.

Sie kann sich mit der Last auf dem Rücken nicht bewegen, geschweige auf ihn reagieren. Nur ein leises Knurren vermag sie von sich zu geben.

Der Griff lockert sich und sofort schnappt sie gierig nach Luft. Viel kommt nicht in ihren Lungen an, weil er immer noch auf ihr sitzt, aber es reicht zu, dass sie nicht das Bewusstsein verliert. Langsam weicht der Druck auf ihrem Rücken und gleichzeitig werden ihre Hände gefesselt. Von der Angst wie gelähmt lässt sie es über sich ergehen. Sie kann keinen klaren Gedanken fassen, ist einfach nur froh, noch zu leben. Aber soll sie sich darüber freuen? Was wird er mit ihr machen? Vielleicht wäre es doch besser, tot zu sein.

Ihre Suche nach einem Ausweg wird unterbrochen, denn er hebt sie aus und drückt ihr gleichzeitig ein Tuch ins Gesicht. Im nächsten Moment wird alles schwarz um sie herum und sie fällt nun doch in Ohnmacht. Sie kippt nach vorn, berührt jedoch den Boden nicht mehr. Ohne jegliche Anstrengung steht er auf und schwingt die junge Frau über seine Schulter.

Das Gefühl, diese Last zu tragen, hatte er gerade mal vor einer halben Stunde. Aber diesmal muss er nur zurück über den Parkplatz. Er schaut sich noch einmal um, bevor er die Büsche verlässt, und horcht in die Stille. Er ist allein mit seiner Beute, dessen ist er sich sicher.

Eigentlich wollte er schon längst auf den Weg zu seinem abgeschiedenen Anwesen sein, aber diese Gelegenheit konnte er sich einfach nicht entgehen lassen.

Mit einem Grinsen legt er die Frau auf die Ladefläche des Pick-ups. Inzwischen schüttet es wie aus Eimern und so kann er sich an den Anblick seines Opfers erst zu Hause ergötzen. Die Kapuze ist tief in ihr Gesicht gezogen und klebt von der Nässe auf ihrer Haut. Er erkennt nur die Nasenspitze und ihren leicht geöffneten Mund. Trotzdem reißt er ein Stück von dem Klebeband, was immer auf der Ladefläche liegt, ab und drückt es ihr noch schnell auf den Mund. Dann wirft er eine Decke über sie, als hätte er gerade ein Tier erlegt, steigt ein und startet den Wagen.

Kapitel 2

*L*angsam schiebt sie ihre Beine aus dem Bett, nachdem sie den nervigen und immer wieder klingelten Wecker, ganz abgestellt hat. Es ist noch dunkel draußen und nicht nur deswegen fällt es ihr schwer aufzustehen.

Heute ist ihr erster Arbeitstag nach 3 Wochen Urlaub. Den hatte sie sich verdient, da sie über ein Jahr lang kaum einmal drei Tage am Stück frei gehabt hat.

Sie schlürft nur mit einem Slip bekleidet ins Bad und nach einer ausgiebigen Dusche, die sie richtig munter gemacht hat, schaut sie ihr Gesicht im Spiegel an. Das sieht wirklich erholt aus. Die Sonne im Süden hat ihr auch etwas Bräune geschenkt. Die Ruhe hatte sie bitter nötig, da sie in der Kleinstadt Krambach stets den Kopf für alles, was auf ihrem Revier passiert, hinhalten muss. Sie hat mehrere Kollegen und ein prima ausgestattetes Polizeirevier und das besser als manch eine andere größere Stadt, aber sie ist nun mal die Chefin und es ist erforderlich, dass sie die Übersicht behält.

Zufrieden über sich und jetzt doch mit einer gewissen Vorfreude auf ihre Arbeit und den Kollegen, schlüpft sie in eine neue Jeans. Die hat sie sich im Urlaub geleistet und müsste eigentlich eine Nummer größer sein, aber sie muss passen. Sie macht paar Kniebeuge und kommt sich gleichzeitig albern vor, weil sie das immer als Teenie gemacht hat, funktionieren tut es jedoch auch heute. Ein legeres T-Shirt rundet den Look ab. Ihre Dienstkleidung hat sie auf dem Revier, wie auch ihre Kollegen und diese zieht sie erst vor Ort an.

Sie hat noch eine halbe Stunde Zeit, bevor sie los muss, und so durchquert sie ihr kleines Zuhause.

Kurz darauf sitzt sie in ihrer winzigen offenen Küche und nippt an ihrem Kaffee, dessen Duft die komplette Wohnung erfüllt hat. Sie ist wirklich klein und sie weiß, dass sie sich schon lange etwas anderes leisten könnte, aber warum. Sie ist sowieso den ganzen Tag auf Arbeit. Sie liebt ihren Beruf und da sie für ihn alles gibt, ist sie ebenso allein. Deshalb hat sie keine Zeit für eine Familie, nicht einmal sich auf Partnersuche zu begeben, aber sie vermisst es auch nicht, zumindest jetzt noch nicht, obwohl es für Mitte dreißig angebracht wäre. Momentan ist sie glücklich mit ihrem Leben, so wie es ist, und ein Mann hat es nie lange bei ihr ausgehalten, denn ihr unterschiedliches Kommen und Gehen ist auch nicht förderlich für eine Beziehung. So hat sie sich stets auf ihren Beruf konzentriert und es gerade deswegen bis zur Oberkommissarin Anita Keller geschafft.

Darum ist es auch nicht erstaunlich, dass sie sich nach drei Wochen allein im Ausland, auf ihre Leute und die Arbeit freut.

Sie hofft, dass sie in der Zeit einiges erreicht haben. Sie hat Aufgaben verteilt, obwohl eigentlich gar nicht viel los war. Auch nur deswegen konnte sie endlich einmal in Urlaub fahren und ihn genießen.

Ein paar Einbrüche in Gartenlauben am Stadtrand warteten darauf, aufgeklärt zu werden. Am Ende waren es mehr Sachschäden an den Lauben, als geraubt wurde. Trotzdem konnten sie bis jetzt niemanden dafür verantwortlich machen.

Stefan und Lutz, ihre zwei Kollegen hat sie deswegen beauftragt, im Netz nach den gestohlenen Sachen zu suchen. Vielleicht versuchten die Täter, sie zu verkaufen. Diese Aktivitäten dann zu verfolgen und die Tücken des Internets zu erkennen und zu umgehen, darauf sind sie spezialisiert. Lutz ist zwar mehr im Labor als Forensiker tätig, aber wenn kein Fall anliegt, unterstützt er Stefan.

Ihre Kollegin Kerstin sollte indes, die sichergestellten und von Lutz analysierten DNA-Spuren und Fingerabdrücke mit der Datenbank abgleichen. Mehr scheint wirklich nicht passiert zu sein, ansonsten hätte man sie garantiert aus dem Urlaub geholt.

Aber die Stille wird abrupt von dem Läuten des Telefons zerrissen, als hätte sie es heraufbeschworen.

Etwas genervt, dass sie nicht warten, bis sie auf dem Revier erscheint, nimmt sie den Hörer ab.

„Könnt ihr es nicht abwarten bis ich da bin?", fragt sie gerade heraus, denn die Nummer zeigt ihr, dass Kerstin am Telefon sein muss.

„Wieso fängst du auch mitten in der Woche an zu arbeiten", lacht Kerstin, aber es erstirbt im nächsten Moment schon wieder.

„Da ist sie wenigstens nicht so lang", erwidert Anita, obwohl sie längst gemerkt hat, dass irgendetwas nicht stimmt. Auch das hat sie in den ganzen Jahren gelernt, nicht nur in den Gesichtern und den Bewegungen eines Menschen zu lesen, sondern ebenso genau hinzuhören. Eine Stimme kann manchmal mehr verraten, als man denkt.

„Diese scheint jedoch sehr lang zu werden", sagt Kerstin leiser.

„Was ist los?", will Anita sofort wissen, denn Kerstin ist sonst immer fröhlich und ihre gedämpfte und zurückhaltende Stimme setzt sie in Alarmbereitschaft.

„Kommst du bitte an den oberen Teil des Parks, wo der Wald beginnt? Ich warte da auf dem Parkplatz auf dich", bekommt sie nur zur Antwort.

„Ich bin sofort da." Anita beendet das Gespräch und springt auf, obwohl sie nichts Genaues erfahren hat. Ihr Gespür sagt ihr aber, dass etwas Schlimmes passiert sein muss.

Schnell schüttet sie den Rest Kaffee in sich hinein, ohne ihn zu schmecken und keine Minute später sitzt sie schon in ihrem Auto. Dann fährt sie, vielleicht auch etwas zu rasant, an den Rand der Stadt. Der Park wurde vor Jahren angelegt und liegt zwischen der Stadt und dem angrenzenden Wald. Dies war einst ein Stück totes wie auch unansehnliches Land. Heute ist es ein Ruhepol für die Einwohner.

Die Wege sind gute Joggingstrecken, und der große Spielplatz am unteren Rand des Parks zieht stets Familien an. Jetzt ist es jedoch zu früh und die meisten Kinder müssen in die Schule oder Kita gehen.

Anita biegt auf den Parkplatz ein und stellt ihren Wagen neben dem von Kerstin ab. Diese läuft aufgeregt hin und her und schaut in ein Auto, das sich anscheinend in der Frühe hierher verirrt hat. Der Besitzer ist nicht zu sehen, auch sonst niemand wie schon vermutet. Sie notiert sich trotzdem das KFZ Kennzeichen, um später den Halter abfragen zu können. Ob er hiermit etwas zu tun hat, oder einfach nur joggen ist, wird sich herausstellen.

„Wir müssen zu dem Bach hinunterlaufen. Ich habe vergessen, es dir zu sagen", meint Kerstin und schaut beschämt auf Anitas Pumps hinunter.

„Kein Problem", bekommt sie als Antwort und Anita öffnet mit einem Lächeln ihren Kofferraum. Darin befindet sich alles was eine Ermittlerin so im Außendienst benötigt. Festes Schuhwerk und sogar Gummistiefel, wie auch Regensachen und ein kleiner Koffer mit Utensilien zum sichern von Beweismitteln.

„Na du bist ja ausgerüstet", kichert Kerstin neben Anita, die sich Turnschuhe überstreift. Es hat aufgehört, zu regnen, und es ist schwer begehbares Gelände, deshalb keine Gummistiefel.

„Kann losgehen. Wo müssen wir hin und was ist eigentlich passiert?", fragt Anita wieder ernst und schließt ihr Auto ab.

„Da unten am Bach liegt eine Frauenleiche. Wir kommen nicht umhin, da hinunterzuklettern", entgegnet Kerstin und steht bereits am Rand des Schotterweges.

„Hat schon jemand nach Spuren gesucht? Nicht das wir alles konterminieren", schaut Anita aufmerksam den Hang hinunter.

„Stefan hat längst alles untersucht und fotografiert, jedoch leider nichts gefunden. Er vermutet, dass der Täter durch das Wasser hierhergekommen ist", erklärt Kerstin.

„Wir stellen keine Vermutungen an", wird Anita ernst. „Lass uns hinunter zu Andrea gehen", legt sie nach und macht sich an den Abstieg. Andrea ist eine weitere Frau in ihrem Team, die Pathologin, die schon begonnen hat, die Tote äußerlich zu untersuchen.

„Hier jemanden herunterzubringen ohne Spuren zu hinterlassen ist unmöglich", sagt Kerstin, als sie unten ankommen sind und letztendlich neben Andrea stehen.

„Stimmt", kommt nur kurz von Anita, die noch einmal nach oben schaut. „Wurde sie hier umgebracht?", wendet sie sich nur Sekunden später an Andrea.

„Nein, sie wurde hier nur abgelegt", antwortet Andrea und wirft einen kurzen Blick unter das zerrissene T-Shirt der Toten. „Sie hat verschiedene Totenflecke, was heißt, dass sie erst in einer anderen Position eine Weile gelegen hat", ergänzt sie und schaut Anita von unten heraus an.

„Todesursache und Zeitpunkt?", fragt Anita kurz.

„Sie hat so viele Verletzungen, aber wahrscheinlich wurde sie erdrosselt. Genaueres kann ich dir erst sagen, wenn sie auf meinem Tisch liegt, genauso wann sie gestorben ist", zuckt Andrea mit den Schultern und deckt bis zum Eintreffen der Leute des Bestattungsunternehmens, die kaum erkennbare junge Frau mit einem weißen Tuch ab.

„Ist Lutz auch schon da?", will Anita wissen.

„Er sucht den Bachlauf ab. Und das könnte eine Weile dauern, es sind mehr als 800 Meter bis zur Quelle", antwortet Stefan, der zu den Frauen gestoßen ist.

„Und in Richtung Stadt?", schaut Anita dem fließenden Wasser hinterher.

„Nach der kleinen Biegung kommen schon die ersten Häuser. Ich glaube kaum, dass er aus dieser Richtung gekommen ist. Aber ich laufe es gern ab", bemerkt Stefan und nach einem kurzen Blickkontakt mit Anita, will er sich sofort daran machen, denn ihre Augen sagen ihm alles.

„Prima, dann sehen wir uns allesamt im Revier", kommt von Anita und sie macht sich daran, den Hang wieder nach oben zu klettern.

„Da habe ich noch etwas. Es wird nicht von der Toten sein, aber irgendwie ahne ich, dass es wichtig sein könnte." Mit diesen Worten hält Stefan ein Handy in einer Plastiktüte Anita vor die Nase. „Es lag oben auf dem Weg und ich habe natürlich auch alles fotografiert", grinst er sie schief an.

„Ich nehme es mit, mal sehen ob wir herausbekommen, wem es gehört", nimmt es Anita dankend an sich.

„Ihr wird es bestimmt nicht gehören. Kann mir kaum vorstellen, dass sie noch eines bei sich hatte. Sie muss nach den Hämatomen zu urteilen schon ein paar Tage in seiner Gewalt gewesen sein. Wäre es von ihr, dann hätte sie doch Hilfe rufen können", mischt sich Andrea ein, während sie ihre Sachen zusammenpackt.

„Aber vielleicht dem Mörder", bemerkt Kerstin leise.

„Ich denke nicht, dass er noch durch den Park spaziert ist. Er scheint durch das Wasser gegangen zu sein. Warum sollte er dann riskieren Spuren auf dem Weg zu hinterlassen?", hält Stefan dagegen.

„Wir werden es herausfinden. Keiner kann momentan sagen, wie der Mörder tickt, oder was er alles getan hat", sagt Anita ernst und macht sich nun endgültig auf den Weg nach oben.

Kerstin folgt ihr und Stefan stiefelt durch das Wasser in Richtung Stadt, um da ebenfalls alles abzusuchen. Andrea weist die Fahrer des Leichenwagens ein und deren Gesichtsausdruck spricht Bände. Wie sollen sie die junge Frau nur den Hang hinauf bekommen. Aber Andrea lässt sich nicht beirren, denn sie ist sich sicher, dass sie es schaffen werden. Am Ende gehen auch sie durch das Wasser in Richtung Quelle und finden eine bessere und passende Stelle, um auf den Parkplatz zu gelangen.

Danach geht es zurück auf das Revier und dort muss sofort mit den Ermittlungen begonnen werden. Jeder gibt sein Bestes, auf seinem Gebiet und am Ende arbeiten alle zusammen. Nur gemeinsam können sie den brutalen Mord an der noch nicht identifizierten Frau aufklären.

Kapitel 3

*D*er Pick-up fährt durch ein Tor, was sich hinter ihm von allein wieder schließt. Es ist schon hell geworden und er muss sich beeilen, das Auto in der anliegenden Scheune zu verstecken und die Frau ins Haus zu bringen. Er weiß nicht wie lange die Betäubung anhält und er will vermeiden, dass sie hier draußen aufweckt. Wenn sie schreien würde, was möglich wäre, denn das Klebeband ist wahrscheinlich durch die Nässe von ihrem Mund abgefallen, könnte es passieren, dass seine abgerichteten Hunde sofort auf sie losgehen würden. Sie gehorchen ihm zwar, aber er will kein Risiko eingehen.

Er zieht die Frau von der Ladefläche und dabei rutscht ihr die Kapuze vom Kopf. Er hält erschrocken inne und starrt sie an. Das kann doch jetzt nicht wahr sein. Er hat einen Fehler gemacht. Sie ist brünett. Er will aber nur blonde Frauen. Sollte er sie am besten gleich umbringen?

Er entscheidet sich dagegen sie zu töten und bringt sie widerwillig ins Haus. Er setzt sie auf einen Stuhl und schaut sie sich in Ruhe genau an. Sie ist hübsch, sehr hübsch. Er streicht ihr die immer noch nassen Haare zurecht und sein Herz beginnt zu springen. Diese junge Frau ist wohl der größte Fehler, den er je begehen konnte. Was soll er jetzt machen?

Er lebt mit seinem Sohn hier allein und will ihn mit den Frauen etwas auflockern. Jonas ist nach dem Tod der Mutter in ein tiefes Loch gefallen und hat sich komplett zurückgezogen. Er, Rolf sein Vater, möchte ihm doch nur helfen, aber er lehnt die Frauen ab, die er ihm bringt. Ob er diese auch ablehnt? Rolf ist auf Blondinen fixiert. Warum? Seine Frau Michell, die er bis heute abgöttisch liebt, war brünett und diesen Typ Frauen würde er nie zu nahe treten. Er kann es einfach nicht. Seine guten wie auch schlechten Erinnerungen hindern ihn daran. Und nun das. Er hat nicht aufgepasst und um sie zurückzubringen ist es auch zu spät. Er ist sich sicher, dass der ganze Park voller Polizei sein wird. Ihm bleibt nichts weiter übrig, er muss sie behalten, aber anders als die blonden Frauen.

Er klebt ihr erneut den Mund zu, schwingt sie nochmals auf die Schulter und betritt widerwillig das Zimmer von Jonas. Das hat er stets verhindert, aber diese Frau zwingt ihn dazu.

Jonas sitzt vor seinem Fernseher und lässt sich von den Nachrichten berieseln, wobei man sicher sein kann, dass davon nichts bei ihm ankommt. Er dreht sich kaum spürbar zur Seite und beobachtet, fast schon angewidert, seinen Vater. Rolf setzt die Frau auf den Stuhl und bindet sie fest. Ihr Kopf liegt auf ihrer Brust und beide können nicht sagen, ob sie von all dem etwas mitbekommt.

Unvermittelt springt Jonas auf und stürmt an seinem Vater vorbei aus dem Zimmer.

„Wo willst du hin?", folgt ihn Rolf, der ihm nacheilt und froh ist, den Raum genauso schnell verlassen zu können.

„Was soll das? Wo hast du sie her?", faucht Jonas seinen Vater an und der ist erstaunt, da es lange her ist, dass er einmal so aus sich herausgekommen ist, geschweige denn überhaupt mit ihm geredet hat.

„Mir ist ein Fehler passiert", murmelt Rolf.

„Ein Fehler?", kreischt Jonas fast.

„Sie hatte eine Kapuze auf, da konnte ich nicht sehen, dass sie nicht blond ist", verteidigt sich Rolf.

„Das ist vollkommen egal. Du solltest aufhören. Und nun sie", schmettert Jonas ihm an den Kopf.

„Erstens habe ich noch gar nicht richtig angefangen und zweitens gehst du jetzt da hinein und widersprichst mir nicht mehr. Ich hoffe, diesmal machst du etwas daraus, denn ich kann sie nicht gebrauchen", tritt Rolf Jonas resolut entgegen und seine Stimme ändert sich. Sie klingt plötzlich düster und gefährlich. Jonas schaut ihn augenblicklich wieder eingeschüchtert an und scheint der Aufforderung schnellstens Folge zu leisten, denn er kennt ihn und will seinen Aggressionen aus dem Weg gehen.

Diese Worte hört Laura, die junge Frau, die eben festgestellt hat, dass sie an einen Stuhl gefesselt ist und ihr wird sofort klar, dass sie entführt wurde.

Die Tür geht auf und Jonas tritt herein. Sehr laut fällt sie wieder ins Schloss und lässt sie ängstlich zusammenzucken. Erst jetzt als er sie richtig ansieht erstarrt er fast bei ihrem Anblick.

Laura schaut zu ihm auf und errechnet in Sekundenschnelle ihre Situation. Obwohl ihr Kopf schmerzt, arbeitet ihr Gehirn sofort und sie kommt zu dem Schluss, dass sie entweder von ihm nichts zu befürchten hat, denn er scheint psychisch krank zu sein. Seine Augen verraten ihr das. Oder sie ist in den nächsten Minuten nicht mehr am Leben. Gerade als nun doch Panik in ihr aufsteigt, wendet er seinen Blick von ihr ab und bewegt sich langsam um den Tisch herum. Er setzt sich ohne ein Wort ihr gegenüber auf einen Stuhl und fällt fast gleichzeitig in seine Welt. Er scheint vollkommen in seinen Gedanken gefangen zu sein. Ganz sacht und monoton wiegt er seinen Körper hin und her und vermittelt ihr dadurch eine gewisse Sicherheit, bei ihm momentan nicht in Gefahr zu sein. Er ist zu labil und scheint sich selbst nur geschützt zu fühlen, wenn er abtaucht und damit dieser Situation aus dem Weg geht.

Laura Gerold ist 25 Jahre alt und wohnt hier in der Stadt. Sie studiert seit mehreren Semestern Psychologie und das könnte ihr hier am Ende helfen. Dieser Mann, der ihr gegenüber sitzt und sie mutwillig zu ignorieren versucht, ist eher jünger als älter wie sie und ohne Zweifel nicht ihr Entführer. Das sagt ihr nicht der Zustand, in dem er sich befindet, sondern auch die Unterhaltung, die sie vor wenigen Minuten mitbekommen hat.

Sie weiß nicht, wie viel Zeit sie hat, und so bringt sie ihr Gehirn auf Hochtouren. Die Theorie des Studiums hat sie stets gut absolviert, aber das Praktikum, was sie erst vor wenigen Monaten bei einer Psychiaterin machen durfte, gab ihr die richtige Sichtweise, um mit psychisch kranken Menschen umzugehen. Sie versucht, alles abzurufen was sie bei der Ärztin gesehen, gelesen oder gehört hat. Ihr wurde erlaubt, bei vielen Sitzungen mit unterschiedlichen Krankheitsbildern teilzunehmen und in Krankenakten einzusehen, die sie wissensdurstig durchgearbeitet hat.

Dieser junge Mann ist nach ihren Einschätzungen verhaltensgestört oder hat autistische Züge. Das Wippen sagt ihr, dass er damit versucht, seinen Körper wieder zur Ruhe zu bringen. Als er sie vorhin angesehen hat, wurde in ihm etwas ausgelöst, was ihn förmlich in eine Starre gebracht hat. Was es ist, wird sie sicher noch erfahren, wenn er es zulässt und sie die Zeit dazu bekommt.

Während sie in ihrem Kopf alles zu sortieren versucht, beruhigt sie sich selber und wagt einen kurzen Rundumblick im Zimmer. Es ist ziemlich klein. In der Mitte befindet sich der Tisch, an dem sie sich gegenübersitzen. Rechts an der Wand hängt ein Fernseher, links steht eine Kommode. Hinter ihr ein Bett und eine weitere Tür. Diese ist ebenfalls geschlossen und somit kann sie nicht wissen, was dahinter ist. Nach vorn sind zwei Fenster, der Weg in die Freiheit? Daran vermag sie jetzt nicht zu denken, denn im Moment versucht sie ihn zu analysieren und vielleicht die Beziehung der beiden Männer zueinander zu erkennen. Sie vermutet, dass darin der Schlüssel liegt, wie sie hier wieder lebend herauskommen kann.

Gerade als sie sich den anderen Mann versucht vorzustellen, brüllt dieser das ganze Haus zusammen. Sie hört eine sehr tiefe und wütende Stimme. Es fliegen wahrscheinlich Gegenstände durch das zu ihnen angrenzende Zimmer und irgendwie kommt es ihr vor, als würde er jemanden anschreien. Ist da etwa noch ein weiterer Mann? Das wäre nicht gut für sie. Gegen zwei weitere hätte sie wohl nie eine Chance, auch wenn der junge Mann an ihrer Seite stehen würde. Und das sie vor ihm die wenigste Angst zu haben braucht, zeigt sich im selben Augenblick.

Mit einem Satz ist er auf den Beinen, um dem Tisch herum und steht neben ihr. Er hält einen Finger vor seinen Mund und schüttelt seinen Kopf.

„Sei bitte still, sonst bringt er dich um", flüstert er fast ängstlicher, als sie es ist. Aber auf sich aufmerksam zu machen ist ja sowieso ziemlich eingeschränkt. Ihr Mund ist immer noch zugeklebt und zudem ist sie an dem Stuhl festgebunden.

Da war jedoch das Wort BITTE? Seit wann sagt ein Entführer Bitte. Nun ist sie sich ganz sicher, dass er nicht derjenige ist, der sie hierher verschleppt hat. Aber soll sie ihm vertrauen? Auch er könnte ihr irgendwann mit seiner offensichtlichen psychischen Erkrankung gefährlich werden. Und welche Störung hat der andere hinter der Tür? Der scheint ihr größeres Problem zu sein.

Sie schaut den jungen Mann an und sein Blick ist sehr eindringlich. Dann zeigt er auf das Klebeband auf ihrem Mund und will so still fragen, ob er es entfernen soll. Laura nickt zögerlich und schon nähert sich seine Hand ihrem Gesicht. Langsam, ganz langsam zieht er an dem Klebeband. Anscheinend will er ihr nicht weh tun, aber er verursacht genau das Gegenteil.

Laura hält still, wünscht sich, dass er doch einfach ziehen soll. Ein Ruck und es wäre ab, denn so tut es wahnsinnig weh. Ihr steigen Tränen in die Augen und er will schon die Hand wegziehen, als sie ihren Kopf ruckartig zur Seite dreht. Erschrocken und mit dem Klebeband an den Fingern weicht er nach hinten. Erst als Laura tief durchatmet, entspannt er sich wieder etwas. Nach einer ihr vorkommenden Ewigkeit löst er auch die Fesseln an den Füßen. Die an den Händen lässt er jedoch dran. Sie weiß zwar nicht warum, aber sie kann sich wenigstens ein bisschen bewegen. Andersherum wäre vielleicht in dieser Situation sinnvoller gewesen, aber soweit ist er anscheinend nicht fähig zu denken. Sie könnte jetzt weglaufen. Aber wohin? Sie sitzt immer noch in einer Falle.

Langsam bewegt er sich in die andere Ecke des Raumes. Nun hat er wieder den verwirrten Blick und anscheinend versucht er genug Abstand zu ihr zu bekommen. Laura senkt den Kopf und schaut ihn somit nicht mehr an, um ihn nicht zu provozieren. Im nächsten Moment klirrt etwas und sie schreckt hoch. Was es war, kann sie nicht sagen und sie ärgert sich, weggeschaut zu haben. Seine Hand liegt auf der Kommode, wo er wahrscheinlich etwas von ihr heruntergeworfen hat.

Nur Minuten später schleicht er wieder um sie herum und als er genau hinter ihr steht, bleibt ihr Herz fast vor Angst stehen. Er ist aus ihrem Blickfeld und somit kann sie ihn nicht einschätzen. Aber es passiert nichts, er verlässt einfach wortlos den Raum.

„Was willst du? Wieder was nicht richtig?", hört sie den anderen Mann fragen, kaum das sich die Tür geschlossen hat. Seine Stimme klingt nicht mehr so wütend wie vorhin, als er herumgeschrien hat, aber immer noch gefährlich.

„Was soll das? Bring sie zurück", kommt zögerlich und so leise, dass sie es kaum versteht, von dem Jüngeren.

„Dir kann man nichts recht machen", faucht der andere.

„Warum sie?"

„Ich habe es dir doch schon gesagt. Ich habe es nicht gesehen", entschuldigt er sich nochmals.

„Sie kann nicht bleiben. Ich kann ..."

„Schluss", brüllt der Ältere nun wieder. „Ich bin dein Vater und entscheide, was hier passiert. Du hast jetzt fünf Sekunden. Gehe da rein und kümmere dich um sie, oder ich werde es tun."

„Bring sie einfach zurück", bettelt er.

„Das kann ich nicht und das weißt du."

„Sie wird schon nicht ...", beginnt er erneut.

„Eins ..."

„Aber ..."

„Zwei ..."

Bevor die Drei kommt, steht er wieder bei Laura im Zimmer.

Er sieht sie nicht an, sondern geht zum Fenster und dreht ihr den Rücken zu.

Es zieht eine unheimliche Stille ein, aber die bringt sie dazu alles für sich zusammenzufassen. Er will sie nicht. Er hat sie aus Versehen mitgenommen. Er hat sie nicht erkannt. Was heißt das jetzt für sie? Wollte er eine andere Frau? Vielleicht eine Blonde oder Schwarze? Sie erinnert sich, dass sie die Kapuze aufhatte, da es geregnet hat. Womöglich eine Mollige? Nein, das hätte er gesehen. Sie kann nicht ahnen, wie nahe sie der Wahrheit ist.

Er will sie nicht zurückbringen, logisch. Er würde sich um sie kümmern. Dann lieber der junge Mann als der Alte. Vater und Sohn, so viel hat sie mitbekommen. Bei dem Vater würde sie bestimmt nicht überleben, das ist ihr mittlerweile klar. Ihr Schluss und abgestecktes Ziel ist, sich mit dem Sohn gutzustellen, dann hat sie vielleicht eine Chance. Wofür? Innerlich schüttelt sie über ihre Gedanken den Kopf. Sie vermag nicht abzuschätzen, wie viel Zeit ihr überhaupt bleibt.

Im Augenwinkel sieht sie, wie er sich umdreht und sie mit einem mitleidigen Blick anschaut. Sie bewegt die Lippen, es kommt jedoch kein Wort heraus, weil sie plötzlich überlegt, ob sie eigentlich reden darf.

„Was möchtest du?", fragt er leise aber freundlich, denn er bemerkt, dass sie etwas auf dem Herzen hat.

„Wasser", antwortet sie zögerlich.

Mit einem Nicken geht er in das andere angrenzende Zimmer und sie hört Wasser laufen. Sie würde gern wissen, was das für ein Raum ist, aber ihre Angst hält sie immer noch davon ab, sich umzudrehen. Somit wartet sie darauf, dass er wieder zu ihr kommt, und wagt es nicht, sich zu bewegen.

Kapitel 4

*A*nita betritt zusammen mit Kerstin das Büro und setzt sich sofort an den Computer.

„Was willst du machen? Wir müssen auf die Untersuchung von Andrea warten", sagt Kerstin und schaltet ebenfalls ihren Computer an.

„Schauen, ob jemand in unserer Stadt vermisst wird. Würdest du das bitte übernehmen?", antwortet Anita und ihr Blick fällt auf die Fotos der toten jungen Frau, die vor ihr liegen.

Kerstin ruft sofort die Seite mit den Vermisstenanzeigen auf.

„Wer macht so etwas?", unterbricht Anita die Stille und schaut auf Grund der Bilder angewidert zu Kerstin.

„Ein Monster", erwidert sie ohne den Blick vom Bildschirm abzuwenden.

„Schon etwas gefunden?", will Anita wissen und schiebt die Fotos in die neu eröffnete Akte. Viele gibt es hier nicht auf dem Revier und solch eine hat es bisher nicht gegeben. Mit so einer Brutalität wurden sie und ihre Mitarbeiter noch nie konfrontiert.

„Ich glaube, ich habe da was vor zwei Tagen gelesen", gibt Kerstin nachdenklich von sich, sucht intensiv weiter und Anita ist mit einem Satz bei ihr.

Vor ihnen erscheint ein Foto einer blonden jungen Frau, die seit drei Tagen verschwunden ist.

„Sie heißt Lara Lorenz, ist 21 Jahre alt und wohnt in einen der angrenzenden Dörfern, die zu Krambach gehören. Gemeldet wurde das von ihren Eltern. Sie hat wahrscheinlich noch bei ihnen gewohnt", redet Kerstin weiter und druckt das Bild aus, während beide die aufgeführten Daten studieren.

„Sie könnte es wirklich sein. Warum hast du von der Vermisstenmeldung nichts gesagt?", fragt Anita und versucht, Ähnlichkeiten zu der Toten zu finden. Aber das ist kaum möglich, denn ihr Gesicht wurde unfassbar zugerichtet, dass nur die blonden Haare als sicheres Merkmal gelten.

„Das ist alles als Info an die Streifenpolizisten gegangen. Die Ermittlungen lagen auf einem anderen Revier, da wo die Anzeige aufgegeben wurde. Die haben schon mit Verwandten und Freunden gesprochen, aber wie ich sehe, sind noch keine Ergebnisse eingegangen", antwortet Kerstin und widmet sich weiter den Fakten, die bekannt sind. „Sie kommt aus Unterschonbach und war am Abend joggen. Ziemlich wenig was die wissen", stellt sie fest und Anita, die zurück auf ihren Platz geht, nickt ihr nur still zu. Sie ist in Gedanken gefangen, wie sie am schnellsten den Mörder finden können. Eher vermochten sie nichts zu tun, auch wenn sie auf Arbeit gewesen wäre. Erst durch den Fund der Toten ist es auf ihrem Tisch gelandet.

„Moment mal, hier ist noch eine. Ebenfalls blond und Anfang zwanzig", unterbricht Kerstin Anitas Gedanken.

„Wo kommt sie her?", fragt Anita fast panisch, weil sie vermutet, dass die Fälle zusammenhängen.

„Auch aus der Gegend, aus Schonbach. Nur ein paar Kilometer entfernt und beide Orte grenzen an den Wald, wo sie anscheinend joggen waren. Sie heißt Marie Kobel und ist 23 Jahre alt", antwortet Kerstin, während sie aufmerksam die Details durchgeht.

„Wie lange wird sie schon vermisst?", hakt Anita genervt nach, weil ihr die Infos zu langsam kommen.

„Seit gestern Abend", kontert Kerstin kurz.

„Dann war die Tote drei Tage in seiner Gewalt", denkt Anita laut.

Beide waren in dem Wald unterwegs, der zwischen der Stadt und den Dörfern liegt, und das zeigt ihr ein Muster auf. Sie wurden abends beim Joggen entführt und es wurde jedes Mal ausgeschlossen, dass sie einfach weggelaufen sind. Ist hier ein Serientäter am Werk?

„Habt ihr von beiden vermissten Frauen gewusst?", fragt Anita und schaut über dem Tisch hinweg Kerstin schief an.

„Von der Ersten ja, aber von der Zweiten wusste ich bis jetzt nichts. Wie auch, war ja erst gestern Abend", zuckt Kerstin mit den Schultern und sieht überrascht aus.

„Warum habt ihr mich nicht angerufen?", klingt Anita ärgerlich.

„Es war nur eine kurze Aufforderung, dass wir die Augen offen halten sollten. Zudem laufen die Ermittlungen auf dem Revier, wo die Anzeige liegt, und das habe ich doch eben schon gesagt", antwortet Kerstin nun auch etwas genervt. „Außerdem hattest du Urlaub", legt sie noch nach.

„Es werden Frauen entführt", sagt Anita wütend und wirft beim hastigen Aufstehen fast ihren Stuhl um. „Und wem gehört das Handy? War das etwa schon die Nächste und diesmal direkt vor unserer Nase?", kommt von Anita, die auf das auf dem Weg gefundene Handy anspielt und schaut Kerstin fassungslos an, die ihre Gedanken offenbar lesen kann.

„Er legt eine ab und nimmt die Nächste mit", nuschelt Kerstin in sich hinein.

„Nicht ganz. Dann müssten wir schon die zweite Tote haben. Oder die Erste hat er wo anders entsorgt. Außerdem wissen wir nicht, ob es gestern Abend oder gegebenenfalls heute früh passiert ist." Anitas Kopf brummt.

„Sie sah nicht aus, als ob sie die ganze Nacht dort gelegen hat, aber das kann uns ja Andrea sagen," erwidert Kerstin und Anita rollt nur mit den Augen und als sie nach dem Hörer greifen will, um das andere Revier anzurufen und nachzufragen, ob eine tote Frau gefunden wurde, klingelt es.

Erschrocken nimmt sie den Hörer ab. „Andrea hast du was?", fragt sie sofort, weil sie die Nummer der Pathologie auf der Anzeige sieht.

„Du solltest mal runterkommen", bekommt sie zu hören und fast gleichzeitig ist die Verbindung unterbrochen. Anita kennt das, denn Andrea macht nicht viele Worte und Antworten gibt sie selten am Telefon.

„Okay und wie gehen wir jetzt vor?", fragt Kerstin zögerlich.

„Ich schaue, was mir Andrea zu sagen hat und welche von den beiden Frauen unten bei ihr liegt", entgegnet Anita und wedelt mit den Fotos durch die Luft.

„Und das Handy?", steht plötzlich Stefan im Zimmer.

„Hast du schon etwas herausbekommen?", will Anita wissen, die auf den Sprung ist.

„Lutz ist gerade dabei zu schauen, ob Fingerabdrücke drauf sind und dann hoffen wir mal, dass etwas zu finden ist. Es war zum Glück nicht ausgeschaltet, dadurch ist aber der Akku leer", antwortet Stefan und versucht, einen Blick auf die Fotos in Anitas Hand zu erhaschen.

„Hoffen wir mal, dass es nicht schon der dritten Frau gehört", platzt Anita heraus und verlässt hastig das Zimmer.

Kerstin und Stefan bleiben zurück und jeder versucht, seiner Arbeit nachzugehen. Beide setzen sich an die Berichte zu dem Auffindungsort der Leiche und beginnen mit der Suche nach Beweisen und Spuren in der Umgebung, die vielleicht auf anderen Revieren gemeldet wurden.

Anita macht sich auf den Weg in den Keller des Hauses, wo sich die Pathologie befindet, ein Raum, an dem mehrere Kühlkammern grenzen. Sie sind eher selten belegt und Andrea muss meistens nur angeordnete Obduktionen durchführen, damit festgestellt werden kann, ob es ein natürlicher Tod war. Und das traf bis heute fast immer zu. Diese kommen gewöhnlich morgens an und werden am gleichen Tag wieder abgeholt.

Anita öffnet die Tür, hinter der Andrea arbeitet und in diesem Raum befindet sich alles, was sie zu einer Obduktion benötigt.

Mitten darin steht ein Seziertisch, auf dem die junge Frau liegt, die sich noch vor einer Stunde im Bach befunden hat.

Andrea hat gerade erst angefangen, aber schon einen wichtigen Hinweis gefunden.

Sie hält Anita einen Zettel entgegen, den sie vorsichtig in eine Folienhülle verpackt hat. „Der war in ihrem Mund, als würde sie direkt mit uns kommunizieren wollen", sagt Andrea und schüttelt ein wenig mit dem Kopf.

Anita greift danach und liest die Worte laut vor: „Nur er weiß warum."

„Das ist immer so, dass allein der Mörder weiß, warum er das getan hat", redet Andrea weiter und scheint den Zettel nicht als hinweisend zu sehen.

„Wir werden es herausfinden", sagt Anita sicher und wedelt mit dem Zettel in der Luft herum.

„Und wie?", fragt Andrea skeptisch.

„Fingerabdrücke und Schriftprobe zum Beispiel", erwidert Anita.

„Du hast aber keine Gegenproben und zudem sind die Fingerabdrücke bestimmt durch das Wasser und dem Speichel zerstört", entgegnet Andrea.

„Wir werden sehen und jedenfalls alles versuchen. Aber jetzt müssen wir erst einmal herausfinden, welche der beiden Frauen diese hier ist", winkt Anita etwas genervt ab.

„Zwei?", fragt Andrea erschrocken.

„Es gibt zwei Vermisste, eine jedoch erst seit gestern Abend", bekommt sie die Antwort, wobei Anita gleich weiter redet. „Hast du vielleicht schon eine Todesursache?"

„Sie wurde übel zugerichtet, aber ihre Augen zeigen mir, dass sie erdrosselt wurde. Sie hat Strangulationsmerkmale am Hals sowie Stauungsblutungen in den Augen. Von was die Verletzungen kommen, die über das ganze Gesicht verteilt sind, kann ich dir erst etwas später sagen, ich habe gerade angefangen", erklärt Andrea und Anita versteht, dass sie jetzt gehen sollte.

„Und wann ist sie gestorben?", fragt Anita und will damit einen Zusammenhang zu der zweiten Entführten finden.

„Nach dem Todesflecken und der Körpertemperatur zu urteilen, abzüglich der Wassertemperatur, die natürlich darauf

Einfluss hat, ist sie zwischen vier und fünf Uhr heute Morgen gestorben", erläutert Andrea.

„Das passt nicht", zweifelt Anita.

„Wieso soll es passen?"

„Gestern Abend die zweite Entführung und heute Morgen hat er die erste ermordet?", stellt Anita die Frage, aber Andrea kommt nicht recht mit.

„Dachtest du, der bringt eine um und holt sich dann die Nächste?"

„So ungefähr."

„Ich denke, falls es derselbe ist und auf blonde Frauen steht, dann nimmt er sie sich, wenn sie ihm über den Weg laufen. Worauf er eben zwei gleichzeitig hat. Dieses junge Ding war zumindest nicht nur eine Nacht bei ihm."

„Vielleicht steckt auch was ganz anderes dahinter, aber so können wir fast sicher sein, dass es die erste entführte Frau ist", überlegt Anita laut.

„Ihr werdet das alles aufklären und ich werde euch, so gut ich kann helfen", entgegnet Andrea und hofft, noch einiges Wichtiges an der Leiche zu finden.

„Ich möchte, dass du jeden Zentimeter an der Frau untersuchst", fordert Anita, während sie die Bilder neben das fast nicht mehr zu erkennende Gesicht hält. Sie versucht, es mit den Fotos zu vergleichen, aber es sind wirklich nur die blonden Haare, die ihr bestätigt, dass es eines der Mädchen sein muss. Dazu sehen sie sich auch ziemlich ähnlich, was das Beuteschema des Täters aufzeigt.

„Das werde ich, du kennst mich ja", antwortet Andrea, nimmt den forschen Ton von ihr hin, denn sie kennt Anita und ihr Auftreten, wenn sie angespannt ist. Deshalb macht sie sich sofort und ohne weitere Fragen an die Untersuchung.

Anita nickt ihr zu und bedankt sich still für die an sie gerichtete Botschaft aus ihrem Mund. Dann schließt sie auch schon die Tür und lässt Andrea ihre Arbeit machen. Je schneller sie Hinweise findet, umso intensiver können sie nach dem Mörder suchen.

Kapitel 5

*D*er junge Mann stellt ein Glas Wasser vor Laura auf den Tisch und macht Anstalten sich wieder zu setzen.

„Wie soll ich denn Trinken?", fragt sie leise und gibt ihm mit einer Kopfbewegung zu verstehen, dass sie die Fesseln an ihren Händen meint. Wären sie vor dem Körper gefesselt, könnte sie das Glas anheben, aber sie sind auf dem Rücken zusammengebunden.

Er löst sie, ohne ein Wort und wahrscheinlich auch ohne Angst, sie könnte aufspringen und weglaufen, denn das hätte sie schon längst versucht.

Das wird sie auch nicht, weil sie begriffen hat, dass sie in diesem Raum zurzeit am sichersten ist. Sein Vater kann ihr gefährlich werden, aber der befindet sich nebenan und es ist da drüben still geworden.

Laura greift nach dem Glas und lässt etwas Wasser durch ihre ausgetrocknete Kehle laufen, immer den Blick auf den jungen Mann gerichtet.

Dieser will um den Tisch gehen, bleibt jedoch abrupt stehen und starrt auf das, was er vorhin heruntergeworfen hat und ihm nun zu Füßen liegt. Die Farbe weicht aus seinem Gesicht und er schluckt sichtlich schwer. Was liegt da unten? Sie hat nur das Klirren gehört und vermutet, dass es ein gerahmtes Foto war. Aber warum bringt es ihn so aus der Fassung? Sie muss warten, um zu erfahren wer oder was darauf zu sehen ist. Momentan kann sie ihn nur beobachten und ihr Wissen dazu nutzen, ihn einzuschätzen.

Nach einer Minute setzt er sich ihr gegenüber und fällt fast gleichzeitig in einen Zustand, der Bände spricht. Ihm ist das nicht bewusst, aber Laura spielt seine seelische Verfassung in die Hände.

Sie nimmt sich Zeit, die sie ja anscheinend hat, und sieht ihn genau an. Er bemerkt es nicht, ist in seiner Welt gefangen, in welcher auch immer.

Seine Augen sind eingefallen, die Haut ist blass und er wirkt etwas abgemagert. Bekommt er zu wenig von seinem Vater zu essen, oder hat er selbst keinen Drang nach Nahrung. Bei einer psychischen Störung ist das absolut denkbar.

Sein Kopf ist komplett rasiert und ein leichter Bartwuchs ist zu erkennen. Laura schätzt ihn auf Anfang zwanzig und sein Erscheinungsbild wirkt fast wie bei einem Gefangenen. Ist er ebenso wie sie hier eingesperrt? Nein, sie denkt, dass er sich eher selbst hier in diesen Räumen verkriecht. Muss er sich vor seinem Vater schützen? Alles Fragen, die sie jetzt noch nicht beantwortet bekommt.

Vielleicht ist es auch nur pflegeleicht für ihn, aber am Ende benötigt er Zeit für die Körperpflege. Die nimmt er sich jedoch wahrscheinlich nicht immer und das würde auf wechselnde Phasen seines Zustandes hindeuten. Tage, die zwischen Depression und Normalzustand wechseln.

In diesem Moment zeigt er, einer Depression nahe zu sein, denn er ist total abwesend. Sein Körper schaukelt leicht vor und zurück und seine Augen hat er geschlossen. Er scheint nicht mehr wahrzunehmen, dass er nicht allein ist.

Ist das ihre Chance? Könnte sie jetzt fliehen?

Ein lauter Knall und ein wütendes Schnaufen aus dem Nebenzimmer zerschlägt all ihre Hoffnung. Gleichzeitig schreckt der junge Mann hoch und schaut Laura verwirrt an.

Seine Hände massieren seine Schläfen, dann sein Genick und wieder bleibt am Ende seine Aufmerksamkeit an dem auf dem Boden liegenden Gegenstand hängen.

Er reist seinen Blick davon ab und nun fixiert er Laura. Ihr wird leicht übel, denn seine wirren Augen scheinen sie zu durchbohren. Wird ihr Wissen ausreichen, um ihn von sich fernzuhalten oder zu ihren Verbündeten zu machen? Sie weiß es nicht und kann momentan nur abwarten, was als Nächstes passiert.

„Wie heißt du?", flüstert er und beugt sich über den Tisch zu ihr.

„Laura", antwortet sie ebenso leise. Sie wundert sich nicht, dass er versucht, Geräusche zu verhindern. Er will damit bestimmt vermeiden, dass sein Vater zu ihnen kommt.

„Versuche einfach, dieses Zimmer nicht zu verlassen", spricht er kaum hörbar weiter und Laura nickt ihm stumm zu.

Das hat sie auch ohne seine Warnung nicht vorgehabt. Und sie ist sich wieder ein Stück sicherer, das er ihr nicht gefährlich wird.

„Und wie heißt du?", traut sich Laura zu fragen, denn sie merkt, er scheint abermals in eine ihr nicht zugänglichen Welt abzudriften.

„Jonas", bekommt sie eine kurze Antwort und er schaut sie nicht einmal dabei an.

Soll es Laura hierbei belassen, oder ihn weiter Fragen stellen? Sie entscheidet sich dafür, ihn in Ruhe zu lassen. Sie spürt, wie er mit sich kämpft nicht allein in seinem Zimmer zu sein. Sein Vater hat sie ihm regelrecht aufgedrängt, wobei der Grund für sie noch nicht ganz ersichtlich ist. Sie war ein Fehler, dass weiß sie bereits, aber was für einer, soll sie erst später herausfinden.

Sie schaut sich abermals im Zimmer um und ihre Augen bleiben an den Fenstern hängen. Sie staunt nicht schlecht, denn sie bemerkt erst jetzt, dass sie nicht einmal vergittert sind. Sie könnte sie einfach öffnen und hinaussteigen. Fliehen! Aber sie schiebt den Gedanken schnell wieder weg, denn ehe sie dort wäre, würde Jonas sie wohl packen. Zudem müsste sie über die Scherben, die am Boden liegen steigen. Aber wieso keine Vorsichtsmaßnahmen? Das sagt ihr nur eins, es war nicht geplant, dass sie hier im Zimmer landet. Vorteil für sie? Das wird sich noch zeigen.

Doch dann flammt in ihrem Kopf etwas anderes auf. Ihr Handy! Ihre Hände tasten kaum merkbar die Jackentaschen ab. Ihr fällt ein, dass sie telefoniert hat. Genau zu diesem Zeitpunkt wurde sie überfallen. Sie hat es bestimmt fallen lassen. Wurde es von ihm bemerkt? Hat er es vielleicht mitgenommen? Und wenn nicht, war es noch an? Und Kai, ihr Verlobter hat alles mitgehört? Eher nicht, denn sie kann sich nicht vorstellen, dass er so unvorsichtig gewesen ist. Obwohl, sie allein war schon ein Fehler. Hat er noch einen gemacht? Das könnte ihr in die Karten spielen, denn damit wird klar werden, dass sie entführt worden ist. Sie kann nur hoffen, dass sie schneller gefunden wird, als das sie hier sterben würde.

Laura lässt den Kopf auf ihre Brust sinken und obwohl es früh am Morgen ist, schließen sich erschöpft ihre Augen.

Kapitel 6

Anita geht gedankenverloren wieder nach oben und rennt dabei einen jungen Mann fast über den Haufen.

„Entschuldigung", sagt sie erschrocken und mustert gleichzeitig den Mann, der anscheinend sehr aufgeregt ist.

„Können Sie mir bitte helfen. Meine Freundin ist weg", redet er hastig und sucht dabei wahrscheinlich ein Bild von ihr auf seinem Handy.

„Da sind Sie bei mir richtig. Ich bin Kommissarin Anita Keller", stellt sie sich vor und wartet auf weitere Informationen von dem jungen Mann.

„Ich habe noch mit ihr telefoniert, aber dann war etwas komisch", stammelt er und lässt sein Handy fast fallen, weil seine Hände zittern.

„Kommen Sie bitte mit, wir sollten in meinem Büro in Ruhe darüber reden", fordert Anita ihn auf und zeigt ihm den Weg. Er folgt ihr und findet sich kurz darauf in einem Zimmer wieder, wo augenblicklich zwei weitere Augenpaare auf ihn gerichtet sind.

„Das ist", beginnt Anita und zeigt auf den Mann.

„Ich bin Kai Liebewald", stellt er sich vor.

„Okay, Herr Liebewald hat vielleicht etwas für uns", redet Anita weiter, bittet Kai sich zu setzen und lässt gleichzeitig die Bilder der verschwundenen Frauen, die sie immer noch in den Händen hält, in einem Hefter verschwinden.

„Meine Freundin ist weg", wiederholt sich Kai und legt sein Handy mit zitternden Fingern auf den Tisch.

Anita dreht es zu sich und schaut in das Gesicht einer sehr hübschen jungen Frau. Aber ihr fällt sofort etwas auf. Sie ist brünett. Hat es mit ihren Fällen zu tun? Sie hatte ja schon ein Beuteschema des Täters in ihrem Kopf erstellt, was sich jedoch mit zwei Frauen nicht hundertprozentig festlegen lässt.

„Seit wann ist sie denn weg?", fragt sie und hofft, dass es mit der Toten nichts gemein hat.

„Sie war heute Morgen joggen und während wir am Handy geredet haben, war es plötzlich still. Ich konnte sie auch nicht zurückrufen, es meldete sich sofort die Mailbox", erklärt Kai sein Erlebtes.

„Sie hat nicht mehr aufgelegt", platzt Stefan dazwischen.

„Wie heißt denn Ihre Freundin?", fragt Anita schnell und übergeht den Kommentar.

„Laura. Laura Gerold", stottert Kai, aber er hat längst bemerkt, dass Stefan etwas zu verstecken versucht. „Haben Sie da das Handy von Laura gefunden?", fährt er Stefan etwas unwirsch an und will aufstehen.

„Bitte, Herr Liebewald, setzen Sie sich wieder", hält Anita ihm am Ärmel fest und lenkt die Aufmerksamkeit von Kai zurück auf sich.

„Über was haben Sie sich mit Laura unterhalten?", versucht Anita ruhig zu bleiben.

„Ganz normal. Wann sie zurück sein wird und ihre erste Vorlesung an der Uni hat", antwortet Kai und schüttelt mit dem Kopf.

„Haben Sie etwas Ungewöhnliches gehört? Sie sagten ja, das Handy war noch an", fragt Anita und macht sich gleichzeitig Notizen.

„Wo war sie denn joggen?", mischt sich Kerstin ein.

„Im Stadtpark, wie jeden Morgen", antwortet Kai und blickt zwischen den Frauen hin und her.

„Gut, und was war dann so komisch, wie Sie mir vorhin sagten?", will nun Anita wissen.

„Es klang wie abgewürgt. Sie schnappte irgendwie nach Luft und dann habe ich gehört, wie das Handy auf den Boden gefallen sein muss. Im Hintergrund war ein Rascheln, wie von Blättern zu hören. Ich habe vor Schreck nichts mehr gesagt und dann waren noch irgendwie schwere Schritte zu vernehmen", versucht, sich Kai zu erinnern.

„Haben Sie Stimmen gehört?", hakt Anita nach.

„Nein, nichts. War sie etwa nicht allein? Was wissen Sie denn? Und ist es das Handy von Laura, was ihr Kollege da so festhält?" Die Fragen überschlagen sich und nun heißt es, ihn wieder zu beruhigen.

„Herr Liebewald", beginnt Anita außerordentlich vorsichtig. „Anscheinend haben wir das Handy ihrer Freundin gefunden. Es lag auf dem Weg im oberen Teil des Parks."

„Und wo ist Laura?", presst Kai durch seine geschlossenen Lippen.

„Wählen Sie doch bitte mal die Nummer ihrer Freundin", fordert ihn Stefan auf.

Kai macht es natürlich sofort und das Handy, was vor Stefan liegt, beginnt zu klingeln.

„Was ist hier los? Sagen Sie mir bitte, was Sie wissen", kämpft Kai mit seinen Emotionen und den Tränen, die sich in seine Augen drängen.

„Laura wurde wahrscheinlich entführt. Wir waren heute Morgen im Park, weil man die Leiche einer jungen Frau gefunden hat", erklärt Anita und beobachtet Kai genau, um abschätzen zu können wie er die Wahrheit verkraftet.

„Laura ist ...", stockt Kai der Atem.

„Nein. Die Tote ist eine andere Frau. Aber als wir den Tatort absuchten, haben wir eben dieses Handy gefunden", erläutert Anita weiter.

„Sie denken, dass der Täter die Frau da entsorgt hat und Laura im gleichen Zug mitgenommen hat?", schlussfolgert Kai schnell und überrascht damit die drei Ermittler.

„So könnte es gewesen sein. Aber da gibt es etwas, was nicht passt", sagt Anita und schaut wieder auf das Bild der jungen Frau, was auf dem Handy von Kai zu sehen ist.

„Was denn?", will Kai wissen.

„Die anderen Frauen sind blond und ihre Freundin ist brünett", kommt von Kerstin, die sofort einen bösen Blick von Anita bekommt. Aber zu spät, Kai hat es gehört.

„Von wie vielen Frauen reden wir hier denn?", wird seine Stimme ernst und flattert auch nicht mehr so sehr.

„Zwei", schluckt Anita ihre aufkommende Wut hinunter, denn das musste er wirklich nicht mitbekommen. „Eine ist tot und eine Zweite wird noch vermisst. Aber beide sind blond", redet Anita weiter.

„So was nennen sie Beuteschema und da passt Laura nicht hinein", entgegnet Kai und erstaunt damit Anita wiederum.

„Genauso ist es. Aber heute Morgen hat es geregnet", beginnt sie abermals.

„Denken Sie er hat sie nicht erkannt. Vielleicht hatte sie die Kapuze auf. Sie hat immer eine Jacke mit Kapuze an", kombiniert Kai. „Und was macht er dann mit ihr, wenn er es bemerkt?", fragt er ängstlich.

„Sie sind gut", entfährt Stefan.

„Sie könnten damit richtig liegen, aber ich kann Ihnen nicht das Vorgehen des Täters sagen, denn ich weiß es selbst nicht. Laura war eindeutig zur falschen Zeit am falschen Ort. Vielleicht lässt er sie wieder frei, wenn er seinen Fehler bemerkt. Und das Sie nichts mehr gesagt haben, ist auch unser Glück, denn sonst hätte er bestimmt das Handy mitgenommen. So hat er es glatt vergessen oder übersehen."

„Und wenn er sie nicht wieder gehen lässt?", hält Kai dagegen.

„Was können Sie mir über Laura erzählen. Ich möchte sie kennenlernen", lenkt Anita das Gespräch in eine andere Richtung, denn sie braucht mehr Details von Laura, die sie in die Vermisstenanzeige aufnehmen will.

„Was soll das bringen? Die anderen Frauen kennen sie doch auch nicht, oder?", erwidert Kai und schaut Anita durchdringend an.

„Nein, aber die kommen nicht nur aus verschiedenen Orten, sondern wurden ebenso nicht bei uns als vermisst gemeldet. Wir haben natürlich wichtige Eckdaten von ihnen von den Revieren bekommen, wo es zu den Anzeigen gekommen ist", antwortet Anita und wird langsam ungeduldig, was auch Kai erkennt.

„Laura ist 25 Jahre alt und ich bin mit ihr verlobt", fängt Kai deshalb an und atmet sichtlich tief durch, bevor er weiter spricht. „Sie ist schlank und hat, wie sie schon bemerkt haben brünettes Haar. Sie studiert im siebten Semester Psychologie und ist eigentlich immer sehr vorsichtig. Mit allem und jeden. Ist so ihre Art, alles genau unter die Lupe zu nehmen und den Umgang danach auszurichten. Aber in diesem Fall ist es wohl anders herum. Sie kann sich den Kontakt nicht aussuchen, sondern muss sich dem fügen. Ich kann Ihnen nicht sagen, wie sie damit fertig wird. Vielleicht hat sie durch ihr Studium einen Vorteil ihr Gegenüber einschätzen zu können, aber was bringt es, wenn der andere nur Gewalt kennt und anwendet", sagt Kai nachdenklich und bemüht die Fassung zu behalten.

Jetzt atmet Anita erst einmal tief durch, denn die Worte von Kai waren gut gewählt und lösen einiges in ihr aus. Laura könnte eine Chance haben zu überleben, aber kann sie sie nutzen? Hat sie die Kraft, sich gegen ihn zu wehren? Körperlich bestimmt nicht, jedoch auf psychischer Weise? Es gab schon einige, die auf ihre Entführer Einfluss nehmen konnten.

„Kann ich noch irgendwie helfen?", reißt Kai Anita aus ihren Gedanken.

„Könnte ich mir das Foto von Laura auf meinen Computer laden?", fragt sie, weil ihr im Moment nichts weiter einfällt.

„Sicher", antwortet Kai ruhig und reicht ihr das Handy.

„Das müssten wir noch behalten", meldet sich Stefan und zeigt auf das Handy von Laura.

„Was?", fragt Kai mehr oder weniger abwesend und Anita kann nur hoffen, dass er sich nicht allein auf die Suche macht.

„Wir müssen weitere Untersuchungen damit machen", antwortet Stefan und es ist nicht sicher, ob die Worte bei Kai ankommen.

„Es sollte jemand noch mal den angrenzenden Wald unter die Lupe nehmen", wendet sich Anita an Kerstin, die Kai´s psychische Abwesenheit bemerkt. Kerstin greift nach dem Telefon und gibt die Anweisung durch, die Absperrung weiterhin nicht aufzuheben.

„Sie bitte nicht", sagt sie deshalb fordernd zu Kai, der ihr zwar zunickt, aber, ob sie ihm vertrauen kann, ist auf einem anderen Blatt geschrieben. Sie braucht niemanden, der eigenständig unterwegs ist und ihre Ermittlungen durcheinanderbringt oder gar negativ beeinflusst.

„Schon verstanden", winkt Kai ab, steht auf und verlässt mit schleppenden Schritten das Zimmer.

„Ob er sich daran hält?", fragt Kerstin in die Runde.

„Wir können es nur hoffen", zuckt Anita mit den Schultern und widmet sich ihren Notizen.

„Soll ich mir das Handy noch mal ansehen? Ich könnte damit den genauen Tatzeitpunkt herausbekommen", fragt Stefan und von Anita kommt nur eine zustimmende Handbewegung.

Sogleich macht er sich daran alle Daten von dem Handy abzurufen.

„Ist eigentlich bekannt, ob die Kollegen die Handys der Vermissten orten konnten?", wendet sich Anita dann doch noch einmal an Kerstin.

„Sie haben es bei beiden versucht, aber der letzte Ort, wo sie eingeloggt waren, war jeweils der Entführungsort", antwortet sie schnell, denn das hat sie schon längst abgefragt.

„Dann macht er sie vor Ort aus", kommt leise von Anita.

„So ist es, gefunden wurden sie zumindest nicht."

„Aber das hier haben wir. Hat er nicht richtig aufgepasst?", geht Stefan dazwischen.

„Es musste wohl schnell gehen, denn am Morgen hätte ihn jemand überraschen können", erwidert Kerstin.

Kopfschüttelnd schaut Anita die beiden an und ist nur Sekunden später wieder auf den Weg zu Andrea. Die Grausamkeiten sind kaum zu ertragen, aber es ist nötig, dass sie sich damit beschäftigt, sodass ein Täterprofil erstellt werden kann.

Kapitel 7

*E*s sind schon Stunden vergangen und Laura sitzt immer noch auf den Stuhl. Alles an ihrem Körper schmerzt und sie muss dringend auf die Toilette. Aber sie wagt es nicht, sich zu bewegen, und schaut unentwegt Jonas an. Er ist in einem Zustand, den sie versucht zu beurteilen, sie ist sich jedoch nur bei einem sicher, sie sollte ihn daraus nicht herausreißen, ganz im Gegenteil, er muss sich selbst aus seinen Fängen kämpfen. Sie hat schon erlebt, wie jemand komplett abdreht, wenn man ihn mutwillig zurück in die Realität holen will und das Risiko möchte sie auf keinen Fall eingehen.

Doch dann schaut er plötzlich hoch und ihr direkt in die Augen. Er starrt sie an, als würde er sie gerade das erste Mal sehen. Laura hält dem Blick stand, obwohl ihr das Atmen schwerfällt. Vor Angst und auch weil sie unbedingt austreten muss.

Nur eine Minute später löst er sich von ihrem Augenpaar, steht auf und verlässt ohne ein Wort den Raum. Die Tür ist angelegt und somit kann sie hören, was gesagt wird. Das bringt sie komplett durcheinander und sie vergisst sogar ihren Drang, auf die Toilette zu müssen.

„Wie geht es ihr?", hört sie einen Mann fragen, aber die Stimme ist ruhig und gar verhalten. Sie hat nichts mit der von heute Morgen gemein.

Ist da noch ein Kerl? Sind es etwa doch drei? Die Hoffnung, eine Chance zu haben schwindet, obwohl dieser Mann in keiner Weise gefährlich klingt.

„Was denkst du denn?", antwortet Jonas forsch.

„Du musst mir glauben, das wollte ich nicht", entschuldigt sich der Mann kleinlaut.

„Er wird immer gefährlicher. Du solltest etwas dagegen tun", fordert Jonas und Laura ist sich augenblicklich sicher, dass hier wirklich drei Männer wohnen.

„Er wird immer stärker und hält sich länger fest. Ich habe Mühe, mich durchzusetzen", klagt der Mann.

„Er passt nicht mal mehr auf, wie sie aussieht. Wir sollten sie hier wegbringen", flüstert Jonas, als hätte er Angst, dass der Dritte erscheint.

„Ich weiß, sie sieht aus wie ..."

„Hör auf, das will ich nicht hören", faucht Jonas und Laura kommt mit dem kombinieren gar nicht so schnell hinterher. Wie soll sie aussehen, oder besser gesagt wie wer?

„Ihr solltet etwas essen", kommt wieder leise von dem Mann mit der seichten Stimme.

„Deshalb bin ich auch hier. Zum Glück bist du da, ansonsten würden wir wahrscheinlich gar nichts bekommen", sagt Jonas und Laura hört Geschirr klirren.

Darauf antwortet der andere nicht mehr, sondern scheint das Haus zu verlassen, denn Laura hört eine Tür zuknallen.

Kurz danach kommt Jonas zurück und stellt zwei Teller auf dem Tisch. Auf beiden ist ein Toastbrot mit Wurst belegt und dazu jeweils ein Jogurt. Es ist nicht viel, aber für den Moment stillt es den Hunger.

„Dürfte ich auf die Toilette?", traut sich Laura zu fragen und schaut Jonas ängstlich von unten heraus an.

„Ja, klar", entgegnet er fast selbstverständlich und verwundert Laura wieder einmal. „Da ist das Bad", redet er weiter und zeigt auf die Tür, die hinter ihrem Rücken ist. Also die darf sie öffnen, nur nicht die andere.

Laura steht vorsichtig auf, immer mit dem Gedanken sofort in Deckung zu gehen, falls er sich das anders überlegt. Aber das tut er nicht und sie betritt den ihr zweiten zugänglichen Raum. Es ist wirklich ein kleines Badezimmer. Eine Fluchtmöglichkeit? Ihr erster Blick fällt deswegen auf das Fenster, aber zu ihrem Erstaunen ist da außen ein Gitter angebracht. Das soll mal einer verstehen. Während sie auf der Toilette sitzt, schaut sie sich weiter um. Eine Dusche, ein Waschbecken und ein paar Badmöbel. Nichts Besonderes, aber es scheint für einen jungen Mann zu reichen. Und jetzt muss es auch für sie ausreichend sein, sie weiß nur nicht für wie lange.

Zurück bei Jonas, der das Toastbrot schon verdrückt hat und gerade den Jogurt öffnet, setzt sie sich wieder ihm gegenüber und isst ebenfalls ihren Toast.

Abermals zieht Stille ein und es vergeht eine weitere Stunde. Laura schaut ständig auf ihre Uhr, aber die Zeit scheint langsamer zu vergehen als normal. Sie versucht, immer wieder das Verhalten von Jonas zu studieren und irgendeinen Weg zu finden mit ihm ein Bündnis einzugehen. Aber er zeigt innerhalb einer Stunde so viele Fassaden, die Laura nicht verbinden kann. Von interessiert und aufmerksam bis hin zu einer tiefen Depression ist alles dabei.

Es wird schon dunkel als Jonas, das Foto, was immer noch auf dem Boden liegt, aufhebt und auf die Kommode legt. Dann fegt er die Scherben zusammen. Er würdigt währenddessen Laura keinen Blick und steht am Ende stumm am Fenster. Er knaupelt nervös an seinen Fingern und schaut der untergehenden Sonne zu.

Sie überlegt, wie sie nur wieder ein Gespräch anfangen könnte? Wie lange soll diese erdrückende Stille über sie hängen?

Laura bemerkt zudem, dass an den Fenstern sogar Griffe sind. Sie wägt abermals ab, ob sie eines unbemerkt öffnen könnte und wie hoch es wohl nach unten geht. Würde sie einen Sprung unverletzt überstehen?

„Denk nicht einmal daran. Du wärst schneller tot, als du einen Augenschlag tun könntest", sagt Jonas und dreht sich zu Laura um. Sie schaut ihn verdutzt an, denn sie ist überrascht, wie er ihre Gedanken lesen konnte. Wer ist hier ein angehender Psychologe? Er oder sie?

„Warum?", fragt sie kurz und leise, weil ihre im Moment Purzelbäume schlagen und er es wahrscheinlich längst mitbekommen hat.

„Da draußen sind Bestien, schlimmer als er", antwortet er eindringlich.

Jonas geht ohne ein weiteres Wort, wobei seine Letzten eine Warnung für sie waren, in das Badezimmer und schließt sogar die Tür hinter sich. Laura ist allein, nicht gefesselt und somit ergibt sich die Chance zum Fliehen. Aber das ist nicht die Lösung, sondern wäre ihr hundertprozentiger Tod. Im Nebenraum könnte er sein, der, der sie hierhergebracht hat und vor dem Fenster, was würde sie da erwarten? Bestien? Wohl auch der Tod. Zumindest nach der Meinung von Jonas. Und irgendwie glaubt sie ihm, sie vertraut ihn sogar. Warum sie ihr Leben in seine Hände legt? Sie kann es nicht sagen, sie fühlt nur, dass es momentan das Richtige ist.

Laura hört das Wasser rauschen und weiß somit, dass Jonas unter der Dusche ist. Wie gerne würde sie das jetzt auch tun. Sie kann ihn ja später darum bitten. Im Moment ist sie froh, allein zu sein und sie steht auf, immer darauf bedacht keine Geräusche zu machen und streckt sich. Ihre Gelenke schmerzen schon den ganzen Tag. Die Bewegungen tun ihr gut und fördern ebenso ein klareres Denken. Was ihr jedoch nicht aus dieser Situation hilft.

Einen kurzen Augenblick denkt sie darüber nach, zur Kommode zu gehen und sich das Foto anzusehen. Aber sie lässt es bleiben, nicht aus Angst erwischt zu werden, nein, sie ist sich sicher, dass Jonas es ihr zeigen wird, wenn die Zeit dafür gekommen ist. Sie würde es bestimmt anders ablegen und somit könnte sie sein Vertrauen verspielen. Er hat seine eigene Ordnung und die ist bemerkenswert.

Das Rauschen des Wassers hat aufgehört und Laura sitzt wieder am Tisch. Jonas kommt aus dem Badezimmer und fordert Laura nur mit einem Blick auf, ebenfalls ins Bad zu gehen. Sie huscht an ihm vorbei und schließt erleichtert die Tür hinter sich. Sie brauchte ihn nicht einmal zu fragen.

Auf der Toilette liegt ein frisches Handtuch und das zeigt ihr, dass Jonas auch klare Augenblicke des Denkens hat. Wahrscheinlich mehr als sie sich vorstellen kann. Glücklich darüber, weil sie weiß, dass genau diese zu ihrem Vorteil sind, zieht sie sich aus und dreht kurz darauf das Wasser auf. Sie lässt es über ihren Körper rieseln, der vom Sport und der ständigen Angst der letzten Stunden mit Schweiß benetzt ist. Sie muss zwar die schmutzigen Sachen wieder anziehen, trotzdem fühlt sie sich wohler. Obwohl es in so einer Situation fast makaber klingt, aber sie ist wirklich froh, noch am Leben zu sein.

Zurück im Zimmer sitzt Jonas, mit dem Rücken zu ihr, auf dem Bett.

„Wir sollten schlafen", kommt nur kurz von ihm und ihr wird mulmig, denn das heißt, sie werden zusammen in diesem Bett liegen. „Du brauchst keine Angst zu haben, ich werde dir nichts tun. Aber ich glaube, wir haben beide etwas Schlaf nötig", redet er unbeirrt weiter und legt sich hin. Er rutscht an die Kante und macht für sie Platz. Es ist nicht wie in einem großen Bett, aber sie ist todmüde und geht letztendlich auf das Angebot ein.

Sie liegt neben ihm, die Decke über den Körper gezogen und wagt sich kaum, zu atmen. Kann sie seinen Worten glauben? Wird er sie wirklich nicht berühren? In diesem Moment dreht er sich zu ihr und schaut sie an.

„Schlaf, bitte. Ich werde dich nicht fesseln, denn ich denke, du weißt, dass du nur hier bei mir sicher bist. Wenn es auch für dich schwer sein mag mit mir das Bett zu teilen, aber wir brauchen unsere Kräfte, man weiß ja nie." Seine Worte klingen durchdringend und Laura nickt ihm stumm zu.

Nach wenigen Minuten nimmt sie das langsame und ruhige Atmen neben sich wahr. Wie kann er nur so gelassen mit der Situation umgehen? Oder hat er das schon einmal durchgemacht? Ist sie nicht die erste Frau, die er von seinem Vater vorgesetzt bekommen hat? Die Aussage, dass sie ein Fehler war und er nicht mehr aufpasst, lässt darauf schließen.

Ihre Gedanken kreisen und sie findet keinen Weg, um aus dieser Lage herauszukommen, und sie kann leider nichts daran ändern. Langsam beruhigt auch sie sich und ihre Augenlider geben der Standhaftigkeit nach, aber an einem festen und tiefen Schlaf ist nicht zu denken.

Bilder eröffnen sich in ihrem Kopf. Kai! Ihre Eltern! Sie werden sich um sie sorgen. Was würde sie jetzt dafür geben, um wieder bei ihnen zu sein. In den Armen von Kai liegen, sich an den breiten Schultern des Vaters ausweinen und Halt finden bei der Mutter. Alle drei sind so wichtig in ihrem Leben und keiner kann sie aus dieser Lage befreien. Dann gesellen sich weitere Gedanken dazu, denn sie lag noch nie mit einem anderen Mann als mit Kai in einem Bett. Aber das ist eine Ausnahmesituation und sie sollte froh sein, hier zu liegen und nicht in den Fängen des Älteren zu sein. Sie hat nur eine Chance, das ist ihr in den letzten Stunden klar geworden. Die Worte, dass sie ihre Kräfte brauchen werden, sagt ihr, dass er genau weiß, in welcher Lage sich beide befinden.

Sie sollte Jonas auf ihre Seite bringen und mit ihren Kenntnissen muss sie immer wieder einen Zugang zu ihm finden. Er ist verschlossen und zieht sich zurück. Der Grund dafür ist sicher das Verhältnis zu seinem Vater, aber momentan vermag sie die Zusammenhänge noch nicht beurteilen zu können.

Ihre Gedanken schweifen immer weiter ab und um sich in ihnen nicht zu verstricken, strengt sie sich an, wieder an Kai zu denken. Sie sieht ihn vor sich und wünscht sich nichts mehr, als dass das hier schnellstens vorbei ist. Letztendlich versucht sie, schöne Momente mit ihm in ihren Erinnerungen abzurufen und darüber schläft sie dann doch für ein paar Stunden ein.

Kapitel 8

Anita tritt neben Andrea, die gerade dabei ist den Brustkorb der toten Frau mit einer sauberen Naht zu schließen. Sie wird am Ende das einzig Schöne sein, was man an dem geschundenen Körper wahrnehmen kann.

„Ich sehe, du bist fertig", bemerkt Anita und ist froh nicht eher gekommen zu sein. So ein geöffneter Brustkorb ist das Letzte, was sie jetzt braucht.

„Ja, nun hat sie ihre Ruhe", schluckt Andrea und schneidet den Faden ab.

„Hast du was für mich?", fragt Anita, tritt einen Schritt zurück und schaut sich um.

„Unter ihren Fingernägeln waren Hautfetzen und Sperma habe ich auch sichergestellt. Zudem noch einige andere Spuren, an ihr und ihrer Kleidung, die uns vielleicht zu dem Täter führen könnten", antwortet Andrea. „Lutz hat bereits alles im Labor. Er ist bestimmt schon dabei es zu untersuchen", redet sie weiter, während sie ein weißes Tuch über den nackten Körper der jungen Frau legt.

„Und wer ist sie nun?", hakt Anita nach.

„Das kann ich dir nicht sagen. Auf den Bildern sehen sich die zwei ziemlich ähnlich, aber das, was sie durchgemacht hat, passierte nicht in einer Nacht. Habt ihr die Blutgruppen der beiden oder vielleicht sogar den Zahnstatus? Größe und Gewicht könnte auch helfen?", will Andrea wissen und redet gleich weiter. „Hier noch etwas Blut, falls Lutz mehr braucht. Eine Probe hat er schon bekommen", hält sie Anita ein Röhrchen entgegen.

„Das wird in den Papieren, die uns das andere Revier schicken will stehen. Die sollten eigentlich schon da sein. Ich werde mich gleich darum kümmern", entgegnet Anita. „Und bleibt es bei der Todesursache?", fragt sie noch, bevor sie wieder hochgehen will.

„Sie ist erwürgt worden", kommt von Andrea, die ihre Notizen nochmals durchgeht.

„Und weiter?"

„Das schreibe ich alles in den Bericht", sagt Andrea und schaut ihr Gegenüber schief an, denn das sollte sie wissen.

„Nur ein paar Eckdaten", sieht Anita Andrea durchdringend an.

„Okay, sie hat Fingernagelspuren am Hals. Der Täter muss so kräftig zugedrückt haben, dass das Zungenbein gebrochen wurde und der Kehlkopf verletzt ist. Sie hat Stauungsblutungen und die Augenbindehäute sind eingeblutet, was ich dir bereits gesagt habe. Zudem wurde sie vergewaltigt. Ich habe schon einiges gesehen, aber die Brutalität ist für mich kaum vorstellbar. Und vermutlich musste sie das nicht nur einmal durchmachen. Über dem ganzen Körper sind Hämatome zu sehen. Sie muss schwerst geschlagen und getreten worden sein. Wenn er sie nicht erwürgt hätte, wäre sie nur Stunden später an ihren inneren Blutungen gestorben", beschreibt Andrea die vor ihnen liegende Tote und zieht ihr das Laken nun auch über den Kopf. „Sie hat Fesselspuren an Hand- und Fußgelenken. Und ihr Magen war leer sowie weist ihr Körper Wassermangel auf. Meiner Meinung nach muss sie mindestens zwei Tage bei Ihrem Mörder gewesen sein. Somit spricht alles für die erste Entführte. Der Todeszeitpunkt, wie ebenfalls schon erwähnt, war zwischen vier und fünf Uhr heute Morgen, das sagen mir zusätzlich zu den Messungen, die Totenflecke und die eintretende Leichenstarre", schließt Andrea ihre Aufzählung ab.

„Schon heftig und du scheinst damit richtig zu liegen", sagt Anita und wendet sich von der Toten ab.

„Ja, fast nicht zu begreifen, wie man einen Menschen so zurichten kann. Alles andere steht dann in dem Bericht wie auch der toxikologische Befund", fährt Andrea fort und gibt Anita damit zu verstehen, dass sie jetzt nicht mehr erfahren wird.

„Ich werde mal zu Lutz gehen, vielleicht hat er schon etwas erreicht. Und das Blut nehme ich mit", erwidert Anita und verlässt fast fluchtartig den Raum.

Nur Sekunden später betritt sie das Labor, was gegenüber ihrem Büro ist. Lutz, der zur hiesigen Spurensicherung gehört, schaut gerade durch ein Mikroskop. Anita nähert sich ihm leise, um ihn keinesfalls zu stören und die Beweismittel zu gefährden.

„Ich habe schon auf dich gewartet", empfängt Lutz Anita, ohne aufzuschauen.

„Hast du was für mich?", fragt sie und versucht, einen Blick auf das zu erhaschen, was er sich da anschaut.

„Also die Hautfetzen und das Sperma sind auf alle Fälle von demselben Mann. Ich muss dich jedoch enttäuschen, er ist nicht in unserer Datenbank gespeichert. Das habe ich sofort abgefragt. Und etwas zum vergleichen hast du vermutlich auch nicht mitgebracht", antwortet Lutz und lehnt sich in seinen Stuhl zurück.

„Nein, leider nicht. Aber hier ist noch etwas Blut der Toten und es wäre schön, wenn du die Blutgruppe herausfindest und wir damit wenigstens sicher sagen können, welche der beiden Vermissten da unten auf dem Tisch liegt. Oder hast du die schon?", fragt Anita und reicht ihm das Röhrchen. „Alles sieht nach der Ersten aus, aber wir müssen es trotzdem ohne den kleinsten Fehler beweisen können", fährt Anita fort und zuckt fast nicht sichtbar mit den Schultern. Sie ist froh, solche Leute um sich zu haben. Jetzt benötigen sie dringend Ergebnisse und das der Täter schnellstens gefunden wird. Unvorstellbar, dass noch mehr Frauen so einen bestialischen Tod finden.

„Ich habe gehört, dass zwei weitere Frauen vermisst werden. Hast du schon Infos von ihnen oder vielleicht deren Blutgruppen? Es wäre extrem wichtig, zumindest für die Angehörigen, dass sie erfahren, was mit ihren Liebsten passiert ist." Lutz sagt das fast nebenbei, denn er hat bereits mit der ersten Probe, die Blutgruppe bestimmt.

„Ich hoffe, Kerstin hat schon etwas bekommen, was die anderen Reviere von den Frauen haben. Sie wollten uns alles umgehend zukommen lassen", erwidert Anita und schaut Lutz abermals über die Schulter, aber sie erkennt nichts, was sie weiterbringen könnte.

„Ich komme rüber, sowie ich fertig bin. Ich habe ja auch noch die Kleidung der Frau zu untersuchen", knurrt Lutz, denn er mag es überhaupt nicht, wenn man ihn so auf die Finger schaut und damit unter Druck setzt.

„Alles klar, bin schon weg", sagt Anita, die genau weiß, wie er tickt.

Sie geht über den Gang und steht nur Sekunden später neben Kerstin. Die schaut sie genauso genervt an, wie gerade eben Lutz.

„Vor fünf Minuten habe ich alles ausgedruckt. Es liegt auf deinem Schreibtisch", meint Kerstin und macht eine dementsprechende Kopfbewegung.

Anita huscht zu ihrem Platz und überfliegt die zwei Blätter. Je Frau eines, aber für den ersten Eindruck ausreichend. Mehr als die Eckdaten braucht sie nicht zur Identifizierung. Beide sind ein Meter siebzig groß und haben ungefähr das gleiche Gewicht, jedoch unterschiedliche Blutgruppen. Deshalb wird es nicht mehr lange dauern und sie wissen, welche der Frauen die Begegnung mit dem Ungeheuer nicht überlebt hat, obwohl es durch die Entführungszeiten bereits bewiesen ist, dass es sich um Lara Lorenz handelt.

„Hast du schon einen Bericht von Andrea?", unterbricht Stefan die Stille.

„Nein, aber was sie gesagt hat, hat mir echt gereicht", antwortet Anita und schaut kopfschüttelnd zu den beiden. „Sie hat einiges an Spuren gefunden und nun müssen wir abwarten", legt sie noch nach.

„Lutz wird sein Bestes geben", sagt Kerstin und schon betritt er den Raum.

„Da ist er doch", grinst Stefan, weil Lutz wie aufs Wort erscheint.

„Schneller ging es nicht. Aber mit den Spuren an den Sachen müsst ihr nun wirklich noch etwas warten", entschuldigt er sich fast und legt Anita einen Zettel auf den Tisch.

„Blutgruppe A", nuschelt sie und gleicht es mit den Infos ab.

„Welche ist es?", fragt Kerstin und gleichzeitig sieht sie das Bild der Frau auf ihrem Computer. Anita ist mit allen vernetzt und so erscheint sie bei jedem, der mit dem Fall zu tun hat.

„Eigentlich ist es egal, welche es ist. Die Zweite macht vielleicht gerade das durch, was sie überstanden hat", redet Stefan leise und trotzdem haben es alle gehört.

„Stimmt, aber die ist tot", hält Kerstin dagegen.

„Lieber tot als das erleben zu müssen", gibt Anita ihre Meinung auch dazu und es zieht eine betrübte Stimmung ein.

Lutz will sich dem entziehen und schleicht zur Tür.

„Hast du etwa nur die Blutgruppe für uns?", hält ihn Stefan auf.

„Das andere hat Anita schon und an den Spuren von der Kleidung bin ich dran. Hab ich doch eben gesagt." Mit diesen Worten verlässt er hastig den Raum und alle Blicke liegen wieder auf Anita.

„Okay, die Spuren haben ein übereinstimmendes Ergebnis von einem Mann gezeigt, aber er ist uns nicht bekannt, somit nicht vorbestraft", sagt Anita und schaut nicht gerade zufrieden damit in die Runde.

„Wie sollen wir den Mistkerl dann finden?", fragt Stefan und starrt Anita an.

„Vielleicht verraten uns die Sachen, wo sie gewesen ist. Wenn das Bachwasser nicht zu viel weggespült hat", bemüht sich Anita die Ruhe zu bewahren, wobei sie innerlich zu explodieren droht.

Sie sortiert ihre Unterlagen und steht dann vor einer großen Pinnwand. Sie ist beschreibbar und magnetisch. Sie haben diese bis heute nur sehr selten benutzt, aber jetzt hängt sie die Fotos der Frauen daran und darunter schreibt sie die jeweiligen

Eckdaten. Daneben befestigt sie mit einem Magnet eine Landkarte, wo ein Ausschnitt ihrer Stadt mit den umliegenden Dörfern zu sehen ist. Darauf sind auch schon die Entführungsorte eingetragen und Anita trägt nur noch den Leichenfundort ein.

Kerstin und Stefan beobachten sie und beide wissen, dass sie jeder Zeit Ergänzungen anbringen können. Alle, die mit diesem Fall beschäftigt sind, dürfen sich an der Tafel informieren.

Kapitel 9

*L*aura liegt regungslos im Bett, Jonas den Rücken zugekehrt und lauscht den Geräuschen, die aus dem Nebenzimmer zu ihr durchdringen. Jonas schläft noch und hat sein Wort gehalten, sie nicht zu berühren. Sie selbst hat nicht richtig schlafen können, aber es scheint ihrer Konzentration nicht zu schaden. Ihre Ohren sind gespitzt und gleichzeitig versucht sie, das, was sie hört im Kopf zu sortieren.

Ein Auto hat vor dem Haus gehalten und jetzt läuft irgendjemand im Nebenzimmer hin und her. Gegenstände werden auf einen Tisch oder einer Bank gestellt. Dann hört sie rascheln von Tüten und Kartons und wie eine Kühlschranktür geöffnet wird. Anscheinend werden Lebensmittel darin verstaut. Erst als die Tür wieder geschlossen ist, zieht Ruhe ein. Es ist Jonas Vater, der da drüben herumwirbelt und einkaufen war, oder doch eher der andere Mann? Sie hört kein böses Wort wie etwa ein Fluchen. Aber plötzlich nimmt sie etwas wahr, dass sie unruhig werden lässt. Es klingt wie Tatzen mit Krallen, die auf den Fußbodenfliesen laufen. Sind da Hunde? Sie hat nicht gerade Angst, aber jedoch immensen Respekt, wenn die Tiere größer als ein Dackel sind. Und diese scheinen ziemlich gewaltig zu sein, denn sie schnaufen und sie hört wie sie nach etwas schnappen. Sind das die Bestien, die Jonas meinte?

„Macht, dass ihr rauskommt", stößt der Mann hervor und erhält ein Knurren als Antwort. „Er wird euch dann füttern, ich habe nichts für euch", legt er nach und schlägt eine Tür zu. Er hat die Hunde ausgesperrt und Laura bekommt immer mehr die Gewissheit, dass hier drei Männer zusammen wohnen. Aber wer ist der Dritte? Und wer von denen ist der Vater von Jonas? Gehören sie alle zu dieser Familie?

Laura hat sich auf die Ellenbogen gestützt, um besser den Geräuschen zu folgen, und bemerkt nicht, dass sie längst dabei beobachtet wird.

„Nach was lauschst du?", fragt Jonas verschlafen und Laura fährt erschrocken zusammen.

„Der Mann da draußen war einkaufen", flüstert sie, damit er sie ja nicht hört.

„Das ist mein Vater", sagt Jonas, streckt sich und setzt sich an den Bettrand.

„Das war der andere, der nettere", stottert Laura, weil sie nicht weiß wie sie sich richtig ausdrücken soll.

„Das ist auch mein Vater", kommt lapidar von Jonas und verschwindet im Bad.

In Lauras Kopf wirbelt alles durcheinander. Ebenfalls sein Vater? Man hat doch nicht zwei Väter? Oder leben sie hier in einer homosexuellen Beziehung? Dann würden sie sicher keine Frauen entführen. Sie versucht, ihre Gedanken zu ordnen, aber es gelingt ihr nicht.

„Ich hole uns was zum Frühstück", läuft Jonas nur wenige Minuten später an ihr vorbei und scheint seine eigene Aussage als normal zu finden. Sie tut das keines Falls. Irgendetwas stimmt hier nicht und sie wird es herausbekommen. Ob es zu ihren Besten ist, sei dahin gestellt und ob sie die Wahrheit überhaupt erfährt, bevor sie stirbt oder sich befreien kann, ist auch nicht absehbar. Erschrocken über ihre eigenen Gedanken springt sie aus dem Bett und verschwindet im Bad.

Im Spiegel schaut ihr eine junge Frau voller Angst entgegen. Sie braucht eine Weile, um sich selbst zu erkennen. Der eine Tag hat Spuren auf ihr Antlitz gezeichnet, die sie versucht, mit der Hand wegzuwischen. Aber es funktioniert nicht. Sie wäscht ihr Gesicht kalt ab und schaut sich wieder an. Es hat sich jedoch nichts geändert.

Tränen steigen ihr in die Augen, die Hände fangen an zu zittern und langsam wird sie ihrer Lage bewusst. Immer noch in den gleichen Sachen aber mit einem sauberen Gesicht, schleicht sie zurück in das Zimmer, wo sie anscheinend nie wieder herauskommt.

Laura setzt sich zu Jonas an den Tisch und er schiebt ihr eine Tasse Kaffee zu. Zögerlich greift sie danach wie auch nach einem frischen Brötchen. Sie weiß nicht, was sie davon halten soll. Sie wurde entführt, ist nicht mehr gefesselt und bekommt genug zu essen und zu trinken. Behandelt man so eine Gefangene? Sie sollte darüber froh sein, aber sicher ist sie nur in diesem Zimmer. Was würde passieren, wenn der Vater sie zu sich holt? Würde Jonas sie verteidigen? Hätte er Einfluss auf seinen Vater? Oder ist er ebenfalls hier eingesperrt?

Laura beißt in das Brötchen und schiebt die Gedanken für eine Weile zur Seite.

Jonas ist schon fertig und schaltet den Fernseher an. Genau richtig zu den neusten Nachrichten von einer toten Frau, die an einem Bach gefunden wurde. Mit zitternder Hand stellt sie die Tasse, die sie eben an den Mund führen wollte, wieder ab und schaut sich das Foto an, was auf dem Bildschirm gezeigt wird. Eine blonde junge Frau. Sekunden später zeigen sie eine Zweite, die vermisst wird. Sie gleicht der Ersten erstaunlich, aber dann sieht sie ihr eigenes Gesicht, das da nicht richtig dazu passt. Sie kann jedoch einen Zusammenhang erkennen, denn es ist der Bach in dem Park, wo sie wie jeden Morgen joggen war. Ehe sie zu Ende hören kann, was über sie gesagt wird, schaltet Jonas den Apparat wieder aus. Er weicht ihrem fragenden Blick aus und stellt sich mit dem Rücken zu ihr an das Fenster. Seine Hände verbirgt er in den Hosentaschen, damit sie nicht merkt wie auch seine zittern. Er kann mit dieser Situation genauso wenig umgehen wie sie. Sie sind unumstritten beide Gefangene.

Laura nippt an ihrem Kaffee und überlegt wie sie das Gespräch mit ihm in Gang bringen kann. Sie will mehr über seinen Vater und den anderen Mann erfahren. Sie muss wissen, welche Chancen sie hat, hier lebendig wieder herauszukommen. Oder ob es sich überhaupt lohnt, zu kämpfen.

„Du hast also zwei Väter?", fragt Laura und beobachtet jede Reaktion von ihm. Aber er zeigt keine. Er steht einfach da und sie kommt sich vor, als würde sie mit einer Wand reden.

„Ist die zweite Frau auch hier?", wagt sie sich, weiter zu fragen, denn nach dem Bericht im Fernseher lässt es den Schluss zu. Endlich dreht er sich zu ihr um und sein Gesicht zeigt ihr, dass er unter Stress steht. Seine Augen sind zusammengekniffen, die Lippen aufeinandergepresst und seine Wangen nehmen eine rötliche Farbe an.

„Ich kann dir nicht helfen", presst er heraus, ohne das Laura ihn danach gefragt hat. „Ich kann nicht einmal mir selbst helfen", redet er weiter und schaut sie stur an.

„Vielleicht finden wir zusammen einen Weg hier raus", versucht Laura ihn in ihre Richtung zu lenken.

„Du kennst mich doch gar nicht. Warum willst du mir helfen", starrt er in die Leere.

„Ich habe dich schon kennengelernt", kontert Laura.

„Nach einem Tag denkst du, mich zu kennen."

„Ich habe sofort gemerkt, dass du nicht meine Gefahr bist", kommt sicher von ihr.

„Du bist schlau", sagt Jonas und und kratzt sich nervös am Kopf.

„Das kannst du so nicht sagen. Ich sehe nur alles etwas anders, wahrscheinlich weil ich Psychologie studiere und irgendwie in Menschen hineinschauen kann", erklärt Laura und es scheint sein Interesse geweckt zu haben.

„Und was siehst du bei mir?", setzt er sich wieder an den Tisch und schaut Laura durchdringend an.

„Du bist von irgendetwas traumatisiert. Du hast depressive Phasen und du traust dich nicht, dich gegen deinen Vater aufzulehnen. Und bei dem anderen wahrscheinlich auch nicht. Manchmal bist du nervös und hippelig und dann wieder kaum ansprechbar. Dass ich hier bin, geht dir gewaltig gegen den Strich, aber trotzdem versuchst du, mir zu helfen, und sagst mir, was ich lieber sein lassen soll, um zu überleben. Ich denke, du bist genauso gefangen wie ich. Wenn ich wüsste, was du Schreckliches erlebt hast, könnte ich dir bestimmt helfen", erläutert Laura kurz, damit sie ihn nicht überfordert und er am Ende eher zu macht als sich ihr zu öffnen.

Jonas starrt sie an, sein Mund geht auf, um zu reden, schließt sich jedoch wieder. Laura wartet geduldig, denn ihr ist klar, dass er eingebrannte Hürden hat und nicht einfach alles erzählen kann. Bei manchen dauert es mehrere Sitzungen, um das Wichtigste über das Leben zu erfahren. Aber bei Jonas muss sie rascher zum Ziel kommen. Wer weiß wie viel Zeit ihr zur Verfügung steht. Sie wird jedenfalls alles versuchen, denn nur er ist ihr Weg zurück in die Freiheit. Egal ob mit ihm oder ohne ihn. Sie will wieder nach Hause und das schnell und gesund.

„Wenn du mir nichts über die Vergangenheit sagen möchtest, dann erkläre mir die jetzige Situation. Wieso hast du zwei Väter?", beginnt Laura nochmals und sehr vorsichtig.

Er schaut sie unvermindert angestrengt an und scheint abzuwägen, was er ihr preisgibt und was nicht.

„Ich habe nur einen Vater", sagt er und seine Stirn legt sich in Falten, was Laura zeigt, dass er sich wirklich jedes Wort überlegt.

„Der andere Mann ist aber auch dein Vater. Das hast du vorhin gesagt", hält Laura dagegen.

„Es ist nur einer. Tagsüber nett und nachts ...", knurrt Jonas und das Wort für das Böse bleibt ungesagt in der Luft hängen. Gleichzeitig will er sich schon wieder abwenden, aber sie lässt es nicht zu.

„Dein Vater hat zwei Persönlichkeiten?", fragt sie ihn deshalb auf dem Kopf hin, denn eine weitere Möglichkeit ergibt sich für Laura nicht. Zwei absolute Gegensätze in einem Körper.

„Ja, der eine ist mein Vater und der andere ist Rolf. Wo das herkommt, kann ich dir nicht sagen. Aber das ist für alles der Grund", sagt Jonas ruhiger und löst in Laura noch mehr Fragen aus.

„Wie lange ist das denn schon so?", drängelt sie weiter und zieht ihn förmlich jedes Wort aus der Nase.

„Das weiß ich nicht mehr", zuckt er mit den Schultern. „Ich war zwölf, als wir hierhergezogen sind. Seitdem habe ich nichts anderes gesehen als wie das", redet er weiter und zeigt zum Fenster.

Laura muss schlucken, denn für sie ist das unverständlich und grausam zugleich, einen jungen Menschen so lange einzusperren.

„Wie alt bist du jetzt?", fragt sie zögerlich.

„Zweiundzwanzig", antwortet er und dreht sich von Laura weg. Damit versucht er, ihr verständlich zu machen, dass er genug gesagt hat. Aber sie will mehr, sie will sich mit den wenigen Informationen nicht abfinden.

„Kann man nicht mit der guten Seite deines Vaters reden?", probiert sie es weiter.

„Du kannst gar nichts. Du bist ein Fehlgriff", faucht Jonas und verschwindet im Bad. Er entzieht sich ihren Fragen, deren Antworten so wichtig für sie sein könnten. Seine Stimmung ist so rasant gekippt, dass er wohl selbst nicht damit klarkommt. Laura kann nur hoffen, dass er sich schnell wieder fängt.

Aber da ist wiederholt das Wort: Fehlgriff! Dass sie nicht in das Bild des Vaters passt, hat sie schon längst gemerkt und im Fernsehen hat man es offensichtlich gesehen. Da wurde sogar daran gezweifelt, dass sie überhaupt von diesem Mann entführt wurde. Aber warum lebt sie noch, wenn sie ein Fehler war? Ein anderer hätte sie sofort umgebracht, wie sie sich jedoch erinnern kann, war ihr Anblick fast einschüchternd und bedrohend für Jonas und wahrscheinlich auch für seinen Vater. War es der Schreck, wie sie aussieht oder steckt da mehr dahinter? Sie muss es herausfinden, denn sie lebt bis jetzt, aus einem Grund, den sie nicht kennt. Noch nicht!

Kapitel 10

*A*nita ist mit den Ergebnissen nicht zufrieden. Was sie haben, ist eigentlich nichts. Die Spuren zeigen ihr nur, welche der Frauen tot ist, aber wer es getan hat, ist nicht ersichtlich. Auf weitere Beweise, die vielleicht an der Kleidung zu finden sind, muss sie noch warten. Aber die beiden anderen Frauen haben diese Zeit nicht. Sie können nur hoffen, dass sie noch leben. Jedoch diesen Qualen ausgesetzt zu sein und nicht zu wissen, was er mit den Frauen macht, ist für Anita kaum erträglich.

„Was grübelst du?", fragt Stefan, der sie schon die ganze Zeit beobachtet.

„Wir haben zu wenig", antwortet sie kurz und ihre Stimme zittert vor innerlicher Wut. Immer wieder steht sie vor der Tafel und überfliegt das, was sie bis jetzt wissen.

„Lutz findet garantiert etwas an der Kleidung", wirft Kerstin dazwischen.

„Das dauert zu lange. Die Frauen haben diese Zeit nicht", knurrt Anita und setzt sich zum wer weiß wievielten Male hin.

„Aber Lutz ist nun mal nicht schneller. Er tut sein Bestes", versucht Stefan, Anita zu beruhigen.

„Das weiß ich doch. Aber können wir nicht mehr tun?", schaut Anita ihn verzweifelt an.

„Wir können noch mal in den Park fahren. Haben wir doch gesagt. Er wird weiterhin abgesperrt sein. Wir haben ja keine Freigabe rausgegeben, oder?" Er sieht fragend zu Anita und dann zu Kerstin.

„Nein, haben wir bislang nicht. Ich habe vorhin angerufen, dass sie bis auf weiteres vor Ort bleiben sollen", bemerkt Kerstin.

„Aber was willst du noch finden?", wendet sich Anita interessiert Stefan zu.

„Wir haben alles am Bach abgesucht und auf dem Weg haben wir nur das Handy gefunden und das gehörte nicht einmal der Toten", erwidert Kerstin.

„Aber diese junge Frau wurde auch entführt, das wissen wir mittlerweile. Vielleicht haben wir etwas übersehen, was mit ihr zu tun hat und nicht mit der Toten. Wir wussten da ja nicht, dass diese Laura mit dem im direkten Zusammenhang steht", entgegnet Stefan.

„Sie wurde mitten auf dem Weg geschnappt und verschleppt. Keiner von uns hat weiter nach Beweisen gesucht", denkt Anita laut.

„Genau und das sollten wir ändern", sagt Stefan und packt seine Sachen schon zusammen.

„Wie meinst du das?", fragt Anita und sie runzelt die Stirn.

„Er hat die Tote dahin gebracht und gleich wieder eine mitgenommen. Wie hat er das gemacht?" Stefan schaut zu den beiden und hält dabei den Kopf schief.

„Wir haben doch alles nach eventuellen Autospuren abgesucht", mischt sich wieder Kerstin ein, die ja mit vor Ort war.

„Wahrscheinlich hat er die Tote durch das Wasser getragen, aber diese Laura war auf dem Weg. Da ist alles asphaltiert und zudem hat es geregnet. Wenn er gelaufen ist, sind die Spuren außer Zweifel weggewaschen", versucht Stefan den beiden zu erklären. „Aber wer sagt, dass er sie so vom Fleck weg mitgenommen hat. Bestimmt hat sie sich gewehrt und für uns etwas hinterlassen. Zudem hat doch der Verlobte gesagt, dass er gehört hat, wie Blätter geraschelt haben", legt er nachdenklich nach.

„Wir fahren noch mal hin", stößt Anita aus und in Stefans Gesicht macht sich ein Lächeln breit. Denn er ist stolz auf sich, Anita überzeugt zu haben.

„Ich bleibe hier, falls irgendwelche Infos reinkommen", ruft Kerstin den beiden nach, die schon längst durch die Tür sind.

Stefan hält das Absperrband hoch, damit Anita darunter hindurchhuschen kann. Beide ziehen sich Handschuhe über und nehmen jeden Zentimeter des Weges, wo sie das Handy gefunden haben, unter die Lupe.

Es dauert nicht lange und Stefan geht in die Hocke und schaut in ein Gebüsch hinein.

„Hast du was?", fragt Anita, die sich ihm von hinten genähert hat.

„Hier ist der Erdboden niedergedrückt und einige Äste des Strauches sind abgebrochen", erklärt er, was er da sieht.

„Kann das auch von Tieren sein?"

„Auf dem Boden schon, aber die Äste?", schaut Stefan fragend zu Anita.

„Dann mach erst Fotos, bevor du da hineingehst", fordert Anita ihn auf.

„Das weiß ich selbst", knurrt Stefan, der wie in einem Tunnel zu sein scheint.

Anita beobachtet ihn, wie er immer wieder Fotos macht und Zentimeter für Zentimeter weiter in diesem Gestrüpp verschwindet. Sie lässt ihn machen, denn sie ist sich sicher, dass er nicht das Geringste übersieht. Vielleicht war es wirklich richtig, noch einmal herzukommen.

„Bingo, wir kriegen das Schwein", sagt Stefan und Anita ist augenblicklich wieder bei ihm.

„Was hast du?"

„Hier wurde gekämpft oder zumindest jemand gewaltsam zu Boden gedrückt. Und ich habe einen Lappen gefunden, der immer noch nach Propofol riecht", hört Anita ihn sagen und eine Tüte knistert, in den er diesen Stofffetzen als Spur sichert.

„Sei vorsichtig, wenn du wieder rauskommst", sagt Anita und läuft den Weg zum Parkplatz hoch, stets die Augen auf dem Asphalt.

„Ich werde mich bis oben durchkämpfen", ruft Stefan, der mit dem Fotoapparat ohne Pause Fotos schießt.

Wenige Minuten später treffen sich beide wieder am Auto.

„Hast du noch was? Auf dem Weg habe ich absolut nichts mehr gefunden", entgegnet Anita Stefan, der sich skeptisch umsieht und sich die Handschuhe abstreift, nachdem er alles im Kofferraum verstaut hat.

„Er muss sie getragen haben, und zwar hier oben heraus. Da sind die Bäume und das Gestrüpp hört schon ein paar Meter weiter unten auf. Somit hat er fast keine Spuren hinterlassen", sagt Stefan und Anita merkt, dass es in seinem Kopf noch mehr arbeitet.

„Die Tote hat er da hinuntergetragen und die Betäubte war hier oben", nuschelt Anita und schaut zwischen den beiden Tatorten hin und her. „Sein Auto muss also hier auf dem Parkplatz gestanden haben", schlussfolgert sie noch.

„Das glaube ich nicht. Man hätte ihn da beobachten können", widerlegt er ihre Vermutung.

„Aber dann müsste er ja die Absicht gehabt haben, die nächste schon mitzunehmen. Er hatte ja das Propofol bei sich", kombiniert Anita.

„Das denk ich auch nicht. Ich nehme an, diese Laura war ein Zufallsopfer. Und das Betäubungsmittel hat er garantiert immer griffbereit im Auto."

„Weil sie brünett ist?", fragt Anita und schaut Stefan prüfend an.

„Er hat ein Beuteschema und das passt alles nicht. Wenn nicht gerade die Tote dagewesen wäre, würden wir etwas ganz anderes vermuten."

„Du meinst, er ist seinem Trieb nachgegangen und da es geregnet hat, hat er die Falsche erwischt?"

„So ungefähr. Die beiden vorherigen Frauen sind doch abends entführt worden", antwortet Stefan und geht den Rand des Parkplatzes ab.

„Was suchst du jetzt wieder? Er wird nicht mit dem Auto über den Rand gefahren sein."

„Nein, aber hier geht ein Weg in den Wald und er kann auch aus einer ganz anderen Richtung gekommen sein", erwidert Stefan und ist fast mit der Nase in dem Schlamm, der sich durch den Regen auf dem Weg gebildet hat.

„Das haben wir schon alles abgesucht", ruft Anita den sich immer weiter entfernenden Stefan hinterher und steht mit verschränkten Armen auf dem asphaltierten Parkplatz.

„Den Seitenweg hier auch?", hört Anita und jetzt hält sie nichts mehr an ihrem Auto. Sie wechselt schnell die Schuhe und folgt ihm. Trotzdem versucht sie am Rande des Weges zu laufen, denn es haben sich stellenweise riesige Pfützen gebildet.

„Denkst du, du findest noch was nach dem starken Regen?", fragt Anita und Stefan fährt erschrocken zusammen, da er sie nicht direkt hinter sich erwartet hat.

„Hier, abseits des Waldweges hat zumindest ein Fahrzeug gestanden. Es muss relativ groß und schwer gewesen sein. Heute früh sind wir nicht so weit reingegangen, sondern sind nur den Hauptweg abgelaufen", bekommt sie die Antwort.

„Woran siehst du das?"

„Die Reifenabdrücke sind ziemlich tief. Aber er ist langsam losgefahren, wahrscheinlich wegen den Schlamm und hat uns somit eine gute Spur hinterlassen."

„Was du alles siehst", lacht Anita, ist aber von seinen Erfahrungen nicht überrascht.

„Deswegen bin ich bei euch", lächelt er ebenfalls und holt das Nötige aus seiner Tasche, um einen Gipsabdruck zu machen.

„Und wenn das ein Forstauto war? Ich bin noch nicht davon überzeugt, dass er so weit im Wald, sein Auto abgestellt haben soll."

„Das werden wir herausfinden und können ja den Förster fragen, der für das Gebiet zuständig ist. Aber es ist ein Punkt, wo er ungesehen zum Bach hinunterkommt und wenn du hier stehst, kannst du auch durch die Bäume hindurch einen ziemlich großen Abschnitt des Weges im Park einsehen. Und es ist genau der, wo diese Laura langgelaufen ist."

„Du meinst, er hat sie von hier aus beobachtet, sich das Propofol geschnappt und sie ohne weiter zu überlegen, überfallen und mitgenommen", fasst Anita seine Gedanken zusammen.

„Genau, er konnte bestimmt nicht widerstehen", sagt Stefan mit einem bitterbösen Unterton und packt seine Utensilien wieder in seine Tasche. „Ich habe alles, wir können gehen", redet er weiter und huscht an Anita vorbei zurück zum Parkplatz. Er lässt sie einfach stehen, aber sie beschwert sich nicht, denn jeder von ihnen verarbeitet die Fälle anders. Seine Tonlage zeigt ihr, dass er den Täter so schnell wo möglich finden will und vor allen die Frauen und das lebend.

Sie versucht, genauso vorsichtig zurückzulaufen, aber ihre Schuhe sind trotzdem voller Schlamm. Beide schauen an sich hinunter, und ihr Aussehen ist ihnen egal, denn es hat sich gelohnt. Sie haben viele Fotos, den Hinweis auf die Betäubung von Laura und einen Gipsabdruck von dem hoffentlich dem Täter gehörenden Auto.

Für den Moment sind sie zufrieden und machen sich daran, die Beweise schnellstens ins Labor zu bringen.

Kapitel 11

*E*s ist fast eine Stunde vergangen, in der Laura bewegungslos dasaß, in ihrem Kopf nach dem bisherigen erworbenen Wissen suchte, wie man mit so einen Menschen umgehen sollte. Viel weiß sie noch nicht über Persönlichkeitsstörungen, aber das entmutigt sie nicht im Geringsten. Sie hat gelernt, nie aufzugeben, und hat das zu ihrer Stärke gemacht. Das wird ihr hier hoffentlich helfen.

Sie muss Jonas zum Reden bringen. Nur durch ihn kann sie verstehen, warum er selbst so ist, was ihn dazu gebracht hat und vor allem, wie sein Vater tickt und seit wann er mit den wechselnden Zuständen lebt.

Ein lauter Knall reißt sie aus ihren Gedanken, Jonas steht plötzlich neben ihr und dann hören sie ihn wieder brüllen.

„Macht euch raus, ihr bekommt gleich was zu fressen", schreit er die Hunde an, die wieder nur ein Knurren als Antwort haben und wie wild mit den Krallen auf dem Fußboden scharren. Sie scheinen stets an seiner Seite zu sein und ihm überallhin zu folgen, zumindest wenn sie hungrig sind.

Jonas schleicht zum Fenster und mit einem kurzen Nicken setzt er sich wieder Laura gegenüber an den Tisch. Ihr sagt es, dass die Hunde draußen sind, und sie hofft, er ist auch gleich mitgegangen.

„Du musst mir helfen und mir vertrauen", versucht Laura mit leisen Worten nochmals dem allen hier auf den Grund zu gehen.

„Ich muss gar nichts", antwortet er schon wieder etwas genervt.

„Wir sollten vielleicht gemeinsam einen Weg finden, um hier herauszukommen", redet sie weiter und wünscht sich, dass er nicht ein weiteres Mal ins Bad verschwindet.

„Es gab die ganzen Jahre keinen Weg für mich hier raus", sagt er nun eher bedrückt und das ist für sie das Zeichen jetzt nicht nachzulassen.

„Warum sprichst du nicht mit der guten Seite deines Vaters?"

„Er würde mich ebenso niemals gehen lassen. Weil da ...", stottert Jonas und schaut zu Boden, wo das lag, was ihn vollkommen durcheinandergebracht hat.

„Weil was? Rede mit mir, bitte", fordert Laura, aber er schüttelt nur mit dem Kopf. „Hat das etwas damit zu tun, dass ich ein Fehlgriff war?", betont sie weiter, worauf er aufsteht und auf die Kommode greift.

Ohne ein Wort legt er ein Foto auf den Tisch und schiebt es nur Sekunden später zu Laura. Sie zieht es zu sich heran und erstarrt, als sie es sieht.

Sie scheint in einen Spiegel zu schauen. Die Frau gleicht ihr unfassbar, als wäre es ihre Schwester oder Mutter. Mutter! Ist das Jonas Mutter? Das würde die Reaktion des Vaters erklären. Aber wo ist sie? Hat er sie auch weggesperrt, wie seinen Sohn?

„Wer ist das", schluckt Laura, damit die Worte über ihre Lippen kommen.

„Meine Mutter", bestätigt Jonas ihre Gedanken.

„Wo ist sie?" Laura wird langsam ungeduldig, denn sie spürt, einem weiteren Geheimnis auf die Spur zu kommen. „Hat er deswegen so auf mich reagiert?", bettelt sie beinahe um eine Antwort.

„Ja, er hat wahrscheinlich gedacht, sie ist wieder da", antwortet Jonas leise, denn er hat sichtlich Angst, dass er ihr Gespräch mithören könnte.

„Hat sie euch verlassen? Und warum hat sie dich nicht mitgenommen?" Laura ahnt, dass sie auf diese Frage keine Antwort bekommt, weil er sie bestimmt genauso wenig hätte gehen lassen wie ihn.

„Sie ist weg, aber nicht so, wie du denkst", flüstert er und Laura beugt sich zu ihm, um nicht ein Wort zu verpassen.

„Erzähl es mir, dann kann ich dich bestimmt besser verstehen", erwidert sie ebenso leise, und alle ihre Sinne sind auf Hochtouren geschaltet.

„Als er spürte, dass etwas mit ihm nicht stimmt, sind wir hier in die Einöde umgezogen. Wir mussten mit, wir hatten keine Wahl. Er hat es einfach über unsere Köpfe hinweg entschieden. Und nur damit die Leute nicht schlecht über ihn reden", beginnt er zu erzählen, während er sich zurücklehnt und nochmals zum Fenster hinausschaut, um zu schauen, ob sein Vater immer noch an seinem Auto ist.

„Wo ist dieses Haus hier?", fragt Laura, um ihn die Anspannung etwas zu nehmen.

„Wir sind hier außerhalb der Ortschaften am Waldrand. Vielleicht ein oder zwei Kilometer vom nächsten Ort entfernt. Genau weiß ich das nicht, man sieht nur ein paar Häuser in der Ferne. Das ist ein kleines Gehöft und gehörte einen älteren Mann. Er hatte einige Schafe und Kaninchen und lebte hier in seiner eigenen Welt. Mein Vater hat uns gesagt, er hätte es gekauft, aber das glaube ich ihn irgendwie nicht. Der alte Mann konnte es angeblich nicht mehr bewirtschaften. Das Haus war nicht gerade groß, mein Vater hat es jedoch schon vorher ausgebaut, ohne das wir es gemerkt haben. Keiner weiß, dass wir hier sind. Meine Mutter hat mir erzählt, dass er damals alles abgemeldet hat und gesagt, dass wir wegziehen." Jonas holt tief Luft und scheint erst einmal Ordnung in seinem Kopf zu schaffen.

„Wo habt ihr denn gewohnt?"

„Vielleicht 200 km entfernt", kommt kurz von Jonas und ob das stimmt weiß keiner, denn er kann sich auch dabei verschätzen, da er damals noch ein Kind war.

„Ihr habt aber alles hier. Strom, Wasser und, und, und ...", fragt sich Laura fast selbst, denn sie kann nicht verstehen, wie jemand einfach verschwinden kann.

„Soweit ich weiß, läuft das alles noch auf den alten Mann. Mein Vater hat es niemals umgemeldet und solange er pünktlich bezahlt, fragt ja keiner nach. Deshalb denke ich, dass es ihm nicht richtig gehört. Ganz blöd bin ich auch nicht. Und meine Mutter hat es ebenso gesehen, jedoch hat sie sich nicht getraut, ihn direkt darauf anzusprechen", erwidert Jonas und zuckt mit den Schultern.

„Dein Vater fährt aber auch einkaufen?"

„Ja und? Hier kennt ihn niemand und in den großen Discounter achtet doch keiner auf einen Fremden."

„Der ältere Mann ist der weggezogen?", will Laura wissen, obwohl sie schon kombiniert hat, dass es nicht so ist, denn dann würde hier nicht alles über ihn laufen.

„Nein, der war einfach mal weg. Ich glaube, dafür ist mein Vater verantwortlich", kommt von Jonas und sie beide scheinen denselben Gedanken zu haben. Er wird ihn beseitigt haben, um seinen perfiden Plan durchziehen zu können.

„Und was ist jetzt mit deiner Mutter", hakt Laura vorsichtig nach.

Jonas schaut sie an, seine Stirn liegt in Falten und seine Hände liegen zitternd auf dem Tisch. Will er nicht oder kann er nicht in die Vergangenheit schauen? Aber nur das würde ihr und wahrscheinlich auch ihm helfen.

„Sie lebt nicht mehr." Seine Stimme klingt schwach und verängstigt.

„Was ist passiert?"

„Warum willst du das alles wissen?", hält er plötzlich dagegen.

„Ich möchte deine wie auch meine Situation einschätzen können. Und außerdem wird es Zeit, dass du dich der Vergangenheit stellst und damit die Depressionen bewältigen kannst", hört sich Laura wie eine Psychologin an und sie staunt über sich selbst, in der Lage die Ruhe zu bewahren.

„Wir haben kaum hier gewohnt, da hat sich die böse Seite bei ihm immer mehr gezeigt", beginnt er abermals und Laura nickt ihn aufmunternd zu. „Er hat seine Wut nie an mir ausgelassen, ich war von Anfang an hier eingesperrt und letztendlich ist es bis heute meine Sicherheit. Aber meine Mutter war ihm ausgeliefert. Er hatte zwar für sie ein paar

Zimmer ausgebaut, wo sie sich auch mal zurückziehen und einschließen konnte. Und er hat diese erstaunlicherweise nie betreten. Warum ist mir unbegreiflich. Aber sie musste ja trotzdem den Haushalt führen und da war sie ihm gegenüber schutzlos." Jonas hört auf zu reden und verbirgt sein Gesicht in seinen Händen.

Laura spürt, wie weh es ihm tut, darüber zu sprechen, und sie lässt ihm die Zeit, die er braucht, um die richtigen Worte zu finden, wobei ihr klar ist, das es nie die Richtigen sein werden.

„Er hat sie geschlagen, angebrüllt und noch viel mehr. Ihre Schreie in der Nacht werde ich nie vergessen", er hält inne und schluckt die aufkommenden Tränen weg. „Sie konnte manchmal am Morgen vor Schmerzen nicht aufstehen und dann ...", hört er wieder auf.

„Was dann?", will Laura, dass er weiter redet, obwohl sie es gar nicht hören möchte.

„Er hat sie geschlagen, an den Haaren nach draußen gezogen und sie am Baum festgebunden. Mit einer Reitgerte schlug er solange zu, bis er nichts mehr von ihr hörte. Am nächsten Morgen lag sie immer noch gefesselt an dem Baum und er kniete daneben und heulte wie ein Schlosshund. Und ich habe mich im Schrank versteckt. Ich konnte ihr nicht helfen", erzählt er und jetzt laufen ihn doch die Tränen über das Gesicht hinunter und tropfen auf den Tisch.

Laura stockt der Atem über das Gehörte und kann sich kaum vorstellen, was die Frau durchgemacht hat und wie Jonas sich dabei fühlt.

„Das war die böse Seite, stimmt`s?", fragt Laura und seine Hände sinken wieder auf den Tisch zurück.

„Ja, und wenn er normal war, hat er sich immer entschuldigt und alles für sie getan. Aber er hat sie zerstört, denn die Phasen des Bösen wurden stets länger."

„Hat er sie umgebracht?", will Laura wissen und fragt deswegen geradeheraus.

„Nein, das hat sie allein getan. Sie hat es nicht mehr ertragen. Er war so voller Wut, dass sie sich ihm mit dem Tod entzogen hat, dass er jetzt die ganze Welt und wahrscheinlich sich selbst am meisten hasst." Mit diesen Worten wischt er die Tränen aus seinem Gesicht und stellt sich mit verschränkten Armen ans Fester und starrt in die Ferne.

Laura ist erstaunt, wie er seine Emotionen schnell wieder im Griff hat und sofort versucht, sie zu verbergen, denn es muss ihm doch das Herz herausgerissen haben. Es zieht Stille ein und sie überlegt, wie tief es ihm schmerzt, sie jetzt in ihrer Person bei sich zu haben. Warum hat er sie nicht angeschaut und wieder gehen lassen? Dann wäre Jonas der erneute Schmerz erspart geblieben. Aber es geht hier nicht allein um ihn. Wie geht der Vater damit um, sie hierher gebracht zu haben? Will er sie einfach nicht sehen und somit der Situation der aufkommenden Erinnerungen aus dem Weg gehen? Das funktioniert aber nicht. Der eine versucht, sie zu ignorieren und dem anderen zerreißt es das Herz, wenn er sie sieht. Sie steht dazwischen und kann nur reagieren, oder sie bringt Jonas dazu, ihr vollkommen zu vertrauen und sich zusammen mit ihm gegen diese Gefangenschaft zu wehren. Er ist jedoch noch nicht so weit. Sie muss weiterhin versuchen, viel mehr zu erfahren. Was ist mit den anderen jungen Frauen? Eine ist tot und wo ist die Zweite?

„Wie lange ist deine Mutter schon tot?", fragt sie und wischt die aufkommenden Gedanken erst einmal beiseite.

„Vor fast genau einem Jahr hat er sie im Garten verscharrt. Es ist nicht erträglich, denn manchmal steht ein Kreuz da und es liegen Blumen auf der Stelle und nur Momente später tritt er alles mit den Füßen weg."

„Bist du dann auch nicht mehr zur Schule gegangen?", fragt Laura, obwohl es ihr klar ist, aber sie will etwas von der Mutter und dem Schmerz des Verlustes und dem Umgehen mit ihrem Gedenken ablenken.

„Meine Mutter war Lehrerin und hat mir noch vieles beigebracht. Ich durfte das Haus nicht mehr verlassen, weil ich was hätte erzählen können und somit wäre unser Wohnort ja auch bekannt gewesen. Ich bin dann sogar freiwillig hiergeblieben, denn ich kannte die sich veränderte Welt ja nur aus dem Fernseher."

„Und was hat es mit den Frauen auf sich?"

„Er will, dass ich mich in eine blonde Frau verliebe. Sie sollen mir etwas beibringen und vielleicht denkt er, dass man mit denen alles machen kann. Das kommt mir aber nicht in den Sinn und was er mit ihnen macht, ich weiß es nicht. Meine Mutter musste viel ertragen, aber es gab auch Momente, wo sie sich gewehrt hat. Diese haben jedoch keine Chance gegen ihn", schüttelt er mit dem Kopf.

„Die Frauen sind für dich?", fragt Laura erstaunt, denn sie hat vermutet, dass nur sie bei ihm gelandet ist, weil sie ein Fehlgriff war.

„Er bringt sie zu mir, warum kann ich nur ahnen und wenn sie die ganze Nacht geschrien und gejammert haben, holt er sie wieder. Was dann mit ihnen passiert ...", murmelt Jonas kaum hörbar und lässt die Worte ungesagt.

„Aber die zwei Frauen aus dem Fernsehen waren hier, beziehungsweise eine ist noch hier?", wird Laura direkt.

„Ja, und du bist die dritte, zumindest was ich weiß", antwortet er und schaut wieder beschämt zu Boden.

„Warum blonde Frauen?" Laura lässt nicht locker, denn sie will auch ihre Lage als Brünette abschätzen können.

„Weil meine Mutter braune Haare hatte. Die Frauen erinnern ihn nicht an sie", vermutet Jonas, wobei der wahre Grund ein weiteres Geheimnis ist.

„Ganz im Gegenteil zu mir", platzt Laura heraus.

„Das könnte aber zu deinem Vorteil sein."

„Meinst du?"

„Er wird sich nicht an dir vergreifen, er vermutet, dass es kein Zufall war, sondern Bestimmung. Mir kommt es vor, als hat er regelrecht Angst vor dir."

Laura lässt die Worte auf sich wirken und muss dann innerlich lachen. Er sieht sie als Geist? Oder als Strafe, für das, was er bis vor einem Jahr seiner Frau angetan hat? Könnte sie diese Angst ausnutzen? Nein, das traut sie sich nicht. Man weiß nie, wie er wirklich aus Hass reagieren würde. Sie wird sich im Hintergrund halten und ihn auf keinen Fall provozieren. Wenn das auch heißt, dass sie bis auf weiteres hier leben muss. Aber immer noch besser als missbraucht und tot im Bach zu enden.

Lauras Blick fällt wieder auf das vor ihr liegende Foto und ist fasziniert von der Ähnlichkeit. Jonas entzieht es ihr jedoch und legt es verkehrt herum zurück auf den Schrank. Gleichzeitig öffnet er ihn und Laura sieht, dass er bis zum Rand mit Büchern gefüllt ist. Ihr Blick erfasst schnell die Einbände und erkennt nicht nur Schulbücher. Erstaunlicherweise sind einige über Psychologie dabei. Hat Jonas sich diese Bücher gekauft? Warum? Wollte er sich beziehungsweise seinem Vater helfen? Ist er doch viel klarer im Kopf als sie vermutet, oder hat zumindest solche Phasen? Aber wenn er hier nicht rauskommt, wie sollte er an diese Bücher kommen. Am ehesten wird sie wohl die Mutter gekauft haben, um sich selbst zu informieren, wie ist Laura jedoch schleierhaft und am Ende haben sie auch nicht geholfen.

Auf diese Antworten muss sie warten, denn Jonas wendet sich ihr zu.

„Wenn du möchtest, kannst du hier alles herausnehmen, was du willst. Damit vertreibst du vielleicht die lange Weile", sagt er und versucht sogar, etwas zu lächeln. Es sieht gezwungen aus, aber wann hat er es das letzte Mal getan. Er hat es garantiert verlernt.

„Lange Weile? Ganz im Gegenteil, ich stehe ständig unter Strom. Ich kann ja nicht wissen, was im nächsten Moment passiert. Aber etwas ablenken könnten mich die Bücher", antwortet sie und ihr fällt ebenso das Lächeln verdammt schwer.

„Ich werde uns was zu essen und trinken holen, so lange er noch dort draußen ist", kommt kurz von Jonas und schon ist er verschwunden.

Laura wendet sich von den Büchern ab, geht ans Fenster und schaut hinaus. Sie sieht die Hunde auf der riesigen Wiese spielen. Das Grundstück muss gewaltig sein, denn sie kann das große Tor im Hintergrund kaum wahrnehmen. Dann geht ihr Blick zu Rolf, der steht an einem Pick-up und belädt ihn. Wie sie erkennen kann mit Decken und blauen großen Tüten. Wozu braucht er das? In ihr steigt eine Vermutung auf, aber sie kann ja leider nichts dagegen tun. Was er vor hat und was mit der zweiten Frau ist, oder wann er voraussichtlich die Nächste entführt bleibt ihr verborgen, das weiß nur er.

Kapitel 12

*L*aura hat sich den Büchern zugewandt. Neben den medizinischen Exemplaren findet sie überwiegend welche in Richtung Astrologie und Science-Fiction. Sie sucht sich eines heraus und versucht, in eine andere Welt einzutauchen.

Nur wenige Minuten später folgt sie einem weithin hörbaren Gespräch, indem sich die Männer wieder zu streiten scheinen, und es wird immer lauter.

„Sie muss runter", hört sie Rolf mit seiner düsteren Stimme und augenblicklich steigt Angst in ihr auf. Es kann nur um sie gehen, denn niemand anders ist hier und mit sie ist ganz sicher eine Frau gemeint. Sie legt das Buch bei Seite und schleicht zur Badezimmertür. Vielleicht muss sie sich im Bad verstecken, aber sie glaubt nicht daran, dass es ihr etwas nützen würde.

„Lass es doch einfach sein", widerspricht Jonas.

„Du lernst es wahrscheinlich nie. Werde endlich ein Mann", brüllt Rolf zurück.

„Laura kann doch nichts dafür. Lass sie in Ruhe und bei mir. Die blonden Dinger sind nichts für mich, ich will sie nicht bei mir haben", zischt Jonas.

„Das entscheide ich, ist das klar? Und sie ist erst recht nicht die Richtige für dich", erwidert Rolf.

„Du wirst sie nicht anrühren", faucht Jonas und er scheint sich gegen die Tür zu lehnen, die Laura von ihnen trennt.

„Geh mir aus dem Weg, ansonsten passiert euch beiden was", droht Rolf und redet sofort weiter, was schon wieder wie eine Entschuldigung klingt: „Sie wird nur eine Nacht da unten sein."

„Eine zu viel" widerspricht Jonas, aber das bringt Rolf nur noch mehr in Rage.

Laura vernimmt ein Poltern und dann steht er auch schon in der Tür. Sie kann nicht reagieren, steht ihm genau gegenüber und starrt in die vor Wut blitzenden Augen von Rolf. Sie sind tiefblau und Laura stellt sich vor, wie schön sie leuchten könnten. Eigentlich ist er ein gutaussehender Mann. Dunkles, meliertes kurzes Haar, groß und kräftig und ihr scheint auch noch nicht so alt. Vielleicht Mitte vierzig.

Ihre Gedanken werden unterbrochen in dem Moment, wo er nach ihren Arm greift. Somit kann sie die Flucht in das Bad vergessen. Der feste Griff lässt sie erschrecken und zugleich schweigen. Gegenwehr ist nicht möglich und wäre bestimmt auch nicht gerade förderlich für sie. Laura kann nichts dagegen tun und Rolf zerrt sie hinter sich her. An Jonas vorbei, der die Augen verdreht, aber nicht in der Lage zu sein scheint, ihr zu helfen. Er steht an die Wand gepresst da und sie bemerkt, wie sehr er zittert. Wenn er schon solche Angst vor seinem Vater hat, was soll sie dann tun.

Rolf zieht Laura durch die halbe Küche und öffnet eine Tür. Sie sieht eine Treppe, die anscheinend in den Keller führt. Deshalb sagte er runter. Vor ihr tut sich ein dunkles Loch auf und dann geht es schon hinab. Sie versucht, nicht zu stolpern, ein Sturz würde ihr gerade noch fehlen. Verletzt hätte sie wohl nie mehr eine Chance, hier irgendwie wieder herauszukommen.

Die letzte Stufe und Laura schaut auf. Es ist dunkel, aber sie erkennt einen langen Gang mit Lattenverschlag und einzelnen Türen. Gleichzeitig öffnet er eine davon, die erste genau gegenüber der Treppe, und gibt ihr einen sehr unsanften Schups.

Laura traut sich nicht zu rühren. Sie bleibt durch den Schwung mitten in einem Kellerraum schwankend stehen und hört, wie der Bretterverschlag zufällt und ein Schloss klappert. Er hat sie eingeschlossen und geht die Treppe wieder hinauf. Die Tür zur Küche schließt sich und um ihr herum wird es noch dunkler. Nur ein kleiner Lichtschein kommt durch ein Kellerfenster. Es ist winzig und schmutzig und sie überlegt automatisch, ob sie da hindurchpassen würde. Ihre Gedanken werden jedoch abrupt unterbrochen. Sie hört ein Knurren und scharren und dann sieht sie Schatten vor dem kleinen Fenster. Die Hunde! Wie haben die das mitbekommen, dass sie hier unten ist? Hoffentlich hält das Fenster? Die Bestien passen auf alle Fälle da durch. Ihr Körper beginnt zu zittern, vor Angst und der Kälte, die sie einnimmt.

Laura versucht, den Blick von dem einzigen Lichtpunkt abzuwenden und sich umzuschauen, während die feuchte, übel riechende Luft ihr fast den Atem nimmt.

Nach unendlich wirkenden Minuten sind die Hunde verschwunden und somit fällt wieder etwas mehr Licht herein. Sie erkennt ringsherum nur unverputztes, nasses Mauerwerk. An der einen Seite liegt eine alte Matratze und ihr Anblick löst in Laura fast einen Brechreiz aus. Sie ist voller Flecken, von Schimmel, Blut und wer weiß noch alles. Von Ekel ergriffen schaut sie an die andere Seite und da entdeckt sie einen Eimer, der in der Ecke steht. Für ihre Geschäfte? Sie schüttelt sich und ist sich sicher alles bei sich zu behalten und dieses Ding niemals zu benutzen. Der Fußboden ist ebenfalls nur aus Dreck, Sand und stellenweise bedeckt mit Schimmel benetzte Steine. Wenn sie hier nicht krank wird, wäre das ein Wunder. Sie kann nur hoffen, nicht ewig hierbleiben zu müssen. Irgendwie kommt ihr der Gedanke hier dazwischen deponiert zu sein. Er hat das Auto nicht umsonst mit diesen schleierhaften Gegenständen beladen. Holt er die nächste junge Frau? Wird sie die Nacht bei Jonas bleiben müssen? Und dann? Was passiert mit ihnen, wenn er sie von Jonas wieder wegholt? Und darf sie irgendwann zurück in ihre vorübergehende Sicherheit bei Jonas.

Während sie sich all diese Fragen stellt, beginnt sie zu schwanken und macht einen Schritt rückwärts. Dabei fällt etwas um und sie schaut erschrocken hinter sich. Sie hat eine Wasserflasche umgestoßen, die in die Mitte des Kellerraumes rollt. Zudem liegt da eine Decke, eine auf dem ersten Blick saubere. Laura bückt sich und hebt sie auf. Tatsächlich sie ist frisch gewaschen. Rolf muss diese Sachen noch hingelegt haben, was sie in ihrer Angst nicht bemerkt hat. Sie beugt sich nochmals nach unten und hebt die Flasche Wasser auf. Sie hat keine andere Wahl und sollte damit zumindest die Nacht hinkommen. Aber sie kann unmöglich die ganze Zeit stehen. Sie wirft die Decke um sich und setzt sich vorsichtig, um nicht mit den Schmutz in Berührung zu kommen, auf den äußersten Rand der Matratze.

Langsam kommt Laura zur Ruhe, aber als sie erschöpft die Augen schließen will, hört sie ein leises Stöhnen. Sie spitzt die Ohren, kann jedoch plötzlich nichts mehr hören. Es muss von nebenan gekommen sein. Ist da die zweite verschwundene junge Frau? Hat er sie hier unten eingesperrt?

„Hallo? Ist da jemand?", steht sie nur Sekunden später an dem Bretterverschlag und versucht, Kontakt aufzunehmen.

Sie bekommt jedoch nur ein unverständliches und voller Schmerzen klingendes Murren als Antwort.

Laura kann ihr nicht helfen, was ihr im Herzen weh tut. Aber sie selbst ist eingesperrt und froh nicht verletzt zu sein. Sie rüttelt nochmals an der Tür, sie hat jedoch keine Chance, sie zu öffnen.

Bedrückt setzt sie sich wieder hin und diesmal achtet sie nicht darauf, dass die Matratze dreckig ist. Sie lehnt den Kopf an die Wand weil ihre Kräfte schwinden, aber die Nässe der Mauer greift auf sie über. Sie hüllt ihren zitternden Körper nun ganz in die etwas wärmende Decke und schläft kurze Zeit später eingemummelt ein.

Laura wird von einem Schrei aus dem Schlaf gerissen. Es muss mitten in der Nacht sein, denn es ist so dunkel, dass sie kaum die Hand vor dem Gesicht sieht. Auch der Mond spendet kein Licht mehr durch das kleine Fenster, er ist aus dessen Winkel gewandert.

Sie lauscht in die Stille und fragt sich, wo der Schrei hergekommen ist. Die Frau neben ihr wimmert nur leise vor sich hin. Sie kann es nicht gewesen sein. Hat er schon wieder eine entführt und es kam von oben? Ist sie jetzt bei Jonas? So wird es sein, denn nur aus diesem Grund ist sie hier unten gelandet.

„Bringst du sie auch um?", hört Laura Jonas verzweifelt rufen.

„Halts Maul und mach dich in dein Zimmer", brüllt Rolf und im nächsten Moment öffnet sich die Kellertür und es fällt ein gedämpfter Lichtschein zu Laura herunter.

„Warum? Sie hat doch gar nichts gemacht", will Jonas seinen Vater zurückhalten.

„Genau deshalb", faucht Rolf und schlägt die Tür zu. Mit so einer Gewalt, dass der ganze Kellerraum bebt.

Rolf macht das Licht im Keller an und Laura verkriecht sich augenblicklich in die Ecke. Er kommt die Treppe herunter genau auf sie zu und sie kann seine mordlustigen Augen sehen. Mit einem breiten Grinsen geht er an ihrer Zelle vorbei und bringt Laura dazu, sich die Ohren zuzuhalten. Sie will den Todeskampf im Nachbarkeller nicht hören, es reicht schon, dass sie es sich vorstellen kann, was er gleich tun wird. Aber sie hört nichts. Ist er gar nicht zu ihr gegangen? Zögerlich nimmt sie ihre Hände von den Ohren.

„Ich werde dir zeigen, was du meinen Sohn hättest beibringen sollen. Ich kann dir nur raten, nicht zu schreien", hört Laura nun doch seine Stimme, die dunkel und eindringlich ist. „Verstanden?", knurrt er und Laura vermutet, dass sie wohl still zugestimmt hat, denn sie vernimmt kein weiteres Wort.

Stattdessen hört sie das Rascheln und Zerreißen von Wäsche und in ihr steigt sofort Ekel auf. Das arme Mädchen muss es jedoch über sich ergehen lassen.

Hätte sie sich auf den Deal eingelassen? Nur um am Leben zu bleiben? Aber wie lange sollte das gehen und hält er sich daran? Hat sich die erste junge Frau gewehrt und musste deshalb sterben? Oder will er nur seinen Frust an den Frauen auslassen?

Während sie sich all diese Fragen stellt, dringen wieder Geräusche an ihre Ohren, die sie dazu zwingen sie abermals zuzuhalten. Aber sie vermag es nicht zu unterbinden mithören zu müssen.

Ein furchtbares Wimmern dringt zu ihr herüber und dann schlägt er sie, weil ihm schon das zu stören scheint. Es schaukelt sich hoch und dann nimmt sie nur noch die Schläge und die Schreie wahr, die sie fast nicht mehr unterscheiden kann. Bis sie ein Ratschen hört und dann nur noch ein Röcheln. Er hat ihr wohl den Mund zugeklebt, um Ruhe zu haben. Aber es ist nicht das Ende, denn sie vernimmt das unverkennbare Klatschen von nacktem Fleisch, was aufeinander schlägt. Und schlägt, ist wohl das richtige Wort. Laura kann die Gewalt, die dahinter steckt, hören.

Laura beginnt zu würgen und zieht den Eimer, der eigentlich als Toilette dienen soll, zu sich und übergibt sich. Alles will aus ihr heraus, sogar das, was gar nicht vorhanden ist. Erst als ein ohrenbetäubender Schrei der Erlösung von ihm durch den Keller hallt, reißt sie sich zusammen und versucht einen Schluck Wasser zu trinken. Sie hofft, dass es vorbei ist, aber es ist nur ein Wunsch von ihr und ihr Magen krampft sich wieder zusammen.

Er reißt ihr das Klebeband ab und das Nächste, was Laura hört, bringt sie fast um den Verstand. Sie kann sich die Ohren zuhalten, wie sie will, aber das Würgen der Frau kommt immer noch bei ihr an. Er missbraucht sie auf das Abscheulichste und Laura muss sich abermals übergeben.

Es dauert nur wenige Minuten und das Würgen geht in ein Röcheln über. Seine kräftigen Hände haben sich um den Hals der Frau gelegt und drücken zu, bis es absolut still im Keller wird.

Er hat sie umgebracht! Laura kriecht von Angst gepackt wieder in die hinterste Ecke und es ist ihr egal, wie nass die Wände sind und ob sie sich vielleicht irgendeine Krankheit holt. Sie will einfach nichts mehr mitbekommen und niemals in seine Hände geraten.

Die Ruhe hält jedoch nicht lange an. Sie nimmt wahr, wie mit Folie geraschelt wird. Rolf wickelt die tote junge Frau ein und seine Worte manifestieren sich in Lauras Kopf.

„Nur du weißt, wer dich umgebracht hat", flüstert er und dann offenbart sich Laura etwas, was sie sich ebenfalls versucht einzuprägen. Sie hat gelernt, dass jede Einzelheit wichtig ist, um einen Menschen zu verstehen. „Und weißt du warum? Weil du blond bist, wie das Ungeheuer, was mein Leben zerstört hat", redet er weiter und steigert sich in seine eigenen Worte hinein. „Ihr seid so verdammt blond und schuldig!", brüllt er und schlägt wieder zu. „Sie hat auch immer die Fäuste genommen." Diese Schläge wird sie jedoch nicht mehr spüren, denn sie ist längst tot, aber es dauert eine Weile bis er sich beruhigt. An Laura scheint er dabei keinen Gedanken zu verschwenden, als wäre sie praktisch nicht da.

Dann trägt er sie auf der Schulter die Treppe hinauf, ohne einen Blick zu Laura. Er hat sie anscheinend in seiner Wut wirklich vergessen und löscht das Licht.

Laura ist allein und wird nicht nur von Kälte und Nässe, sondern nun auch wieder in Dunkelheit eingehüllt.

Kapitel 13

Anita ist am Vorabend ungern nach Hause gegangen. Nachdem sie die sichergestellten Spuren ins Labor gebracht hat und Lutz ihr klar gemacht hat, sie sich erst am nächsten Tag anschauen zu können, entschloss sie sich, ebenfalls Feierabend zu machen. Lutz pochte auf ein paar Stunden Schlaf, denn die Arbeit ist anstrengend und er will auf keinem Fall, dass ihm ein Fehler unterläuft.

Diese will Anita mit ihrem Streben natürlich auch nicht verursachen, aber sie ist die ganze Nacht nicht zur Ruhe gekommen. Da draußen sind zwei Frauen, die ihre Hilfe brauchen und schnellstens gefunden werden müssen.

Sie stürzt den Kaffee hinunter, während sie sich anzieht, und kurz danach zieht sie die Tür hinter sich ins Schloss. Im Auto auf dem Weg zum Revier geht sie alles, was sie haben noch einmal durch und hofft darauf, dass die anderen ebenfalls so zeitig da sind. Normalerweise ist acht Uhr morgens Arbeitsbeginn, wobei es heute gerade mal sieben Uhr ist.

Anita fährt auf den Parkplatz und sieht wie mit ihr Stefan und Lutz eintreffen. Sie muss gar nicht fragen, aber sie haben wohl auch eine unruhige Nacht hinter sich. Es ist in ihren Gesichtern abzulesen.

An ihrem Arbeitsplatz angekommen, fährt sie den Computer hoch und die erste Nachricht, die sie zu sehen bekommt, erschlägt sie fast.

Auf dem Bildschirm erscheint eine weitere junge blonde Frau, und die dazugehörige Vermisstenmeldung eines Reviers, was in der nächsten Stadt ansässig ist.

Er hat wieder zugeschlagen! In einem anderen Ort, aber wiederum im Schutz des Waldes, nur auf der von ihnen abgewandten Seite. Was ist indes mit den zwei anderen Frauen passiert? Sind sie etwa schon tot? Hat sie vielleicht jemand gefunden und die Info ist bei ihnen noch nicht eingegangen?

Nein, das kann nicht sein, denn alle Reviere im Umfeld sind in diesen Fällen seit gestern vernetzt und das rund um die Uhr.

„Das ist jetzt nicht wahr", knirscht Stefan wütend mit den Zähnen, der inzwischen hinter Anita steht.

„Wo sind nur die anderen beiden?", fragt Anita und geht auf Stefan nicht direkt ein. „Wir müssen schneller machen", redet sie weiter und greift nach dem Telefonhörer.

„Wen willst du anrufen?", fragt Stefan und setzt sich an seinen Schreibtisch.

„Ich möchte alles über die Entführung von gestern Abend wissen", antwortet sie und holt tief Luft.

„Und ich werde mich selbst an die Reifenspur machen. Ich bin bei Lutz." Mit diesen Worten verlässt er das Büro und Anita nickt ihm nur kurz zu. Sie ist sicher, dass die beiden alles dafür tun werden, den Entführer und Mörder schnellstens zu stellen.

Das Gespräch mit den anderen Kollegen festigt ihre Vorahnung, dass es der gleiche Täter ist. Die junge Frau war in der Abenddämmerung joggen, und wurde von ihrem Freund um Mitternacht als vermisst gemeldet. Die Polizisten haben noch in der Nacht den Tatort abgesucht, aber nichts Relevantes gefunden. Er hat keinen Fehler gemacht und Anita ist sich sicher, dass er bei Laura nicht bemerkt hat, dass das Handy liegengeblieben ist. Oder ist sie vielleicht doch nicht bei ihm? War es jemand anders? Aber das müsste ja so ein großer Zufall gewesen sein, was sie sich einfach nicht vorstellen kann. Dafür spricht, dass die tote Frau im gleichen Zeitraum da abgelegt wurde.

Der Bach! Hat er einen anderen Ablageort für seine wahrscheinlich zweite Tote gewählt?

Dem Muster nach wird er das nicht tun. Die Entführungsorte sind zwar unterschiedlich, grenzen jedoch alle an diesen Wald und der Bach fließt genau in der Mitte durch.

Anita springt in ihren Gedanken auf und rennt Kerstin, die eben das Büro betritt fast über den Haufen.

„Du brauchst dich gar nicht erst auszuziehen. Wir fahren zum Stadtpark", empfängt Anita sie und Kerstin dreht förmlich auf dem Absatz um und folgt ihr, die zu Lutz ins Labor stürzt.

„Wir sind mal kurz weg. Wir fahren zum ersten Auffindungsort", erklärt sie schnell. Während Lutz und Stefan ohne ein Wort nicken, weil sie ja die Umstände kennen. Kerstin schüttelt jedoch unverständlich den Kopf und rennt Anita hinterher, die schon fast im Auto sitzt.

„Wo bleibst du denn?", fragt Anita aufgeregt, weil ihr Kerstin zu langsam ist.

„Was hast du überhaupt vor? Und was ist eigentlich passiert?", will Kerstin wissen und sie ahnt nichts Gutes.

„Es ist schon wieder eine junge blonde Frau entführt worden", antwortet Anita und schaltet das Blaulicht an.

„Wann und wo?", fragt Kerstin sichtlich erschüttert.

„Gestern Abend, am anderen Ende des Waldes. Diesmal haben aber die Kollegen nichts am Tatort gefunden", erwidert Anita.

„Und warum rasen wir jetzt?", fragt Kerstin weiter und hält sich krampfhaft am Türgriff fest.

„Hab so eine Vermutung und Gnade Gott, dass ich mich irre", stammelt Anita und Kerstin weiß in diesem Moment, wohin sie rast. Auch sie kann nur hoffen, dass sie nichts finden. Aber deshalb muss sie ja nicht so schnell fahren, denn wenn da eine Frau sein sollte, kommen sie sowieso zu spät.

Anita parkt am oberen Ende des Parks auf dem Parkplatz und schaltet das Blaulicht ab. Zum Glück ist es noch früh am Morgen und sie haben nicht zu viel Aufsehen erregt.

Sie springt aus dem Auto und läuft zum Hang, der zu dem Bach hinunterführt. Kerstin kommt gar nicht so schnell hinterher und erkennt an Anitas Gesichtszügen sofort, was sie schon gesehen hat. Sie schlägt die Hände vor das Gesicht und ihr Körper verkrampft sich.

„Wir sind zu spät", seufzt sie und ihr stehen doch wirklich die Tränen in den Augen.

80

„Anita, wir konnten gar nicht schneller sein", sagt Kerstin leise und legt einfühlsam den Arm um Anitas Schultern. „Außerdem wird sie schon eine Zeit lang da liegen."

Gemeinsam schauen sie hinunter, wo wieder eine junge Frau mit dem halben Körper im Wasser liegt und die Steine sind richtig um sie herum platziert, sie sollen verhindern, dass sie weggespült wird. Sie können schon von oben erkennen, wie schwer verletzt auch sie ist.

„Ich rufe Andrea an", sagt Kerstin und wendet sich einen Moment von Anita und dem schrecklichen Anblick ab.

Inzwischen sucht Anita nach einem Weg, ohne Spuren zu verwischen, den Hang hinunterzukommen, wobei sie sich fast sicher ist, dass er auch diesmal diesen Weg nicht genommen hat. Langsam hangelt sie sich an den Sträuchern hinab, gefolgt von Kerstin.

„Hier auf dem Hang sind garantiert keine Spuren", meint Kerstin und bestätigt damit ihre Gedanken, schaut sich aber trotzdem um.

„Er wird bestimmt wieder durch das Wasser gekommen sein", stimmt Anita zu.

Unten angekommen beugt Anita sich vorsichtig über die Frau und auch diesmal kann man nicht erkennen, wer sie ist. Sie ist fast noch übler zugerichtet wie die, die bereits bei Andrea liegt.

Die Kleidung ist zerrissen und so können sie sehen, dass der Körper mit Hämatomen übersät ist. Das Gesicht sieht nicht mehr nach solchem aus und es scheinen sogar einige Knochen gebrochen zu sein.

Kerstin muss sich erst einmal abwenden, denn ihr wird bei diesem Anblick schlecht. Schon allein, dass ihr Mund etwas geöffnet ist, und man sieht, dass einige Zähne fehlen, bringt sie fast dazu sich von ihrem Frühstück zu verabschieden. Zudem schauen ihre offenen Augen sie traurig an, aber sie zeigen auch die Angst, die sie die ganze Zeit gehabt haben muss.

Sie hält sich den rumorenden Magen, als jemand ihr eine Hand auf die Schulter legt.

„Alles in Ordnung?", fragt Andrea, die erst einmal ihr helfen würde, denn bei der Frau ist es nicht mehr nötig.

„Geht schon. Kümmere dich um das arme Ding", antwortet Kerstin und redet auch gleich weiter. „Ich habe gerade Stefan gesehen, ich werde ihm helfen." Mit diesen Worten drückt sie die Kamera, die sie die ganze Zeit krampfhaft festhält, ohne sie benutzt zu haben, Anita in die Hände.

„Stefan ist auch da?", fragt Anita dazwischen, denn der sollte ja die anderen Beweise untersuchen.

„Er wollte sofort mit und hofft, wieder Spuren von dem Auto zu finden", erwidert Andrea und schlüpft in ihre Gummistiefel.

„Das wird diesmal bestimmt schwierig, denn es hat nicht geregnet wie das letzte Mal", kontert Anita, aber Stefan wird schon wissen, was er tut. Sie dagegen beginnt sofort alle Details zu fotografieren, bevor Andrea die Tote berührt und bewegt.

Kerstin ist schon oben auf dem Weg wieder angekommen und hält Ausschau, kann Stefan jedoch nicht entdecken. Sie hat ihn aus den Augen verloren und so ruft sie nach ihm. Zum Glück war er noch nicht zu weit entfernt, sie holt ihn ein und versucht, ihm zur Hand zu gehen.

Inzwischen steht Andrea kopfschüttelnd neben der Frau im Wasser. Ihr erster Griff ist am Unterkiefer, um den Mund noch etwas mehr zu öffnen. Und ihr Gespür bestätigt sie, denn auch diesmal ist ein Zettel in der Mundhöhle verborgen. Anita, die sich zwischenzeitlich Handschuhe übergezogen hat, zieht den Zettel, der in einer Tüte ist durch die verbliebenen Zähne heraus. Der Täter will wohl sichergehen, dass wir seine Botschaft lesen können. Wiederum steht da der Satz - Nur er weiß warum - .

Andrea untersucht die Tote derweilen und stellt auch bei ihr wieder die schon eingetretenen Totenflecke fest.

„Sie ist wo anders gestorben, aber ich kann die Flecken etwas wegdrücken", murmelt Andrea eher zu sich selbst.

„Was heißt das genau?", wendet sich Anita ihr wieder zu.

„Sie ist noch nicht lange tot."

„Wie lange?"

„Das kann ich dir erst präzise sagen, wenn ich sie auf meinem Tisch habe und die Körpertemperatur genau messen kann", antwortet Andrea und weiß, dass Anita das nicht gerade hören wollte.

„Dann haben wir ihn knapp verpasst", knurrt Anita und versucht derweilen, Stefan und Kerstin zu entdecken. Diese sind jedoch oben im Wald und suchen dort nach Spuren.

„Bringen wir sie hier weg", fordert Andrea und winkt zwei weitere Polizisten zu sich, die schon auf ihr Zeichen gewartet haben. Sehr umsichtig legen sie die tote Frau in einen Leichensack und tragen sie nach oben. Sie platzieren sie vorsichtig in das Auto von Andrea und sie selbst wird sie in ihre Pathologie bringen.

Anita steht inzwischen wieder an ihrem Auto und wartet auf Kerstin. Sie kann die beiden bereits von weitem sehen und bemerkt zudem, dass Stefan nicht zufrieden ist. Das hatte sie schon vermutet, da es kaum Autospuren geben wird, ohne Regen kein Schlamm. Schlecht für sie, ein Pluspunkt für den Täter. Aber sie werden ihn kriegen, denn bei Laura war er nicht vorsichtig genug.

„Wir konnten leider nichts Auffälliges finden. Es scheinen noch die alten Spuren zu sein. Entweder er hat sein Auto wo anders abgestellt, oder die Reifenspuren überlappen sich", erklärt Stefan enttäuscht und legt Kamera und Koffer in den Kofferraum. „Vielleicht zeigen die Fotos mehr", fügt er sichtlich frustriert nach.

„Ich habe auch genug Fotos gemacht. Nun liegt es an Andrea, ob sie noch etwas Neues findet, was uns weiterbringen könnte", sagt Anita und gibt das Zeichen, dass sie wieder auf das Revier zurückfahren. Dort wartet sehr viel Arbeit, für jeden Einzelnen und vor allen für die ganze Mannschaft zusammen.

Kapitel 14

*D*ie ersten Sonnenstrahlen fallen durch das kleine schmutzige Kellerfenster und Laura richtet sich auf. Die Kälte hat sie so eingenommen, dass sie sich kaum bewegen kann. Deshalb zieht sie die Decke noch mehr um sich. Sie hat Durst, ihre Wasserflasche ist jedoch leer und sie hofft, bald wieder nach oben zu können.

Aber ist da nicht noch eine junge Frau bei Jonas? Wie lange lässt Rolf sie bei ihm? Sie kann es nicht einschätzen, denn die, die in der Nacht neben ihr sterben musste, lag vielleicht schon Tage da. Sie erinnert sich dann an den Fernsehbeitrag und danach wären es nur zwei höchstens drei Tage gewesen. Sie kann nicht richtig denken, die Umstände, in denen sie sich befindet, scheinen ihr Gehirn zu vernebeln.

Plötzlich nimmt sie wieder ein Wimmern wahr. Ist die Frau doch nicht tot? Was hat er dann in der Nacht hinausgetragen? Sie muss sehr tief geschlafen haben, denn jetzt vermutet sie alles geräumt zu haben. Nein, so etwas Schreckliches kann man doch nicht träumen. Obwohl in ihrer Situation wären Alpträume nicht abwegig. Aber dann hört sie wieder ein Glucksen und ein fast ersticktes Husten. Ist er etwa auch da? Warum hat sie ihn nicht kommen hören? Und wenn es schon die nächste Frau ist, die eigentlich die Nacht bei Jonas sein sollte? Aber dann ist es still und Laura ist sich sicher mit ihr hier allein im Keller zu sein.

Ruckartig wird die Tür, die zur Küche führt, geöffnet und ein seichter Lichtstrahl erhellt die Treppe. Laura kriecht zurück in die Ecke, während sie immer noch darüber grübelt, wie diese Frau hier heruntergekommen ist, ohne das sie es gehört hat.

Langsam kommt jemand die Treppe herunter und Laura stellt ihre Gedanken um. Wer ist das? Jonas, um sie hier rauszuholen? Oder Rolf, um die Frau neben ihr umzubringen? Ein weiteres Mal will sie das nicht miterleben und vor allem mithören. Jede Einzelheit hat sich in ihr Gehirn eingebrannt und ob sie diese jemals wieder loswird, kann nicht einmal sie als angehende Psychologin abschätzen.

Laura wagt einen Blick und an den Stiefeln erkennt sie, dass es nicht Jonas ist.

Es ist Rolf. Kommt er zu ihr, oder lässt er sich wieder an der wehrlosen jungen Frau aus?

Mit jedem Schritt, mit dem er sich ihr nähert, presst sie sich angstvoll an das nasse, kalte und verschimmelte Mauerwerk.

Aber er geht, ohne ihr eines Blickes zu würdigen, an ihr vorbei den Gang nach hinten. Auch den zweiten Kellerraum lässt er links liegen und die Schritte sagen ihr, dass der Keller riesig sein muss. In der Ferne hört sie Flaschen klappern und dann kommt er zurück.

Kurz bevor er die Treppe wieder nach oben geht, schaut er blinzelnd zu Laura.

„Was machst du denn hier?", fragt er erstaunt und sie erkennt sofort den sanften Tonklang von Rolfs guter Seite.

„Du hast mich hier eingesperrt und ...", zittert Lauras Stimme und sie wagt sich nicht, alles zu erwähnen, denn sie ist sich sicher, dass er höchstwahrscheinlich gar nicht weiß, oder nur vage ahnt, was seine zweite Seite so tut.

Sofort macht er sich daran die Brettertür zu öffnen und reicht Laura die Hand. Mit wackligen Beinen tritt sie aus ihrer Zelle heraus und hat schon auf den Lippen zu fragen, was mit der Frau nebenan ist. Sie lässt es jedoch, denn er muss sie sehr wohl gesehen haben. Oder will er das nicht sehen? Er ist doch an ihr vorbeigelaufen. Er senkt verlegen den Kopf und gibt ihr zu verstehen, ihm zu folgen.

Laura riskiert aber dennoch einen kurzen Blick zu der Frau, die die letzten Minuten keinen Laut mehr von sich gegeben hat. Gleichzeitig könnte sie sich ohrfeigen, dass sie das getan hat. Die junge Frau liegt regungslos auf einer ebenso alten und dreckigen Matratze und ihre Hände sind mit Klebeband gefesselt. An ihren Beinen klebt Blut und nicht gerade wenig. Das allein sagt ihr, was sie erleiden musste. Dass es Jonas war, würde sie sofort verneinen. Das sind Spuren von Rolf. Er muss wie ein wildes Tier über sie hergefallen sein. Aber wann? Hier im Keller kann es nicht gewesen sein. Davon wäre sie garantiert aufgewacht, oder hat sie wirklich so tief geschlafen. Sie wendet schnell ihren Blick ab und hofft, diese Bilder wieder aus ihren Kopf zu bekommen. Auf dem Weg nach oben, wo sie zögerlich Rolf folgt, bemerkt sie Blutspuren auf der Treppe. Also hat sie sich nicht getäuscht. Sie war schon verletzt, als er sie hier heruntergebracht hat, oder ist es das Blut der Frau, die neben ihr sterben musste? Sie weiß es nicht und es ist ihr momentan auch egal, sie will einfach nur aus dem Keller raus.

Oben angekommen huscht sie an Rolf vorbei in das Zimmer von Jonas. Dort wo sie sicher ist, zumindest war sie es bis jetzt.

Im Augenwinkel sieht sie, wie Jonas aufspringt und um dem Tisch herumgelaufen kommt. Aber sie verschwindet im Bad und stößt die Tür zu, bevor er bei ihr ist.

„Laura alles in Ordnung?", hört sie ihn rufen.

„Lass mich in Ruhe", antwortet sie unsanft.

„Hat er dir etwas getan?", fragt er aufgeregt und drückt die Klinke runter.

„Bleib bitte draußen", hält sie die Klinke fest und redet gleich weiter: „Ich muss mir den Dreck aus dem Keller abwaschen."

„Wenn du ...", versucht es Jonas abermals, denn er will ihr anscheinend helfen, was Laura als gut empfindet, weil er sich zu öffnen scheint und sich vielleicht sogar gegen seinen Vater stellen könnte.

„Nein, ...", antwortet sie trotzdem schroff, denn im Moment will sie einfach aus den Sachen raus und reißt sie sich gleichzeitig vom Körper.

Sie steigt in die Dusche und dreht das Wasser auf. So heiß, wie sie es ertragen kann, damit ja alle Spuren verschwinden. Es rieselt an ihrem Körper herunter und dann überkommt sie ein Weinkrampf. Sie rutscht an der Duschwand hinunter und hockt wie ein Häufchen Elend in der Duschwanne. Die Tränen laufen wie ein Sturzbach über ihre Wangen und ihr ganzer Körper schüttelt sich vor seelischen Schmerz.

„Laura ..." Jonas steht immer noch vor der Tür. Er hört sie weinen, traut sich jedoch nicht zu ihr hineinzugehen. Er hasst seinen Vater abgrundtief, aber er hat einfach zu viel Angst ihm gegenüberzutreten.

Laura antwortet nicht, da sie ihn durch das rauschende Wasser nicht hören kann.

Nach mehreren Minuten steht sie wieder auf den Beinen und atmet tief durch. Mit einem Schwamm wäscht sie, nein, sie schrubbt den Dreck aus dem Keller von ihrer Haut. Man könnte denken, sie will das Erlebte gleich mit entfernen, aber gerade sie weiß, dass das nicht möglich ist. Was einmal im Kopf verankert ist, braucht Jahre, nicht um gelöscht zu werden, nein, vielleicht einen Weg zu finden, damit umgehen zu können.

Jonas wartet, bis er das Wasser nicht mehr rauschen hört, und öffnet nun doch ganz langsam die Tür. Und wie er erhofft hat, steht Laura mit einem Handtuch um den Körper gewickelt mitten im Bad.

„Brauchst du etwas?", fragt er zögerlich und schaut verschämt zu Boden.

„Meine Ruhe", antwortet Laura wieder freundlich und greift nach einem weiteren Handtuch, um damit ihre Haare abzutrocknen.

„Es tut mir leid", sagt Jonas leise und rührt sich nicht vom Fleck.

„Warum soll es dir leidtun. Dein Vater ist das Monster. Weißt du, was da unten passiert ist? Was er getan hat?", wird sie nun doch wieder lauter und schaut Jonas finster an.

„Es ist wohl meine Schuld", kommt noch leiser von Jonas und er steht mit gesenktem Blick in der Tür.

„Was?" Laura hält inne mit den Händen oben, das Handtuch halb um ihre Haare gewickelt vor dem Spiegel und verharrt in der Bewegung. Hat sie richtig gehört? Will Jonas jetzt auch noch die Verantwortung für die Morde übernehmen? Wie tief ist er in den kranken Machenschaften seines Vaters gefangen? Er hat über die letzten Jahre ein seelisches Frack aus ihn gemacht.

Leise schließt sich wieder die Tür und sie braucht noch einen Moment, um seine Worte zu realisieren. Ihre Arme senken sich, beide Handtücher rutschen zu Boden. Ihre langen feuchten Haare fallen über ihre Schultern. Einzelne Wassertropfen laufen ihr am Rücken hinunter, was sie jedoch nicht wahrnimmt. Sie steht nackt vor dem Spiegel und starrt ihr Ebenbild an. Wie soll sie nur Jonas helfen? Wie kommt sie selbst wieder aus dieser Hölle heraus? Und wie hat er das gemeint? Ist ihm überhaupt bewusst, was er da gesagt hat oder wieso er so denkt?

Plötzlich hat sie es eilig. Schnell trocknet sie sich ab und schlüpft in nun saubere Sachen. Sie hat sie schon auf dem kleinen Duschhocker liegen sehen. Wo sie herkommen, ist ihr völlig egal und sie will auch gar nicht wissen, wer sie dahin gelegt hat. Ihre Haare rubbelt sie, mit dem Handtuch so gut es geht trocken, während ihre Augen an dem offen stehenden Schrank hängen bleiben. Das hat sie vorher gar nicht gesehen und macht sie jetzt sprachlos. Da liegen Haarbürsten, Kämme, Haarspangen und vieles mehr. Sogar ein Föhn ist vorhanden.

Wem sind diese Dinge? War hier schon einmal eine Frau? Waren die Sachen gestern auch da? Zumindest war der Schrank geschlossen und sie würde nie einfach herumschnüffeln. Obwohl in ihrer Situation, hätte sie etwas finden können, um sich zur Wehr zu setzen. Aber daran hat sie keinen Gedanken verschwendet. Sie nimmt eine der Bürsten und schließt den Schrank. Mehr braucht sie nicht. Jetzt nicht. Im Moment hat sie nur quälende Fragen. Sie bürstet ihre Haare und die müssen eben an der Luft trocknen. Sie hat keinen Sinn dafür, sie minutenlang zu föhnen.

Dann öffnet sie die Tür und tritt in einen leeren Raum, der zudem in eine unheimliche Stille getaucht ist.

Wo ist Jonas? Und wo ist Rolf?

Sie geht zum Fenster, aber sie sieht nur die Hunde, die faul in der Sonne liegen. Sie sehen so harmlos aus, wobei sie auch ganz anders sein können. Sie gleichen ihrem Herrchen und haben ebenfalls zwei Seiten.

Während sie das Gelände weiter absucht, beginnt im Nebenzimmer ein Streit, den sie sofort belauscht.

„Musste das sein?", fragt Jonas noch ruhig.

„Jetzt hast du sie doch wieder", antwortet Rolf und Laura erkennt augenblicklich, dass sich seine Persönlichkeit zum Negativen geändert hat.

„Du bist widerwärtig", grunzt Jonas nun verärgert und Laura ist irgendwie stolz auf ihn, dass er sich endlich nicht mehr einschüchtern lässt.

„Sei froh, dass sie brünett ist", kommt genervt von Rolf.

„Sonst was?"

„Ich hätte sie gleich wieder loswerden sollen", nuschelt Rolf, während er wohl in etwas hinein beißt.

„Das hast du aber nicht. Und jetzt ist sie bei mir", hält Jonas eisern dagegen.

„Weil sie wie deine Mutter ist?", fragt Rolf und will Jonas damit reizen.

„Lass Mutter aus dem Spiel."

„Sie war eine starke Frau und dann haut etwas Stress sie um", knurrt Rolf und will anscheinend auch daran nicht erinnert werden.

„Das war allein deine Schuld", wirft ihn Jonas vor und Laura würde gern sehen, wie Rolf darauf reagiert, denn Mimik und Gestik können soviel über einen Menschen aussagen.

„Nein, sie war einfach schwach und so was brauch ich nicht", schnauzt nun sein Vater zurück.

„Du hast sie umgebracht."

„Musst du immer das letzte Wort haben?", sagt Rolf und schlägt mit den Fäusten auf den Tisch, während Laura sich erschrocken wünscht, dass es Jonas gut sein lässt, denn ansonsten passiert ihm auch noch etwas. Und was sollte sie allein machen? Dann wäre sicher alles vorbei. Sie ist davon überzeugt, dass sie nur lebt, weil sie aussieht wie die Mutter und Rolf vor ihr Respekt hat, warum auch immer. Seine Worte sagen das Gegenteil, aber sie spürt, dass er irgendwie Angst vor ihr hat.

„Du widerst mich an", blafft Jonas seinen Vater an.

„Sei vorsichtig", schnauft Rolf.

„Ich werde sie beschützen", erwidert Jonas mit sicherer Stimme.

„Tu, was du willst, aber geh mir jetzt aus den Augen", stößt Rolf heraus und dann knallt eine Tür zu.

Nur Sekunden später kommt Jonas ins Zimmer, und bringt etwas zu essen und vor allem eine Kanne voll Tee mit. Dankbar setzt sich Laura an den Tisch und stillt ihren Hunger und Durst. Der heiße Tee wärmt sie zudem von innen, was beim Duschen außen vor geblieben ist.

All die Fragen, die in ihrem Kopf herumschwirren, sind auf still gestellt. Sie vermutet, dass sie noch genug Zeit haben wird, sie alle zu stellen.

Kapitel 15

Anita und ihr Team versuchen alles, den Täter zu finden, aber ihnen läuft die Zeit davon.

Es ist schon wieder Mittag und Anita hat eben mit dem zuständigen Kommissar vom anderen Revier alles abgeglichen. Einer von den Kollegen wird ab heute im ständigen Telefonkontakt bleiben und mit ihnen zusammen an den Fällen arbeiten.

Gerade als sie Andrea anrufen will, denn sie möchte unbedingt einen weiteren Anblick der Toten vermeiden, betritt Stefan das Büro. Sie legt den Hörer, den sie schon in der Hand hatte wieder zurück und schaut ihn fragend an.

Stefan platziert einige Blätter vor Anita auf den Tisch und sie erkennt sofort, dass er etwas Wichtiges herausgefunden hat.

„Es sind eindeutig die Spuren von einem Pick-up", sagt er und zieht einen Stuhl heran und setzt sich neben sie.

„Die fahren bestimmt nicht häufig herum", entgegnet Anita und hofft, eine interessante Spur gefunden zu haben.

„Heute früh habe ich allerdings keine neuen Abdrücke sicherstellen können, aber habe herausgefunden, dass unsere Förster solche Autos nicht fahren. Die sind somit ausgeschlossen", nickt Stefan ihr zu.

„Was für ein Modell?", will Anita wissen.

„Der Ford-Ranger passt am ehesten."

„Genauer geht es nicht?"

„Wir müssten uns mit der Zulassungsstelle in Verbindung setzen. Dann wissen wir, welche hier angemeldet sind", entgegnet er und rollt mit seinen Stuhl an seinen Computer.

„Mach du das, ich gehe zu Lutz. Und du Kerstin gehst bitte mal zu Andrea. Vielleicht ist sie mit der Obduktion schon fertig", weist Anita den beiden die nächsten Aufgaben zu und verlässt den Raum.

Kerstin schaut nicht gerade glücklich, weil auch sie genauso wenig gern da hinuntergeht wie Anita. Stefan schenkt ihr nur ein verschmitztes Lächeln und so macht sie sich auf den Weg.

Anita schleicht sich an Lutz heran und schaut ihm über die Schultern.

„Du sollst nicht", knurrt er, ohne von seiner Arbeit aufzusehen.

„Wie weit bist du?", fragt Anita verlegen, weil sie nicht das erste Mal erwischt wurde, und zieht sich zurück.

„Ich bin sofort fertig", schmunzelt er Anita nun wieder freundlich an.

„Dann lass mal hören."

„Also ich habe hier verschiedene Kulturen angelegt und die ersten geben uns auch schon Hinweise", sagt Lutz und zeigt auf die Schälchen, die vor ihm auf dem Tisch stehen. Diese hat er eben aus einem Brutschrank genommen, wo sie sich entwickeln konnten.

„Für mich bitte genauer", meint Anita und verkneift sich ein Lachen.

„An der Kleidung habe ich nicht nur das Bachwasser feststellen können, sondern auch Schimmelpilze und Hundehaare. Von dem Täter aber leider nichts", erklärt Lutz.

„Was sagt uns das?"

„Eindeutig dort, wo sie war, ist mindestens ein Hund und die Schimmelpilze entwickeln sich noch, aber die kommen eher in einem nassen Umfeld mit zum Beispiel nassen Wänden vor. Das konnte ich bereits herausfinden und auch belegen."

„Kannst du die Hunderasse bestimmen?"

„Es sind ziemlich kurze Haare und nach unserer Datenbank kommen sehr viele Rassen in Frage. Ich habe einige schon in ein anderes Labor geschickt, was jedoch zwei bis drei Tage dauern kann. Ich habe aber ordentlich Druck gemacht."

„Können da auch Gefährliche dabei sein?"

„Egal welche Rasse, es kommt immer auf die Erziehung an", zuckt Lutz mit den Schultern.

„Also können wir zusammenfassen. Ein Haus mit wahrscheinlich nassem Keller, vermutlich älter, mindestens ein Hund und er fährt einen Pick-up", überlegt Anita laut. „Bringt uns im Moment jedoch nicht viel weiter", legt sie noch nach.

„Man kann aber die Spuren abgleichen und dann sicher sagen, dass es der gleiche Täter war. Ich habe auch schon die Kleidung der zweiten Toten hier. Da wird es sich zeigen", erläutert Lutz.

„Okay, also müssen wir uns als Nächstes um das Auto kümmern", sagt Anita und macht sich daran zurück in ihr Büro zu gehen.

„Morgen kann ich dir vielleicht schon genau sagen, was es für ein Hund ist", ruft Lutz ihr hinterher, ist sich aber nicht sicher, ob sie es gehört hat.

Anita dagegen rennt fast einen Mann um, der etwas über den Gang irrt.

„Entschuldigung", sagt Anita schnell und gleichzeitig mustert sie den Mann. Er trägt eine grüne Uniform, ordnet diese sofort einem Förster zu und bei ihr läuten sämtliche Glocken.

„Ich suche eine Kommissarin Keller. Man hat mich hoch geschickt", weicht der Mann erschrocken zurück.

„Da sind sie genau richtig. Ich bin Oberkommissarin Anita Keller", lächelt sie den Herrn an und hofft zugleich, von dem Förster Interessantes zu erfahren.

„Das ist gut. Ich hätte da was zu den beiden toten Mädchen zu sagen", antwortet der Mann zurückhaltend und bestätigt somit ihre Vorahnung.

„Dann kommen Sie mal." Anita fordert ihn mit einer Handbewegung auf, ihr zu folgen, was er ohne ein weiteres Wort macht.

Zusammen betreten sie das Büro und Stefan stellt einen Stuhl neben Anitas Schreibtisch. Er hat ebenfalls sofort erkannt, dass es ein Förster ist und er nur wegen Hinweisen hier sein kann.

„Ich möchte mich erst einmal vorstellen“, kommt von ihm und beide spüren, dass er seine Aufregung verbergen will. „Ich bin Bernd Schütte, einer der Revierförster in unserer Stadt“, fährt er fort und setzt sich auf den angebotenen Stuhl.

„Sehr angenehm“, beginnt Anita, nimmt sich ein Blatt Papier und einen Stift, um jede kleinste Einzelheit zu notieren. „Was können Sie uns über die jungen Frauen sagen?“, fragt sie und hat schon längst seinen Namen aufgeschrieben.

„Es geht nicht direkt um die Mädchen, sondern eher darum, wie sie da hingekommen sind“, versucht der Mann ruhig zu antworten und wirft verhalten einen Blick auf die Wandtafel. Er schüttelt den Kopf und dreht sich schnell zurück zu Anita.

„Haben Sie etwas gesehen?“, fragt nun Stefan dazwischen, der ebenso wie Anita bis aufs äußerste gespannt ist.

„Ich habe vorgestern einen Wagen im Wald stehen sehen“, beginnt der Förster und da ihn beide nur anschauen, redet er einfach weiter. „Dann hörte ich von dem Mord und heute Morgen stand er wieder da. Aber ehe ich mich versah, ist er weggefahren. Ich habe das Nummernschild nur noch kurz gesehen und konnte leider nur die Ziffern notieren. Nun habe ich mitbekommen, dass ein zweites Mädchen gefunden wurde, und so bin ich sofort hierhergekommen.“

„Was war das denn für ein Auto? Und wohin ist er gefahren?“, fragt Anita und hofft, dass er die gewünschte Antwort gibt.

„Ein schwarzer Pick-up. Welcher direkt kann ich nicht sagen, aber die sind ja alle ziemlich auffällig. Und der ist nach hinten von mir weg, am Waldrand entlang gefahren. In Richtung Schonbach.“

„Den genauen Fahrzeugtyp werden wir herausbekommen, wenn Sie uns die Zahlen sagen. Wir haben schon die Reifenspuren von dem Wagen und da gibt es wirklich nicht viele“, erklärt sie dem Förster und er lässt die angestaute Luft heraus. Nun scheint er sich sicher zu sein, das Richtige getan zu haben. Gleichzeitig holt er einen Zettel aus der Jackentasche.

„Es sind die 3856 und wie schon gesagt, habe ich die Buchstaben in der Schnelle nicht erkennen können", entschuldigt er sich fast und reicht Anita den Zettel.

„Das geht schon in Ordnung. Haben Sie vielleicht noch einen Ausweis für mich?", fragt sie, während sie sich die Zahl aufschreibt und sie an Stefan weiterreicht. Er macht sich sofort daran mit der Zulassungsstelle die Information abzugleichen.

„Machen Sie zu bestimmten Zeiten ihre Rundgänge im Wald?", fragt Anita weiter und schreibt sich alle Daten des Mannes auf.

„Ich wollte an den letzten Tagen gerade vom Jagen nach Hause gehen. Da habe ich jedoch keine konkreten Zeiten. Das liegt meist an dem Jagderfolg und wie die Sonne aufgeht, morgens zwischen fünf und sieben Uhr", antwortet der Mann und es breitet sich ein Lächeln auf seinem Gesicht aus. „Und dann gehe ich auch nicht jeden Tag, nur wenn es meine Arbeit zulässt, und die meiste Zeit bin ich auf dem Hochstand und laufe nicht herum."

„Was machen Sie beruflich?"

„Ich bin Krankenpfleger und arbeite in Schichten. Ich hatte die zwei letzten Tage frei."

„Dann werden sie also die nächste Zeit nicht zur Jagd gehen", stellt Anita fest, denn sie weiß, dass die meisten nicht mehr als zwei, höchstens drei Tage am Stück keinen Dienst haben, außer sie machen Urlaub.

„So ist es, aber wenn Sie möchten, dass ich mich weiterhin auf die Lauer lege, würde ich natürlich fragen, ob ich frei bekomme", bietet er sofort seine uneingeschränkte Hilfe an.

„Es wäre echt eine Möglichkeit, aber wir wissen ja nicht, was in den nächsten Tagen passiert", sagt Anita und will den weiteren vorliegenden Vermisstenfall nicht preisgeben. „Zudem müssen Sie keinen Urlaub nehmen. Wenn es Ihnen
recht ist, würde ich mit ihrem Chef reden, ob er sie für uns freistellt. Bezahlt selbstverständlich", lächelt Anita ihn an.

„Sehr gerne, Sie müssen nur sagen, wann", nickt er ihr zu.

„Haben Sie vielleicht vorgestern noch etwas anderes mitbekommen? Egal ob vom Hochstand aus oder auf dem Heimweg", hakt Anita nach in Bezug auf die Entführung von Laura.

„Nein, da habe ich ihn nur von weitem stehen sehen, habe mir jedoch nichts dabei gedacht, nur gehofft, dass es kein Wilderer ist. Heute fuhr er eben gerade weg und so schnell konnte ich mein Fernglas gar nicht anlegen, deshalb nur die Zahlen", antwortet er.

„Um welche Uhrzeit war das?", will Anita noch wissen.

„So gegen halb sechs, habe leider nicht auf die Uhr geschaut."

„Das hilft uns schon weiter", lächelt Anita zufrieden und redet sofort weiter. „Ich möchte mich bei Ihnen bedanken und würde mich melden, wenn wir sie noch einmal benötigen würden." Anita steht auf und reicht dem Mann die Hand, der das als Ende der Befragung ansieht und das Büro kurz darauf verlässt.

Anita sitzt schon wieder und überfliegt ihr Geschriebenes.

„Warum rufst du nicht gleich an. Dann kann er morgen früh auf dem Hochstand sein", unterbricht Stefan die Ruhe, aber Anita schaut ihn nur kopfschüttelnd an.

„Wenn er da oben sitzt, bringt uns das doch nichts. Er hat ihn auf dem Heimweg gesehen, nicht während den Jagen. Außerdem kann er die nächste Frau länger behalten. Die Erste der zwei Toten hatte er auch mehrere Tage", widerspricht sie den Gedanken von Stefan und er weiß, dass sie wieder einmal recht hat. „Hast du schon was mit den Zahlen erreicht?", fragt sie stattdessen.

„Es gibt hunderte Nummernschilder mit der Zahlenkombination bundesweit, aber kein Pick-up. Wir kommen nur mit den Zahlen nicht weiter", antwortet Stefan und ist unzufrieden.

„Vielleicht ist es gestohlen? Oder es wurde irgendwann abgemeldet."

„Nein, auch nicht. Es kann sein, dass er den Wagen gar nicht angemeldet hat und es ein altes abgelaufenes Nummernschild von einem anderen Auto ist. Ich lass es noch im Umfeld abklären."

„Und Autohäuser? Frage ab, wo ein schwarzer Pick-up verkauft wurde, egal wie lange es her ist. Vielleicht stimmen auch die Zahlen nicht, auf die Entfernung kann er zum Beispiel eine drei mit einer acht verwechselt haben."

„Da setz ich mich gleich ran, könnte jedoch etwas dauern", sagt Stefan und seine Finger fliegen über seine Tastatur, um die bestimmten Daten abzurufen.

„Dann müssen wir wohl warten", erwidert Anita und ist damit überhaupt nicht einverstanden. „Wo bleibt denn eigentlich Kerstin?", fragt sie, während sie die neuen Fakten an die Tafel schreibt, und schnauft unzufrieden durch die Nase.

„Sie ist vielleicht bei Andrea umgefallen. Das hättest du selbst machen müssen. Du weißt, wie empfindlich Kerstin bei so etwas ist", lacht Stefan.

„Ja, das hat sich ja heute Morgen erst am Bach gezeigt", scherzt Anita und bekommt sofort rücklings einen Schups. Kerstin ist eben gekommen und hat ihre letzten Worte gehört. Sie legt den Bericht auf Anitas Tisch und verkriecht sich hinter ihrem Schreibtisch. Sie sieht wirklich nicht gut aus und Anita bedauert es, sie hinunter geschickt zu haben. Aber sie hat es überstanden und sie wendet sich ganz den Abschlussbericht zu. Nur Sekunden später legt sie ihn jedoch zu dem Ersten in die Akte, denn sie kann es kaum ertragen, was da geschrieben steht.

Kapitel 16

*L*aura steht an der Kommode gelehnt, mit vor dem Körper verschränkten Armen, und schaut aus dem Fenster. Die Hunde spielen ausgelassen auf dem großen Gelände, während Rolf etwas am Zaun zu reparieren scheint.

Wenn man nicht wüsste, was hier im Haus abgeht, könnte es eine wahre Idylle sein. Es gibt bestimmt Leute, die für so einen Bauernhof alles geben würden.

„Darf ich den Fernseher anmachen?", fragt sie und wendet sich von Rolf ab zu Jonas, der auf dem Bett liegt und in seine Welt abgesunken ist. Seine Augen sind geschlossen und sein Körper schaukelt hin und her. Sie ist dadurch sicher, dass er vielleicht nicht ganz da ist, aber auch nicht schläft.

„Du brauchst mich doch nicht zu fragen. Tu es einfach, sonst frisst uns die Langeweile noch auf", antwortet er ohne die Augen zu öffnen.

Laura setzt sich an den Tisch und macht den Fernseher an. Sie schaltet die Programme durch auf der Suche nach einem Sender, wo Nachrichten laufen. Sie muss nicht lange warten und sie findet das Gewünschte. Sie hört und sieht sich die neusten Meldungen aus ihrer Region an und dann kommt etwas über die Entführungen. Sie halten sich kurz und sehr bedeckt, aber sie erfährt von einer weiteren entführten Frau und einer zweiten Toten. Also hatte sie richtig geschlussfolgert. Die junge Frau im Keller ist die Vierte, und die er umgebracht hat, haben sie schon gefunden. Auch das anscheinende Tatfahrzeug erwähnen sie und zeigen einen vergleichbaren Wagen. Laura erkennt einen Pick-up und so einer steht draußen vor dem Haus. Ein Kommentar darüber, wie sie in die Sache hineinpasst, bekommt sie nicht zu hören.

Die Nachrichten sind vorbei und Laura lehnt sich zurück. Sie belässt es bei dem Sender, wo anschließend eine Dokumentation über die Tierwelt kommt. Etwas Neutrales ist jetzt genau richtig. Sie beobachtet die Tiere, hört jedoch nicht zu. Sie ist wieder am überlegen, wie sie diesem Mann entkommen könnte. Er tut ihr nichts, aber das kann sich schnell ändern. Das Wechseln der Persönlichkeiten im falschen Moment, in dem sie sich vielleicht in seiner Nähe aufhält, und das war es dann für sie.

„Was grübelst du? Du schaust dir die Tiere nicht einmal an", setzt sich Jonas zu ihr, der sie anscheinend schon eine Weile, nachdem er sich aus seiner Trance befreit hat, beobachtet.

„Er wird mich auch umbringen", flüstert sie und ihr läuft bei den eigenen Worten ein kalter Schauer über den ganzen Körper.

„Nein, wird er nicht", widerspricht Jonas.

„Doch ich habe gehört, was er zu ihr gesagt hat."

„Was denn?", fragt Jonas neugierig.

„Das nur sie weiß, wer sie umgebracht hat. Und jetzt weiß ich es ebenso", kommt kaum hörbar von Laura.

„Er hätte es schon lange tun können, hat er aber nicht. Stattdessen bist du jetzt bei mir und ich entscheide was mit dir passiert", erklärt Jonas selbst nicht überzeugt von seinem Gesagten.

„Aber er hat mich in den Keller gesperrt und da konntest du auch nichts unternehmen", hält Laura dagegen.

„Ja, stimmt, er hat dich doch nur aus dem Weg geräumt, um seinen Plan nachzugehen. Eins kannst du mir glauben, bei mir stirbst du nicht."

„Wie willst du mich vor seiner bösen Seite beschützen?"

„Bis auf dem Keller musst du immer in meiner Nähe bleiben, denn mich greift er nicht an, höchstens mit Worten. Er war zudem noch nie hier in diesem Zimmer, wenn er seine Phase hatte. Ich war erstaunt, dass er dich hier rein gebracht hat, aber er musste dich in diesem Moment loswerden." Erläutert Jonas und hofft, dass sie ihm glaubt. „Ich denke, er versucht, es zu verbergen und am meisten vor dir", legt er noch nach.

„Aber ich habe es doch selbst gesehen und außerdem hören wir ihn, wenn er in der Küche seine Anfälle bekommt und wie ein Wilder herumschreit."

„So weit denkt er nicht."

„Seine zwei Seiten sind so verschieden, das hält sein Körper nicht auf Dauer durch", überlegt Laura und will sich gar nicht vorstellen, wenn die böse Seite nicht mehr verschwindet.

„Als du noch nicht hier warst, war es viel schlimmer. Da hat sich die zweite Seite erst in den Vordergrund gedrängt. Der Kampf der beiden war unerträglich. Jetzt schaltet er einfach um, weil sie begriffen haben, dass keiner einen Einfluss auf den anderen hat."

„Wie meinst du das?", will Laura interessiert wissen, denn so nahe am Geschehen wird sie nie wieder sein. Egal ob tot oder am Leben.

„Die Abstände zwischen den Phasen wurden immer kürzer, aber da hat er manchmal das ganze Haus zerlegt. Dann hat er neue Sachen gekauft und wieder alles eingerichtet", erzählt Jonas mit zusammengebissenen Zähnen, weil er seitdem immer mehr Angst vor ihn hat.

„Das ganze Haus?", fragt Laura leise und sich eher selbst.

„Nur oben nicht", platzt Jonas heraus.

„Was ist oben?"

„Nichts!", schweigt Jonas und Laura lässt ihn die Ruhe, die er braucht. Es ist schon erstaunlich, dass er überhaupt so offen mit ihr redet, und sie kann es sogar als einen kleinen Erfolg für sich verbuchen. Das wäre vor zwei Tagen nie denkbar gewesen. In ihre Anwesenheit sieht er vielleicht auch für sich einen Weg raus aus dieser unerträglichen Situation.

„Das nennt man multiple Persönlichkeitsstörung. Es gibt Medikamente, die können die zweite unberechenbare Persönlichkeit unterdrücken", sagt Laura und bemerkt, wie sie sein Interesse wieder geweckt hat.

„Das wäre eine Lösung."

„Man müsste aber wissen, was die Krankheit ausgelöst hat. War das schon, bevor ihr hierhergezogen seid, oder hat es sich erst hier entwickelt?" Laura versucht, sich heranzutasten und sich ein Bild von Rolf zu machen.

„Das kann ich dir nicht sagen. Meine Mutter und ich haben es erst hier bemerkt, aber ist es sehr schnell schlimmer geworden."

„Und nach dem Tod deiner Mutter, wie war er da?"

„Eine Weile dachte ich, er hat sich wieder im Griff, dann ging es jedoch noch intensiver weiter."

„Und nun ist er auf dich fixiert", murmelt Laura und sucht in ihren Gelernten nach einer Lösung.

„Ja, die eine Seite will mich beschützen und die andere wohl einen Mann aus mir machen", schüttelt Jonas seinen Kopf, denn er kann das alles selbst nicht mehr verstehen.

„Und jetzt habe ich zusätzlich euer zerfahrenes Leben durcheinandergebracht."

„Du bist vielleicht der Ausweg aus dem allen."

„Wie soll das gehen? Ich kann eigentlich froh sein noch zu leben", widerspricht sie, obwohl sie selbst daran gedacht hat, aber nur mit Jonas zusammen.

„Stimmt, und nur weil du meiner Mutter so ähnlich bist. Er hat sie abgöttisch geliebt und ich glaube, das tut er immer noch. Der eine will dir auf keinen Fall etwas antun, eher beschützen und bei dem anderen weckst du Erinnerungen an das, was er ihr angetan hat und wie sie sich daraufhin verhalten hat", versucht Jonas zu erklären.

„Er könnte mich auch als Gefahr ansehen", denkt sie seine Aussagen weiter.

„Wie könnten wir die Medikamente besorgen?", überlegt Jonas laut, um von seiner Mutter abzulenken.

„Gar nicht. Er kann sie nicht einfach kaufen. Er muss zu einem Arzt", sagt Laura und ist gespannt auf seine Reaktion.

„Das geht gar nicht. Auch mein angenehmer Vater könnte das nicht, weil wir praktisch nicht existieren. Wir sind nirgends gemeldet und so auch bei keiner Krankenkasse. Oder würde das auch ohne gehen?", fragt Jonas und schaut Laura etwas verstört an.

„Nein, aber wenn er mich freilässt ...", erwidert Laura und sieht gleichzeitig in ein paar entsetzte Augen.

„Dann würde das hier alles aufgedeckt werden und er kommt ins Gefängnis", stammelt Jonas.

„Wir wären aber frei und er käme eher in eine Klinik und würde die entsprechende Hilfe bekommen."

„Das geht alles nicht. Er liefert sich nicht freiwillig ans Messer, egal welche Seite von ihm", schüttelt Jonas überzeugt seinen Kopf.

„Dann können wir uns nur wünschen, dass wir das beide überleben", entgegnet Laura mit der Hoffnung, dass er um sein eigenes Leben zu retten irgendetwas gegen ihn unternimmt.

Jonas reagiert nicht mehr und sitzt steif neben ihr und starrt auf die Tischplatte. Bevor sich jedoch eine erdrückende Stille einstellen kann, klopft es an die Tür. Jonas schreckt hoch und seine aufgerissenen Augen sind auf die Tür gerichtet.

„Jonas kann ich mal mit dir reden?", hören sie Rolf und beide erkennen seinen guten Vater.

„Geh hinaus und spreche mit ihm", fordert Laura ihn auf, denn es kann ein Schritt in die richtige Richtung sein.

Jonas nickt ihr zu, legt die Tür aber nur an. Er will wahrscheinlich, dass sie mithören kann. Sie schaltet den Fernseher aus, damit sie nichts verpasst.

„Was möchtest du mit mir besprechen?", fragt Jonas.

„Ich habe Angst um euch beiden", beginnt Rolf zu reden und Jonas bleibt still. „Ich weiß nicht alles, was er oder besser gesagt, was ich mache, wenn ich der andere bin. Ich muss nur immer hinter ihm aufräumen."

„Dann lass uns gehen", erwidert Jonas und seine Stimme klingt erstaunlicherweise sicher.

„Das kann ich nicht", stößt Rolf hervor.

„Sollen wir sterben, wie die armen Mädchen?"

„Nein, um Himmels willen. Ich möchte, dass du nicht aufhörst, Laura aus den Augen zu lassen. Irgendwie kann ich mich in ihn hineinfühlen. Entweder lässt er es zu oder er hat nicht mehr die komplette Kontrolle", versucht Rolf zu erklären.

„Was fühlst du da?"

„Er hat Angst vor Laura. Er denkt, es ist sein Schicksal, mit ihr konfrontiert zu sein oder die Strafe dafür, was er deiner Mutter angetan hat. Er scheint Alpträume zu haben, wo Laura ihm als Michell Vorwürfe macht. Ich kann es nicht richtig erklären."

„Laura hat schon erwähnt, dass sie für ihn eine Gefahr darstellt und sie deswegen loswerden möchte", sagt Jonas angelegt an unserem Gespräch.

„Er vergreift sich nicht an ihr, will jedoch ihre Stärken testen. Er ahnt, dass sie sein Verderben ist und durch sie Fehler machen könnte."

„Er wird sich aber durch sie nicht ändern."

„Nein, das glaube ich auch nicht, und genau deswegen müsst ihr aufmerksam sein und bei dem ersten Fehler zur Stelle sein."

„Wie meinst du das?"

„Ihr werdet es merken, wenn ihr nur eure Augen aufhaltet."

„Okay war das dann alles?", will Jonas das Gespräch beenden und Laura kann sich vorstellen, wie es ihn belastet und lange beschäftigen wird.

„Sage bitte, wenn ihr was braucht. Ich versuche alles in der kurzen Zeit, die mir jedes Mal bleibt", kommt von Rolf, während Jonas schon wieder im Zimmer ist. Er schließt die Tür, schaut mich mit einem ausdruckslosen Blick an und verschwindet dann im Bad. Er geht ihr und den Fragen aus dem Weg. Es ist sicher genauso schlimm für ihn, wie für sie. Erst ist er allein und musste mit seinen Ängsten lernen umzugehen, und nun sind sie nicht nur zu zweit, nein, auch seine Probleme haben sich verdoppelt.

Kapitel 17

*A*nita rutscht nervös auf ihrem Stuhl hin und her. Sie wartet auf weitere Ergebnisse von Stefan und Lutz. Der Obduktionsbericht hat ihr ziemlich zugesetzt, denn die zweite Tote hat sichtlich mehr durchmachen müssen als die erste und dazu noch in einer kürzeren Zeit.

Es gibt kaum eine Stelle an ihrem Körper, der nicht mit Hämatomen übersät ist und zudem ist ein Arm sowie einige Rippen gebrochen. Ihr Gesicht wurde zertrümmert, aber zu ihrem Glück erst nach dem Tod. Sehr wahrscheinlich wollte er ihre Identität vertuschen oder er hat einfach noch einen Wutausbruch bekommen. Das kann sie jetzt nicht klären und relevant ist es für Anita im Moment eben so wenig. Im Mund fanden sie wieder einen Zettel mit dem gleichen Text.

- Nur er weiß warum -

Andrea hat ausgesprochen viele Spuren gesichert. Manchmal hat man kaum welche, weil die Täter sehr vorsichtig sind, aber der hier hinterlässt mehr als genug. Diese muss Lutz mit den von der ersten Toten vergleichen, Andrea ist sich jedoch sicher, dass sie vom selben Täter stammen. Er scheint sich trotz allem im Klaren zu sein, dass sie ihn nicht überführen werden, da er noch nie in Erscheinung getreten ist und demzufolge auch in keiner Datenbank auftaucht.

Anita hat sich der Magen umgedreht, als sie jedes Detail gelesen hat, von den vielen Schlägen, den mehrmaligen schweren Vergewaltigungen und den Körperflüssigkeiten, die über ihrem ganzen Körper verteilt waren. Auch dort wo sie sie nie vermutet hätte. Einfach nur widerlich.

Jedoch bringen sie die Spuren nicht weiter und so hofft sie, dass Stefan etwas mehr über das Auto herausfindet.

Bei diesem Gedanken wird sie gestört, denn Stefan lässt seine Faust auf seinen Schreibtisch sausen, nicht aus Wut, sondern aus Erleichterung, weil er endlich etwas gefunden hat.

„Wir werden dich kriegen", sagt er und der Drucker neben ihn beginnt mit seiner Arbeit.

Anita wartet gespannt auf das, was er ermittelt hat. Stefan setzt sich neben sie und legt ein Blatt vor ihr hin. Darauf sieht sie eine Ablichtung eines Ausweises und einer Fahrerlaubnis.

„Das habe ich gerade von der Zulassung bekommen. Da war tatsächlich eine Zahl falsch, wie du schon vermutest hast. Und der Wagen wurde nie abgemeldet", beginnt Stefan, schaut Anita jedoch etwas betrübt an. „Er heißt Wolfgang Kadner. Ich habe weiter gesucht und seine Frau Michell Kadner gefunden. Aber sie wohnen leider nicht mehr bei dieser Adresse", legt er noch nach und Gefühle von Anita können gar nicht so schnell von Freude in Verärgerung wechseln.

„Da haben wir also wieder nichts?", fragt sie sichtlich verärgert.

„Die Familie wohnt seit Jahren nicht mehr dort und so müssen wir auch annehmen, dass er jetzt ganz anders aussieht", erklärt Stefan, aber Anita reicht das nicht.

„Sie müssen sich doch umgemeldet haben. Egal wo sie hingezogen sind", poltert sie los.

„Wenn er es wirklich ist, dann ist es unumgänglich, dass es eine Verbindung zu unserem Ort oder Umgebung gibt. Warum gerade hier, fast 200km von der alten Wohnung entfernt?", fragt sich Stefan selbst.

„Heutzutage verschwindet doch keiner ohne eine Spur und wenn sie noch so klein ist. Durchforste seine ganze Familie, Verwandtschaft, einfach das komplette Umfeld", entgegnet Anita genervt.

„Das habe ich bereits, aber sie sind nicht auffindbar. Sogar die Krankenkassen haben seit Jahren keine Mitgliedschaft der Familie mehr. Alle haben gedacht, dass sie vielleicht ausgewandert sind."

„Das sollte ebenso nachvollziehbar sein."

„Sicher, aber auch da gibt es nichts. Kein Visum, keine Ummeldungen, nur Kündigungen, wie die Miete, die

Krankenkasse oder die Versicherungen", zählt Stefan auf und zuckt verständnislos mit den Schultern.

„Die können doch nicht einfach nicht mehr existieren. Das spricht ja auch dagegen, weil das Auto wieder aufgetaucht ist. Wer gehörte noch zu der Familie?"

„Vater, Mutter und ein Sohn, damals etwa 12 Jahre alt."

„Der muss doch in die Schule gegangen sein", wird Anita nun richtig ungeduldig.

„Nein nichts, keine neue Anmeldung. Vielleicht wurde er zu Hause unterrichtet, die Mutter war Lehrerin, das habe ich ebenfalls herausgefunden", erwidert Stefan und zieht sich schon zu seinem Arbeitsplatz zurück, um Anitas Gefühlsausbrüchen aus dem Weg zu gehen.

„Und was hat dieser Wolfgang gemacht?"

„Er war Forstarbeiter."

„Okay damit kennt er sich zumindest in den Wäldern aus und das Auto?", hakt sie nach.

„Habe den entsprechenden Händler schon kontaktiert, aber ich habe noch keine Rückmeldung."

„Ich hoffe, er hat den Wagen nicht privat gekauft, dann finden wir ihn nie."

„Nein, hat er nicht. Ich habe den Eigentümer vor diesem Wolfgang ebenfalls von der Zulassung bekommen. Der stand ja im Fahrzeugbrief. Er hat den Pick-up an ein Autohaus verkauft, und das werde ich jetzt anrufen, da sie auf meine Mail nicht antworten".

„Mach das und ich gehe zu Lutz, denn er meldet sich ja auch nicht von sich aus bei mir", schnaubt Anita.

„Wenn du ihn bedrängst, wird er trotzdem nicht schneller", sagt Stefan, um sie etwas auszubremsen, denn keiner möchte einen Fehler machen.

„Hast ja recht, aber ich will diesen Mistkerl das Handwerk legen. Zwei junge Frauen sind da draußen und mit ziemlicher Gewissheit in seiner Gewalt", rechtfertigt sich Anita und holt tief Luft, um sich selbst wieder zu beruhigen.

„Bei der einen bin ich mir nicht so sicher", wirft Kerstin dazwischen, die sich genau darum kümmern sollte.

„Wie meinst du das? Hast du etwas anderes gefunden?", dreht Anita um und steht sofort bei ihr.

„Na ja, die beste Freundin hat erwähnt, dass es in der Beziehung nicht so stimmt. Da scheint es einige Unstimmigkeiten zu geben", erklärt Kerstin, die mit der angeblichen Frau telefoniert hat.

„Hast du die Daten dieser Freundin?"

„Ja, aber sie will nicht hierherkommen. Am liebsten wollte sie anonym bleiben, ich konnte jedoch zumindest ihren Namen erfahren. Und wie ich bin, habe ich natürlich auch ihre Adresse, aber wir sollten da lieber noch einmal mit dem Verlobten reden."

„Denkt ihr etwa, er hat die Entführung selbst durchgezogen und den Tatort so ausgesucht, dass es diesem Wolfgang zuzuschreiben ist?", fragt Stefan ungläubig.

„Das geht überhaupt nicht. Er konnte von unserer ersten Toten gar nichts wissen. Der Zeitpunkt war praktisch derselbe", schüttelt Kerstin den Kopf.

„Bestell ihn sofort her, diese Fragen muss er uns beantworten", mischt sich Anita kurz ein und macht sich nun doch auf den Weg zu Lutz.

Dieser hat bereits alle Spuren von der Kleidung des zweiten Opfers gesichert und verglichen.

„Du machst ja schon den Papierkram", scherzt Anita.

„Ja, und es sind die gleichen Spuren. Wieder der Schimmel und auch einige Hundehaare", erwidert Lutz und schreibt weiter, ohne aufzuschauen.

„Kennst du schon die Hunderasse?"

„Nein, die haben sich noch nicht gemeldet. Wenn, dann gebe ich dir sofort Bescheid."

„Der Schimmel bringt uns nicht weiter, nur das es wahrscheinlich der gleiche Tatort ist. Wo, das sagen uns die

Spuren nicht", sagt Anita enttäuscht, denn sie treten weiterhin auf der Stelle.

„Habt ihr nichts über den Pick-up herausbekommen?"

„Doch. Wir haben einen Namen, aber wo der Kerl jetzt wohnt, wissen wir nicht. Er ist mit seiner Familie seit 10 Jahren verschwunden", antwortet Anita und zweifelt langsam daran, den Fall schnell lösen zu können.

„Der kann doch nicht weg sein", bemüht sich auch Lutz, die Ruhe zu wahren.

„Ich werde jetzt den Wagen zur Fahndung ausschreiben. Wir haben ja nun das komplette Nummernschild", kommt entschlossen von Anita und geht zurück an ihren Schreibtisch.

Sofort macht sie sich daran an alle umliegenden Reviere und den Medien, Bilder des Wagens zu senden. Auch das Foto des mutmaßlichen Täters, was jedoch nicht veröffentlicht werden darf, denn die Beweise reichen dazu noch nicht aus. Es ist zwar nicht das Neuste, aber sehr verändert wird er sich nicht haben und die Kollegen haben etwas in der Hand.

„Das Autohaus hat sich gemeldet", meint Stefan und unterbricht damit die Stille, die eingezogen war.

„Und was können sie dazu sagen?", fragt Anita und auch Kerstin erhofft sich etwas, was sie voranbringen könnte.

„Dieser Wolfgang hat den Pick-up vor zwölf Jahren gekauft. Jedoch hat er bar bezahlt und so bringt uns das auch nicht weiter", erklärt Stefan.

„Hat er da nicht einen Kaufvertrag unterschrieben?"

„Ja und da können wir die Schrift von den Botschaften damit vergleichen", antwortet Stefan und hat eine Kopie von dem Vertrag in der Hand.

„Bring das bitte umgehend zu Lutz", fordert Anita Stefan auf und redet gleich weiter. „Aber noch mal zu dem Zeitraum. Er hat den Wagen gekauft lange bevor sie verschwunden sind. Damit wissen wir immer noch nicht, wie er in unsere Gegend gekommen ist und ob er vielleicht hier irgendwo verborgen wohnt", murmelt Anita und schüttelt den Kopf.

„Unbemerkt wohnt?", fragt Kerstin skeptisch. „Das geht doch heutzutage gar nicht. Er muss eine Unterkunft haben und dazu Wasser und Strom. Außerdem, wenn er mit dem Auto hier herumfährt, sollte das denn nicht versichert sein?", redet sie weiter und in ihrem Kopf rattert es.

„Das stimmt und das habe ich ebenfalls schon herausbekommen. Es wird eine Versicherung sowie die Steuern regelmäßig von einem Konto abgebucht. Das ist jedoch das Einzige, was ich finden konnte. Bei dem Konto wurde auch keine Adresse geändert, es ist immer noch die alte, genauso bei der Versicherung oder dem Finanzamt. Und ehe ihr fragt, wenn die Zahlungen ordentlich erfolgen wird auch keiner danach fragen, wo sich der Autobesitzer gerade aufhält. Auf dem Konto ist ein beträchtliches Guthaben und es gibt keinerlei Bewegungen außer dem eben genannten. Also nur für den Wagen. Aber bei den anderen Anbietern sollten wir trotzdem unbedingt nachhaken", entgegnet Stefan.

„Das mache ich sofort und frage bei den entsprechenden Unternehmen nach und ebenso bei denen, die bei dem alten Wohnsitz vor Ort sind. Wir haben ja den Namen und ehrlich ohne diese Versorgung kann man doch nicht leben", bemerkt Kerstin und macht sich gleich an die Arbeit.

„Ohne Wasser geht, wenn sie einen Brunnen haben, aber ohne Strom?", stellt Anita fest.

„In der Stadt hat keiner einen Brunnen, da muss er schon ländlich wohnen", wirft Stefan ein.

„Sicher, denn solche Taten kannst du nicht mitten unter Leuten machen. Da brauchst du schon etwas Abgelegenes, wo dich keiner beobachtet und vor allem damit niemand irgendetwas hört", schlussfolgert Anita und nickt Kerstin zu, die sich als Erstes auf die Stromanbieter konzentriert. „Hast du den Verlobten der Laura erreicht?", fragt sie weiter.

„Ja, er kommt morgen früh, so gegen 7 Uhr gleich nach der Arbeit. Er hilft ab und zu in einer Bäckerei aus. Ich hoffe, es ist nicht zu zeitig für dich", bestätigt Kerstin, während sie sich die diversen Telefonnummern heraussucht.

„Nein, ich konnte die letzten Nächte sowieso nicht schlafen, da ist es egal, wenn ich eine Stunde eher kommen muss. Aber ich will dich nicht weiter stören", kommt von Anita, die sich zugleich Gedanken macht, wie sie diesen Kai am besten die Gründe der Unstimmigkeiten entlocken kann. Wenn das klappt und sie sich etwas sicherer sein kann, dass Laura nicht entführt wurde, zumindest nicht von dem Täter, den sie suchen, hätte sie eine Sorge weniger. Aber insgeheim weiß sie, dass es sehr unwahrscheinlich ist, denn sie haben im Park Dinge gefunden, die nur einen Schluss ergeben.

Kapitel 18

*G*leichzeitig, wie Jonas aus dem Bad kommt, öffnet sich die Tür zur Küche. Rolf betritt das Zimmer nicht, aber die Augen von Jonas sind weit aufgerissen und starren in Richtung seines Vaters. Laura steht auf und macht die wenigen Schritte zu ihm. Erschrocken und fassungslos starrt sie ebenfalls in die Küche.

Ihr Blick wandert ängstlich an Rolf hoch und runter. Ihr schnürt es die Kehle zu, denn er steht doch wahrhaftig mit einem Beil in der einen Hand da und in der anderen hält er einen Hasen. An den Ohren gepackt zappelt er um sein Leben. Seine Augen zeigen genauso viel Angst, wie in Laura hoch kriecht.

„Komm her", fordert er Laura auf, die jedoch nur einen zaghaften Schritt nach vorne macht und im Türrahmen stehen bleibt.

„Damit du morgen etwas zum Kochen hast", grinst Wolfgang hämisch und gleichzeitig schwingt er den Hasen durch die Luft. Die kleinen Pfoten haben noch nicht richtig auf dem Tisch aufgesetzt, da saust das Beil auf ihn herab. Mit einem Hieb schlägt er dem Hasen den Kopf ab und das Blut spritzt in ihre Richtung und auf den Fußboden. Laura die inzwischen ein paar Schritte weiter vorgegangen ist, da seine düsteren Augen sie ohne Worte dazu aufgefordert haben, steht mit dem Rücken vor einen Küchenschrank und wird mit dem Blut besudelt. Zum Glück sind die Lebensmittel und Töpfe sauber geblieben, da noch zwei weitere Schränke zwischen ihr und dem Herd sind. Es war ein Blutstrahl, der sie getroffen hat, und ihr Körper schirmt so genau den Schrank hinter sich ab. So wie sie aussieht, hätten die Lebensmittel einiges abbekommen, wenn der Tisch anders gestanden hätte. Derweilen schaut Laura an sich herunter und schüttelt sich angeekelt.

„Geh dich umziehen und du machst inzwischen die Küche sauber", sagt Rolf emotionslos zu den beiden Erstarrten. „Dann kochst du mir ein ordentliches Essen, es liegt alles da. Ich geh derweil, den Hasen für morgen fertig machen", redet er weiter und greift nach den Ohren von dem Hasenkopf und verschwindet mit dem armen zweigeteilten Tier.

Laura bewegt sich wie in Zeitlupe und mit wackeligen Beinen in Richtung Bad. Dort entledigt sie sich den widerlich stinkenden Sachen und wirft sie gleich in die Maschine. Dann steht sie unter der Dusche und schrubbt ihren Körper und die Haare bis es weh tut und das Wasser klar an ihr herunterläuft. Auf die Zeit achtet sie nicht und es ist ihr auch egal, wenn Rolf nicht rechtzeitig sein Essen aufgetischt bekommt. Konsequenzen dafür kann und will sie nicht abschätzen, denn er tickt ja zu keiner Zeit richtig.

Mit sauberen Sachen bekleidet, geht sie zurück in die Küche. Die hat sie glücklicherweise gestern von dem angenehmeren Vater bekommen, ob er sie neu gekauft oder sie vielleicht sogar von seiner Frau sind, kann sie nicht sagen. Es war ein weißes T-Shirt und eine graue Jogginghose, wie schon einmal.

Jonas kniet auf dem Fliesenboden und wischt gerade die letzten Spuren der Bluttat seines Vaters auf. Der Tisch und der Schrank sind bereits sauber. Jonas war wirklich gründlich. Bevor er jedoch das schmutzige, blutige Wasser wegbringt, richtet er sich an Laura.

„Er ist immer noch draußen. Kannst ja schon anfangen mit kochen", nickt Jonas total eingeschüchtert und sie wendet sich den Lebensmitteln zu, die neben dem Herd auf der Arbeitsplatte liegen. Ihr Blick schweift darüber hinweg und sie staunt, dass die Schränke, die Platte und das Ceranfeld sehr sauber sind. Wer dafür verantwortlich ist weiß sie ganz genau.

Vor ihr liegen Möhren, Kartoffeln sowie drei Schnitzel. Auch zum Würzen und Panieren ist alles vorhanden. Wer das eingekauft hat, ist ihr ebenfalls bewusst, denn von den beiden ist nur einer organisiert.

Sie beginnt die Möhren zu schälen, zu waschen und zu schneiden. Dann landen sie in einem der bereitstehenden

112

Töpfe. Genauso macht sie es mit den Kartoffeln, wobei sie dabei kurz innehält.

„Denkst du, dass wir mitessen werden?", fragt sie Jonas, der gerade wieder hereinkommt.

„Warum fragst du?", schaut er sie erstaunt an.

„Es sind so viele Kartoffeln. Dein Vater kann sie doch nicht allein verdrücken. Außerdem sind hier drei Schnitzel", entgegnet sie und zeigt auf die Sachen.

„Mach einfach alles. Ich vermute, er will uns auf seine perfide Art Angst einjagen", flüstert Jonas und Laura bemerkt, wie Unbehagen in ihm aufsteigt. Sie sieht es an seinem Blick und der angespannten Körperhaltung. Sie dagegen wappnet sich zur Gegenwehr überzugehen, falls er sie angreifen sollte. Schon erstaunlich, dass er sie mit Messern hantieren lässt, die sie als Waffe benutzen kann. Aber das zeigt ihr, wie gedankenlos er herumläuft. Jonas hat wahrscheinlich recht, er will ihnen nur Angst machen und seine angebliche Überlegenheit demonstrieren.

In ihren Gedanken gefangen beginnt sie das Fleisch zuzubereiten und merkt nicht wie Rolf, der längst wieder da ist, ihr über die Schulter schaut.

„Lass sie in Ruhe kochen, sonst gehen wir zurück in mein Zimmer", knurrt Jonas und erst jetzt bemerkt sie den warmen Atem von Rolf in ihrem Nacken. Ein unheimlicher Schauer läuft ihr den Rücken hinunter und ihre Hände halten in der Arbeit an.

„Schon gut, ich wollte doch nur schauen, ob sie das überhaupt bringt", erwidert er und zieht sich zurück. Laura kann jedoch nur kurz durchatmen, denn die nächsten Worte lässt ihr fast das Blut gefrieren.

„Platz mein Guter", sagt Rolf und ein großer Schäferhund legt sich neben Lauras Füßen.

Sie schaut ihn kurz an und ist froh, dass es nicht einer von den beiden Kampfhunden ist. Obwohl sie nicht einzuschätzen vermag, wie gefährlich er ist. Außerdem hat sie ihn noch nicht gesehen, zumindest war er nie mit auf der Wiese bei den anderen.

Der Hund schaut sie traurig von unten heraus an und kann wohl nicht verstehen, warum Laura da ist. Sie sieht zwar wie die Mutter aus, aber er hat längst am Geruch erkannt, dass sie es nicht ist.

Sie legt indes die panierten Schnitzel in die Pfanne und versucht, sich auf ihre Arbeit zu konzentrieren, was ihr jedoch nicht ganz gelingt. Zu einem fragt sie sich, warum er das macht und zudem, weshalb er den Hund dazu geholt hat. Ahnt er, dass er ihr nichts antut, und will ihr auch damit nur Angst machen? Wer hat hier denn überhaupt vor wem Angst?

„Bring mir lieber ein Bier", schnauzt er Jonas an, der jedoch gar nicht daran denkt, sich herumkommandieren zu lassen.

„Hol es dir selbst, ich darf doch auch keines trinken", sagt er bockig und sein Vater steht tatsächlich auf, schüttelt unverständlich darüber, wie sich sein Sohn plötzlich verhält den Kopf und geht in den Keller.

Jonas hat all seinen Mut zusammen genommen, sich so gegen ihn aufzulehnen nur um einige Sekunden Zeit zu haben, Laura etwas zu sagen.

„Der Hund wird dir nichts tun. Er war Mutters Liebling und immer an ihrer Seite. Er hat deine Situation längst erkannt", flüstert er Laura ins Ohr und setzt sich sofort wieder hin. Also hat sie schon die richtigen Gedanken gehabt und der Hund dient nur dazu, ihr Angst einzujagen. Er will sie nicht in Gefahr bringen, aber warum tut er das? Wegen Jonas? Zu seinem Vergnügen? Oder aus schlechtem Gewissen heraus? Egal welcher Grund es ist, er wird sie trotzdem nicht frei lassen.

Rolf kommt aus dem Keller wieder hoch und scheint sich ziemlich sicher zu sein mit dem, was er macht, oder will es uns nur signalisieren, denn sie kann für ihn eine größere Gefahr sein als er für sie. Wie sie das ausnutzen kann, steht noch in den Sternen, aber ihre Gedanken kreisen ständig um das Thema. Er lümmelt inzwischen zufrieden am Tisch und beobachtet sie. Er trinkt Bier und rülpst zwischendurch ungeniert. Laura lässt sich davon weder beirren noch provozieren.

Jonas dagegen hat schon längst eine gewisse Abwehrhaltung eingenommen und zu ihrem Erstaunen scheint er sich und vor allem sie vor Rolf schützen zu wollen. Seine Augen in die sie kurz schaut Sagen ihr, dass er sie bis zuletzt verteidigen wird auch gegen den Hund, der jedoch ganz ruhig neben ihr liegt. Mal sehen wie lange sein offensichtlicher Mut andauert, denn er kann schnell wieder in seine depressive Phase fallen.

„Meine Frau war auch mal so hübsch wie du und sehr schlau", kommt von Rolf mit einem unverschämten Grinsen im Gesicht und Augen, die Laura von oben nach unten abzuscannen scheinen.

„Lass sie in Ruhe", knurrt Jonas sofort und sieht seine Worte als Provokation.

Rolf dagegen lässt sich davon kaum beeindrucken und setzt wieder die Flasche an.

„Mein Junge verändert sich. Du tust ihm gut, er scheint sogar langsam Eier zu kriegen", lacht Wolfgang, worauf Jonas nun doch wieder ruhiger wird, denn mit den abwertenden Worten kann er nicht umgehen.

Laura reagiert jedoch nicht, wendet die Schnitzel in der Pfanne und beginnt eine Zwiebel zu schälen. Sie hat das Kochen bei ihrer Mutter gelernt und stets zur Zufriedenheit seines Freundes die Speisen zubereitet. Sie kann nur hoffen, dass auch Rolf daran nichts auszusetzen hat, denn nur dann wird sie lebend und unverletzt die Küche wieder verlassen.

„Hast du gehört, was ich gesagt habe", kommt einige Minuten später aufbrausend von Rolf und jetzt dreht sie sich zu ihm um.

„Ja", antwortet sie schüchtern und sieht in seinen Augen, dass der Alkohol schon zu wirken scheint. Im Augenwinkel nimmt sie wahr, wie sogar der Hund bei seinen lauten Ton zusammenschreckt. Er hat anscheinend ebenso Angst vor ihm und sagt ihr insgeheim, dass er ihr eher wohlgesonnen ist.

„Was willst du eigentlich von mir? Mich quälen, indem du mich in den Keller sperrst, und ...?", fragt sie nun ebenfalls mit einem lauteren Ton und ist selbst über ihrem Mut überrascht, aber was hat sie zu verlieren. Wenn er ihr auch nicht das antut, was er mit den anderen armen Frauen macht, wird er sie am Ende wahrscheinlich deswegen umbringen, da sie ja alles mitbekommen hat.

„Was und?", fährt Rolf fast aus seiner Haut.

„Nichts", wendet sie sich wieder dem Essen zu.

„Wenn ich dich nicht mehr einsperren soll, dann bring ihn endlich das bei, wovon er noch keine Ahnung hat", kommt zornig von Rolf und schlägt mit den Händen auf den Tisch, wobei seine Flasche Bier herunterfällt. Wütend hebt er sie wieder auf und wirft sie gegen den Kühlschrank.

„Was soll ich ihm denn beibringen, so eingeschüchtert und zurückgezogen wie er ist, wegen dir", faucht Laura und Jonas Augen fliegen nur noch ängstlich zwischen den beiden hin und her. Er würde sich am liebsten in Luft auflösen.

„Was fragst du so dumm. Du bist Psychologin und weißt genau, was ich meine", kommt wieder aufbrausend von Rolf.

„Das eine hat aber mit dem anderen nichts zu tun. Und woher weißt du, was ich mal werden will?", rollt Laura mit den Augen und ist sich nicht mehr sicher die angespannte Lage durchzustehen.

„Wieso nicht? Du hast ihn ja auch schon dazu gebracht wieder zu reden. Dann ist der nächste Schritt doch einfach. Und denkst du, ich bin zu dumm mal im Internet zu schauen, wen ich mir da ins Haus geholt habe?"

„Ich studiere erst und habe noch lange nicht alles gelernt", sagt Laura wieder ruhiger und hat nicht geahnt, dass ihr Profil auf Facebook sie so schnell verraten konnte.

„Quatsch nicht dumm. Zum ficken muss man nicht studiert haben, ansonsten zeige ich dir, wie das geht. Wenn es sein muss, kann ich dich auch anlernen", lacht Rolf so hämisch, dass Laura fast die Luft wegbleibt, und sie befürchtet, dass er es ernst meint.

„Ich werde mein Bestes versuchen", nuschelt sie und beginnt die Teller fertig zu machen.

„Das hoffe ich. Du hast nicht mehr viel Zeit. Ich will, dass er endlich ein Mann wird", knurrt Rolf und wechselt gleichzeitig das Thema. „Jetzt habe ich Hunger und es sollte in deinem Interesse sein, dass es mir schmeckt."

Laura stellt die Teller auf den Tisch, während ihre Gedanken kreisen. Wieso hat sie keine Zeit mehr? Weiß er, dass die Fehler, die er gemacht hat, ihn auffliegen lassen könnten und ihm deshalb selbst die Zeit davonläuft? Was wäre, wenn sie ihn erwischen? Könnte sie dann befreit werden? Würde man sie hier finden? Oder würde sie vorher sterben?

„Was ist los? Setz dich hin", hört sie wie verschwommen und nimmt gegenüber von Rolf Platz. Ein sicherer Abstand zu ihm, aber auch eine gute Position ihn zu beobachten. Sie glaubt, dass es auf Gegenseitigkeit beruht. Zudem hat sie einen Vorteil, denn der Schäferhund hat sich auf ihre Seite geschlagen und liegt ganz dicht bei ihr.

Mit zitternden Händen nimmt sie das Besteck und beginnt, auch wenn ihr der Hunger vergangen ist, zu essen, immer ein Auge auf Rolf gerichtet. Er langt richtig zu und nickt ständig, während er genüsslich schmatzt.

Jonas ist in sich gekehrt und Laura kann nicht sagen, ob er überhaupt etwas schmeckt. Sie ist zumindest zufrieden mit dem, was sie in so kurzer Zeit und unter dem psychischen Druck zu Stande gebracht hat.

Ihr tut die Ruhe gut, die eingezogen ist und auch die Gesichtszüge von Rolf haben sich geändert. Sie sehen nicht mehr so hart aus wie vor wenigen Minuten. Er gibt sogar dem Hund ein Stück Fleisch ab, der sich mit einem kurzen Blickkontakt zu Laura neben ihn gesetzt hat.

„Schon gut, du liebst sie immer noch", murmelt Rolf, aber Laura hat es gehört und staunt, dass sogar der Rolf ein paar Gefühle hat. Nur zu diesem Hund? Oder täuscht sie sich in ihm. Ihr kommt es vor, als würde sie Traurigkeit wahrnehmen. Der Hund scheint ihn immer wieder an seine Frau zu erinnern, die er wirklich geliebt haben muss, wenn auch nur auf seine Art, und jetzt ist sie hier.

Sie beobachtet ihn genau und versucht zu beurteilen, wie krank er ist. Auch wenn die schlechten Phasen immer länger werden, bekommen diese Risse. Er zeigt Gefühle und die kommen ihr zu Gute, jedoch nur solange sie sich nach ihm richtet. Aber sein Fehler, sie mitgenommen zu haben und ihr Aussehen hat in ihm etwas ausgelöst. Er ist so brutal zu den Frauen, zu ihr hält er jedoch stets einen gewissen Abstand. Sie muss das durchstehen, wenn es sein sollte auch allein, denn auf Jonas kann sie sich nicht hundertprozentig verlassen. Er ist fast schlimmer dran als sein Vater, auf ihn und seinen wechselnden Persönlichkeiten kann sie sich einstellen. Der Zustand von Jonas ist schlecht zu bewerten.

Laura legt das Besteck auf dem Teller ab. Sie hat es geschafft, alles zu essen und wer weiß, wofür das gut ist. Rolf hingegen leert sämtliche Töpfe und setzt sich wieder hin.

„Habe lange nicht so gut gegessen. Ich hoffe, du bekommst den Hasen auch so schmackhaft hin", sagt Rolf fast ehrfürchtig und gibt Laura das Gefühl etwas Luft zu haben, was die Zeit betrifft, die sie angeblich nicht mehr hat. Aber sie sollte sich täuschen.

Nachdem sie die Küche aufgeräumt hat, immer unter den wachenden Augen des Hundes und Rolf, der auch mehrmals draußen war, steht er plötzlich vor ihr und reicht ihr zwei Flaschen Wasser und eine saubere Decke.

„Du weißt, wo du jetzt hinzugehen hast", sagt Rolf finster. „Und du gehst in dein Zimmer", redet er weiter und schubst Jonas von ihr weg. Er wollte ihr zur Seite springen und ihr anscheinend helfen, aber er hat keine Chance. Laura greift ängstlich nach den Sachen und schon öffnet sich die Tür. Ihr Blick fällt auf die Treppe, die in den dunklen Keller führt. Ihr wird heiß und kalt gleichzeitig, aber es nützt ihr nichts, sich jetzt zu wehren, könnte ungeahnte Folgen für sie haben. Am Ende kommt er ihr doch gefährlich näher, wobei sie, so widerlich es auch ist, in dem Kellerraum vorerst ebenfalls sicher zu sein scheint. Widerstandslos steigt sie in das Grauen hinab, gefolgt von seinen dumpfen Schritten und kurz darauf schließt sich die Brettertür ihres Gefängnisses hinter ihr.

Kapitel 19

*L*aura hat sich ihrem Schicksal für diese Nacht ergeben. Sie sitzt eingewickelt in der Decke in der hintersten Ecke und lauscht in die Stille. Es dauert eine Weile, bis sie ein leises wimmern hört. Neben ihr ist die junge Frau von letzter Nacht und sie will sich gar nicht vorstellen, wie sie zugerichtet ist. Wobei man sagen muss, dass sie wahrscheinlich die ganze Zeit weder etwas zu trinken noch zu essen bekommen hat. Niemand scheint sich um sie zu kümmern. Schon allein deswegen wird sie total entkräftet sein. Aber Laura kann ihr nicht helfen, das vermag sie nicht einmal für sich selbst. Sie hat gegenüber den anderen einen Vorteil, der bringt sie jedoch hier nicht heraus. Wenn sie richtig handelt, kann sie Rolf nur etwas auf Abstand halten. Über die Gedanken schläft sie ein, denn der Tag, vor allem das Kochen unter den psychischen Stress und den ständig beobachtenden Augen von Rolf, hat ihr sehr zugesetzt.

Rolf ist inzwischen gut gelaunt auf die Jagd gegangen. Jonas weiß es ganz genau, aber er traut sich nicht, in den Keller zu gehen und Laura zu befreien. Zu viel Angst hat er vor seinen Vater, zudem ist er sicher, dass es ihr da unten besser geht als den Mädchen, was er wohl gerade entführt. In einer schaukelnden Bewegung sitzt er am Tisch, leicht weggetreten und mit hektischen hin und her zuckenden Augen, scheint er zu vergessen, wo und wer er ist, sowie welche Tageszeit. In diesen Momenten verschwendet er keinen Gedanken an seinen Vater und seinen Persönlichkeiten. Er ist in seiner Welt und wahrscheinlich in den besseren Zeiten abgeglitten, wo seine Mutter noch da war. Dahin flüchtet er immer öfter, denn nur das bringt ihn zur Ruhe. Ihre liebliche Stimme klingt in seinen Ohren und die zarten Hände, die ihm über dem Kopf streichen spürt er und kann er wohl nie vergessen. Ihr Verlust verkraftet er noch schwerer als die ständigen Erniedrigungen von seinem Vater.

Plötzlich wird Jonas Tür aufgestoßen und reißt ihn zurück in die Realität. Wie lange sein Vater weg war, kann er in diesem Moment nicht sagen, aber er bringt eine blonde junge Frau in sein Zimmer.

„Kümmer dich um sie", schreit Rolf und zieht die Tür wieder zu.

Die Frau fällt auf die Knie und ehe sie nach vorne umkippt, denn die Betäubung die ihr Rolf verpasst hat, ist noch nicht aus dem Körper gewichen, stürzt Jonas zu ihr und fängt sie auf. Er hebt den zitternden Leib auf das Bett und deckt sie besorgt zu. Er hofft wie jedes Mal, dass sie nicht anfängt zu schreien, sobald er das Klebeband von ihrem Mund zieht.

„Bitte schreie nicht, sonst kommt er zurück. Ich werde dir nichts tun", sagt er eindringlich, aber sie schaut ihn nur mit aufgerissenen und von der Betäubung noch getrübten Augen an.

Langsam zieht er das Band ab, und zu seinem Erstaunen bleibt sie ruhig. Entweder ist sie nicht ganz bei sich, oder sie glaubt seinen Worten, dann wäre es aber die Erste, die das tun würde.

„Wo bin ich?", fragt sie nach einer Weile und schaut sich ängstlich im Zimmer um.

„Bei mir erst einmal in Sicherheit", entgegnet Jonas, aber seine Wortwahl bringt sie nun doch zu schreien.

„Erst einmal", schnappt sie nach Luft, stößt die Decke mit den gefesselten Füßen von sich und versucht aufzustehen, obwohl ihre Chancen dafür gering sind. Jonas kann sie jedoch festhalten, aber gleichzeitig ahnt er wieder eine furchtbare Nacht vor sich zu haben.

Er will ihr das Klebeband zurück auf den Mund kleben, hat jedoch keinen Erfolg. Sie wirft ihren Kopf hin und her und schreit ohne Unterbrechung.

„Ruhe da drin", brüllt Rolf und die düstere Stimme bringt sie doch wahrhaftig dazu still zu sein.

„Er hat mich entführt", schluchzt die junge Frau unter Tränen.

„Ich weiß, aber hier geschieht dir nichts", wiederholt sich Jonas.

„Und wenn er ...", versucht sie weiter zu reden, aber ein Weinkrampf überwältigt sie.

„Diese Nacht bist du bei mir", beginnt Jonas und weiß selbst nicht wie er weiter reden soll.

„Und morgen?" unterbricht sie ihn und ihr Körper wird von einer unbeschreiblicher Angst geschüttelt.

„Das kann ich dir nicht sagen. Du solltest dich beruhigen und vielleicht etwas schlafen", erwidert Jonas und weiß zu gut, dass das in so einer Situation unmöglich ist. Wie hat das nur bei Laura geklappt? Aber bei ihr war von Anfang an alles anders.

Dann scheint sie doch wirklich zur Ruhe zu kommen. Jonas gibt ihr etwas zu trinken und setzt sich danach an den Tisch. Dort fällt er schnell wieder in Trance, aber nur deswegen weil die junge Frau sich ganz still verhält. Sie schaut sich interessiert um und versucht anscheinend, Möglichkeiten zur Flucht herauszufinden. Sie hat längst bemerkt, dass Jonas keine Gefahr ist und dazu auch noch mit sich selbst beschäftigt zu sein scheint.

„Kann ich mal auf die Toilette?", fragt sie und Jonas ist sofort wieder bei ihr, aus Angst sie würde abermals anfangen zu schreien.

Sie hat es gewagt, wobei ihr Herzschlag in den Ohren dröhnt und sie fast um den Verstand bringt, trotzdem will sie weitere Optionen zur Flucht suchen und da ist eine zweite Tür, die ihr ins Auge gefallen ist. Sollte sie jedoch wieder auf den älteren Mann treffen, dann hat sie Pech. Aber sie ahnt, dass Jonas das nicht zulassen würde.

„Wenn du mir versprichst ruhig zu bleiben", kommt von Jonas und sie nickt schnell. Zu schnell, aber das bemerkt er nicht. Er sieht ihre Absichten nicht, denn er ist viel mehr mit sich selbst beschäftigt. Deshalb löst er auch ohne jegliche Bedenken die Fußfesseln und hilft ihr, aufzustehen. Er führt sie, wie sie vermutet hat, zu der zweiten Tür und schiebt sie hindurch.

„Wenn du fertig bist, klopf an, dann lass ich dich wieder raus." Mit diesen Worten geht die Tür zu und wird abgeschlossen. Bei Laura hat er den Schlüssel bis jetzt nie benutzt und auch sie hat ihn nicht einmal mit nach innen genommen. Langsam versteht er, dass sie sich in der Hinsicht vertrauen, aber bei den Frauen, die nur eine Nacht bei ihm bleiben, würde er nie auf solche Gedanken kommen. Sie sind unter ganz anderen Umständen bei ihm und allein Rolf entscheidet, was mit ihnen passiert. Und es scheint, sie wissen das genau.

Schnell schaut sich die Frau um und erkennt sofort, dass hier kein Ausweg existiert, es ist zwar ein Fenster vorhanden, aber sie erkennt das Gitter außen davor. Das war ein Versuch, der nichts gebracht hat, innerlich gibt sie jedoch nicht auf. Da ist ja noch Jonas und der kommt ihr zu labil vor, um das er die ganze Nacht ein Auge auf sie haben wird und das muss sie ausnutzen. Nachdem sie auf Toilette war und sich mühsam, da ihre Hände immer noch gefesselt sind, wieder angezogen hat, versucht sie abermals die Handfesseln mit den Zähnen zu lösen. Zum Glück sind sie vor dem Körper zusammengebunden, aber der Knoten ist zu fest und so sucht sie in den Schubladen der Badmöbel nach einer Schere. Sie findet keine, aber ihr fallen die anderen Utensilien auf, die auf eine Frau hindeuten. War hier noch eine oder ist sie die Einzige? Wozu liegen dann hier diese Dinge? Vielleicht ist sie in einem anderen Zimmer, denn sie hat keine weitere Frau gesehen. Lebt sie überhaupt noch? Wenn nicht, was ist mit ihr geschehen? Was wird mit ihr passieren? Sie hat von den toten Frauen gehört und sie wurde sogar davor gewarnt, allein joggen zu gehen. Hätte sie sich das nur zu Herzen genommen, denn langsam wird ihr klar, dass auch sie in den Fängen der Bestie ist. So wird er schon hinter vorgehaltener Hand genannt.

Die Angst, die in ihr empor kriecht, lässt sie kaum noch atmen und sie droht in Ohnmacht zu fallen. Mit letzter Kraft klopft sie an die Tür und fällt zitternd zurück auf das Bett.

„Bin gleich wieder da", sagt Jonas und verschwindet ebenfalls kurz im Bad. Auch er hat Bedürfnisse und kann nicht darauf warten, bis sie endlich schlafen würde.

Die junge Frau sieht in ihrer Angst gefangen keinen anderen Ausweg und schleicht aus dem Bett quer durch das kleine Zimmer. Jonas hat vergessen, ihr wieder die Füße zu fesseln, was sie natürlich ohne zu Zögern ausnutzt.

Nach nicht mal einer Minute steht Jonas in der Badezimmertür und starrt auf das Bett. Es ist leer. Hat sein Vater sie in diesem Moment geholt? Wie ewig war er im Bad? Er kann in seinem Zustand öfters die Zeit nicht einschätzen. War er länger als gewollt im Bad? Aber er hätte sie doch garantiert schreien gehört. Und das wäre ihm nicht entgangen, da ist er sich sicher. Gerade will er einen Schritt auf das Bett zugehen, wobei er in seinem Kopf, wie wild nach einer Erklärung sucht, kommt ein komisches Geräusch aus dem Hintergrund.

Ehe er begreift, dass es einer der Fensterriegel verursacht, hört er einen Schrei, der ihm bis ins Mark fährt. Tiefste Angst und Entsetzen schallt unendliche Sekunden in seinen Ohren nach.

Jonas dreht sich ruckartig um und sieht, wie die junge Frau hinausgerissen wird. Einer der Hunde hat sich sofort in sie verbissen und nur Augenblicke später ist auch der zweite da. Er steht wie angewurzelt mitten im Zimmer, die Geräusche der knurrenden und zähnefletschenden Kampfhunde lassen ihn vor Schreck und Ekel erstarren. Er hört genau, wie sie die Kleidung und das Fleisch zerreißen.

Ein gurgelndes Glucksen der Frau ist das Letzte, was er wahrnimmt. Dann plötzliche beunruhigende Stille und er kann nur hoffen, dass die Bestien nicht hereingesprungen kommen. Auch er hätte gegen sie keine Chance. Nur auf Rolf hören sie, aber wo ist er?

Diese Frage wird sofort beantwortet. Er brüllt die Namen der Hunde und flucht so laut, dass Jonas froh ist, dass sie abgelegen wohnen. Die Biester lassen von der längst toten Frau ab und Rolf scheint ihr nicht helfen zu können und warum auch. Sie wäre sowieso bald nicht mehr am Leben. Nur kann er seine Wut nicht verbergen, denn sein Sohn hat durch seine Unaufmerksamkeit sein Vergnügen vereitelt. Zudem muss er jetzt eine neue Frau holen, was heute kaum noch möglich ist, es ist zu spät, um diese Zeit und in der Dunkelheit geht niemand mehr joggen. Aber jetzt sieht er keinen Ausweg, es ist erforderlich, diese schnellstens loszuwerden, jedoch anders als vorgesehen, denn das Geschehene passt nicht in sein Muster.

„So eine Scheiße, was hast du getan? Komm her und schau dir die Schweinerei an", brüllt Rolf unter dem Fenster von Jonas.

„Nein", krächzt Jonas, denn der Schrecken steckt ihm immer noch in den Knochen. Er ist rücklings auf das Bett gefallen und schnappt nach Luft. Er fühlt sich, als würde ihm jemand den Hals zuschnüren.

„Komm her, hab ich gesagt", keift Rolf erneut.

Mit zitternden Beinen erhebt er sich nun doch und nähert sich zaghaft Schritt für Schritt dem kaputten Fenster. Es ist gegen die Wand geflogen, die Scheibe ist dadurch zerbrochen und das Glas knirscht unter seinen Füßen.

„Sie war so verdammt hübsch", murrt Rolf und versucht das Gesicht der Frau, in die Hände zu nehmen. Die Hunde haben jedoch ganze Arbeit geleistet. Sie ist nicht mehr zu erkennen und ihr Kopf hängt wie an einen Faden nach hinten herunter, als er sie an den Schultern aushebt. Einer der Bestien hat ihr den Hals fast ganz zerfetzt. Deswegen bildet sich unter der Frau eine Blutlache, die langsam in das Erdreich sickert.

Jonas wird bei diesem Anblick übel und er kämpft dagegen an, zu erbrechen. Auch der Rest des Körpers ist aufs entsetzlichste zugerichtet. Durch das viele Blut ist kaum noch zu erkennen, wo die Wunden überhaupt sind.

„Ich muss jetzt deine Schweinerei beseitigen", schaut Rolf finster zu Jonas hinauf.

„Wieso meine?", bäumt sich Jonas empört auf.

„Du solltest auf sie aufpassen und vielleicht noch etwas mehr mit ihr anstellen."

„Das kann ich nicht."

„Jetzt hast du sogar mir noch die Freude an ihr genommen", flucht Rolf.

„Freude", grunzt Jonas und schüttelt angewidert den Kopf.

„Wenn nur diese Laura nicht aussehen würde wie ...", sagt Rolf und belässt den Rest in der Luft hängen.

„Du lässt sie in Ruhe", kontert Jonas sofort und überhört die Andeutung auf seine geliebte Mutter. Laura wird sie nie ersetzen können, aber auf eine ihn unbegreifbare Weise hat er ein Verhältnis zu ihr aufgebaut.

„Ja, ja. Bring das Fenster in Ordnung, sonst bekommst du Besuch von meinen Kleinen", knurrt Rolf und wendet sich wieder der armen Seele zu seinen Füßen zu.

„Kleinen! Die Hunde sind regelrechte Bestien", blafft Jonas, bekommt aber keine Antwort von seinem Vater. Er ist inzwischen dabei die immer noch aufgeregten Hunde, die am liebsten weiterfressen würden, bis am Ende nichts mehr von der Frau übrig wäre, an die Leinen zu nehmen und an einen Baum festzubinden.

Jonas überlegt inzwischen, wie er das Fenster wieder reparieren kann. Sie haben keine Glasscheiben, die man zuschneiden könnte, was er auch nicht bringen würde, also muss er sich etwas anderes einfallen lassen. Vor allem sollte es schnell gehen, praktisch sofort.

Sein Blick fällt auf die Kommode. Die Türen haben fast die richtige Größe und mit ein paar Handgriffen ist eine abmontiert. Zudem ist es erforderlich, sich zu beeilen, denn er kann nicht sagen, was die Wut in Rolf auslöst und er am Ende die Hunde wieder frei lässt.

Er rennt in die Küche und zerschlägt einen Stuhl, um an die Beine zu kommen. Den Lärm den er dadurch verursacht ist ihm egal. Mit denen verkeilt er die Schranktür im Fensterrahmen. Es ist nicht perfekt, erfüllt jedoch vorerst den Zweck. Oben und unten ist jeweils ein kleiner Spalt, wo etwas Licht einfallen kann, aber die Hunde niemals durchpassen würden. Er prüft trotzdem mehrmals, wie fest alles klemmt und hofft, die Hunde bleiben, wo sie sind, draußen.

Nur wenige Minuten später sitzt Jonas auf seinem Bett und überlegt Laura zu sich hochzuholen. In seiner Wut könnte er ihr etwas antun, aber er bleibt wie gelähmt sitzen, weil er sich auch denken kann, dass sein Vater den Schlüssel zu Lauras Gefängnis höchstwahrscheinlich einstecken hat. Er hat das Fenster zubekommen, würde er dann nicht auch so eine Brettertür aufbekommen? Er wägt das Für und Wider ab, aber ihn übermannt die Angst vor Rolf und er bewegt sich nicht ein Stück, da er in eine für ihn bekannte Starre gefallen ist.

Rolf holt eine Plane und wickelt die fast bis zur Unkenntlichkeit zerfleischte Frau in diese ein. Selbst er hat mit dem Anblick zu kämpfen, denn so viel Blut fließt bei seinen Schandtaten nicht.

Er wirft die Tote auf die Ladefläche seines Wagens, aber wegbringen wird er sie jetzt nicht. Er muss sich dringend abreagieren und das kann er nur im Keller. Da liegt noch die Frau, wo er heute sein Werk zu Ende bringen wollte. Nun ist sie dazu gezwungen dafür zu büßen und zudem länger als Prellbock herzuhalten.

Von rasender Wut gepackt stürmt er in den Keller, was Jonas hört und er ist froh nicht hinuntergegangen zu sein. Laura ist längst munter durch den Lärm und springt nun auf, als die Tür geöffnet wird, weil sie auf Jonas hofft. Aber sie steht plötzlich Rolf gegenüber, nur die Brettertür ist zwischen ihnen. Es ist nicht erkennbar, wer am meisten erschrocken ist.

Seine grau melierten kurzen Haare kleben schweißnass an seinem Kopf, seine Augen sprühen vor Wut und die immer noch blutverschmierten Hände sind zu Fäusten geballt. Ein ekelerregender Schweißgeruch schlägt ihr entgegen, trotzdem schaut sie ihm in die Augen und drückt den Rücken durch. Selbst von sich überrascht, den Mut aufzubringen ihm standzuhalten.

„Was?", seine Stimme kommt sehr drohend herüber und lässt sie erschaudern, aber sie zuckt nicht einen Millimeter zurück.

„Lass mich raus", antwortet Laura laut und mit dem Hintergedanken, nicht mit anhören zu müssen, was gleich neben ihr passieren wird.

„Das könnte dir so passen. Du bist doch an allen schuld, bringst alles durcheinander", knurrt er.

„Was ist oben geschehen?", will sie wissen, denn sie hat die Schreie und das Gepolter in der Küche gehört.

„Das geht dich gar nichts an."

„Ist Jonas okay?", fragt sie und bringt damit Rolf noch mehr in Rage.

„Dieser Dummkopf hat ...", erwidert er, lässt aber den Rest in der Luft hängen. „Hätte ich dich doch nie mitgenommen", faucht er und blitzschnell greift seine Hand durch die Bretter und bekommt die Haare von Laura zu fassen. Er zieht daran und sie somit näher an sich heran, aber sie gibt keinen Laut von sich. Sie beißt die Zähne zusammen und hält seinem Blick immer noch eisern stand. „Sei froh das du nicht blond bist", zischt er, lässt wie angewidert ihre brünetten wieder Haare los und wendet sich von ihr ab.

Laura ist wirklich froh nicht blond zu sein, aber bringt sie das weiter? Sie ist trotzdem in dieser Hölle und findet keinen Ausweg. Sie weiß nicht, ob ihr Aussehen Segen oder Fluch für sie bedeutet. Sie kann nur auf diese Grundlage aufspringen und versuchen, es für sich zu verwenden. Eine Millisekunde später schiebt sie die Gedanken weg, denn sie begreift, was Rolf jetzt vorhat.

Nur zwei Schritte weiter liegt die junge Frau auf einer dreckigen Matratze und kann sich vor Schmerzen kaum bewegen und Rolf nähert sich ihr, aber er hält kurz inne.

In der Zeit huscht Laura zurück in ihre Ecke, wirft sich die Decke um den Körper, über Kopf und Ohren. Sie presst sich auf ihre ekelhafte Unterlage, die zum Glück nicht ganz so versaut ist, aber das ist ihr jetzt auch egal. Sie will einfach nichts hören, was ihr jedoch wieder nicht gelingt.

Rolf dagegen schiebt die Begegnung mit Laura beiseite und schaltet alles um sich herum aus. Dann geht er wie von Sinnen auf die Frau los. Er brüllt sie an, aber bekommt keine Antwort.

„Beweg dich du Schlampe", flucht er und dreht sie, aus der Seitenlage in der sie sich befindet, um. Dabei schlägt er immer wieder zu und lässt den gesamten Frust an ihr aus. Seine Fäuste landen nicht nur im Gesicht der Frau, sondern auch im Magen und den Nieren. Sie kann nur leise Wimmern und das macht ihn noch wütender.

„Mein Sohn ist ein Versager, hat mir so eine Schönheit genommen", wettert er wobei seine Hände sich um den Hals der Frau gelegt haben. Immer wieder drückt er zu, bis er in blutunterlaufene vor Angst aufgerissenen Augen blickt. Er lässt los, schlägt ihr rechts und links ins Gesicht, bis sie angestrengt und tief versucht, Luft zu holen. Umbringen, nein heute noch nicht, erst wenn er für sie einen Ersatz hat.

„Da bist du ja wieder", lacht er zynisch. „Jetzt zeig ich dir, was ein richtiger Mann kann", mit diesen Worten dreht er die Frau ruckartig auf den Bauch. Sie ist nicht mehr in der Lage sich zu wehren und so liegt sie regungslos und halb nackt unter ihm. „Heb deinen Arsch an, das wirst du wohl bringen", brüllt Rolf, aber es kommt wieder keine Reaktion. Das interessiert ihn jedoch nicht im Geringsten. Er zieht sie hoch, stopft eine Decke unter ihren Unterbauch und wie besessen bahnt er sich den Weg. Er stößt so fest zu, dass sie nicht mal schreien kann. Wie vom Teufel getrieben wechselt er die Eingänge und treibt seinen Schwanz in den Anus. Ihr entweicht nun doch ein Schrei, den Laura im Mark erschüttert, wie auch seine Erleichterung, die durch das ganze Haus zu hallen scheint.

Wie ein Stück Vieh lässt er sie überall blutend zur Seite fallen. Einen Gedanken darüber macht er sich nicht. Immerhin sieht sie nicht so aus wie seine neue Eroberung von vor ein paar Stunden. Sie hat es schlimmer getroffen. Er zieht seine Hose wieder an und geht hinauf in die Küche. Ohne einen Blick zu Laura und auch die Gittertür der anderen lässt er offen. Er kann sich sicher sein, dass sie in den nächsten Tagen sowieso nicht laufen kann. Die Tür zum Keller schmeißt er zu und von einem widerlichen Gedanken an die Frau auf der Ladefläche seines Autos getrieben, verlässt er das Haus, denn er hat noch etwas zu erledigen.

Laura hat gehört, wie er die Treppe hoch ist und den Knall der sich schließenden Tür. Nun lässt sie die Decke vom Kopf rutschen, weil sie sich sicher ist, dass sie wieder allein im Keller ist, abgesehen von der verletzten Frau neben ihr, von der sie momentan nichts hört.

Ihr ist übel und so trinkt sie die erste Flasche Wasser aus. Die Zweite muss sie aufsparen, sie weiß ja nicht wie lange sie gezwungen ist, hier unten auszuharren.

Dann lauscht sie wiederum in den dunklen Raum, aber eine beunruhigende Stille umgibt sie. Zudem ziehen unangenehme Gerüche zu ihr herüber. Schweiß, Urin und der unverkennbare Geruch von frischem Blut, veranlasst Laura die Luft anzuhalten, da hilft es auch nicht, sich unter die Decke zu vergraben. Langsam kriecht der Brechreiz in ihr auf und sie vermeidet jeden Gedanken daran, was die Gerüche für eine Ursache haben.

Kapitel 20

*W*ie erwartet hat Anita wieder nicht schlafen können und ist schon kurz nach 6 Uhr im Büro. Sie ist ganz allein und durch die Stille wird sie doch wirklich unruhig. Sie schaut noch einmal auf den Gang, da sie nicht gern die Einzige hier im Gebäude ist, aber in diesem Moment kommt Lutz.

„Was machst du denn schon hier?" Mit frischem Elan stürmt er auf Anita zu. „Hab ich was verpasst?", fragt er hastig weiter.

„Nein, ich konnte nicht schlafen und dann kommt gleich der Verlobte von dieser Laura zur Befragung", winkt sie ab. „Aber du bist auch zeitig dran", lächelt Anita, atmet erleichtert durch und ist gleichzeitig stolz darauf, solche fleißige Kollegen zu haben.

„Hab noch viel zu tun, je mehr Beweise wir am Ende haben, um so länger wird er weggesperrt", antwortet er und schließt sein Labor auf.

„Dazu müssen wir ihn nur kriegen", entgegnet Anita und schnell ist das Lächeln verschwunden.

„Guten Morgen bin ich zu früh", steht auf einmal der Verlobte neben den beiden, die ihn erschrocken anschauen.

„Nein, guten Morgen", erwidert Anita und reicht ihm die Hand. „Kommen Sie bitte mit", legt sie noch nach, lässt Kai vor sich in das Büro gehen und nickt Lutz zu, der nun auch an seine Arbeit geht.

„Bitte setzen Sie sich", sagt Anita und zeigt auf den Stuhl neben ihrem Schreibtisch.

„Danke", kommt kurz von ihm und folgt ihrer Anweisung.

„Darf ich fragen, welcher Arbeit sie nachgehen, wenn sie so zeitig auf den Beinen sind?", beginnt Anita und hält den Stift schon bereit, um sich alles zu notieren, wie die letzten Tage schon.

„Ich jobbe neben meinem Studium in einer Bäckerei. Helfe in der Backstube, die Brötchen müssen ja um die Zeit fertig sein", lächelt Kai und schaut Anita an, in der Hoffnung etwas über das Verschwinden seiner Freundin zu erfahren. „Aber warum sollte ich denn kommen? Haben Sie eine Ahnung, wo Laura ist?", fragt er deswegen noch.

„Nein leider nicht. Wir haben jedoch gehört, bei Ihnen gab es Unstimmigkeiten", antwortet Anita und schaut ihn ernst an.

„Wer hat das denn gesagt? Etwa Lauras Freundin?"

„Das tut nichts zur Sache. Also was ist los zwischen Ihnen und Laura?"

„Da fällt mir nur eins ein. Sie wollte in eine größere Wohnung ziehen und ich habe ihr gesagt, dass wir erst einmal fertig studieren müssen. Denn zuvor reicht das Geld nicht, was wir beide bekommen", erklärt Kai und schüttelt immer wieder mit dem Kopf, weil er wegen so etwas nie seiner Freundin etwas antun würde.

„Einleuchtend, aber hat das Laura eingesehen?", hakt Anita weiter nach.

„Ja, und das ist auch schon über einen Monat her. Warum das alles, verdächtigen Sie etwa mich, wegen Lauras Verschwinden?"

„Wir müssen jeden Hinweis nachgehen und wenn wir dem Muster des Täters folgen, wo wir auch Laura vermuten, müsste sie längst wieder aufgetaucht sein", erläutert Anita, aber Kai schaut sie nur zweifelnd an.

„Ja, tot meinen Sie", knurrt er.

„Die junge Frau, die gestern tot aufgefunden wurde, war nicht Laura. Also sind es die beiden, die vor ihrer Freundin verschwanden." Anita sagt es vorsichtig und langsam, damit sie sicher ist, dass er ihr folgen kann.

„Und die war auch blond. Laura passt eigentlich nicht in sein Muster", kombiniert Kai.

„Sie sagen es, zudem wurde sie früh entführt, gegenüber den anderen, die jeweils abends verschwanden."

„Aber wo sollte sie denn sonst sein?" Kai wirkt verwirrt, macht jedoch auf Anita den Eindruck, dass er wirklich nichts damit zu tun hat.

„Das fragen wir uns auch, aber es ist sehr wahrscheinlich, dass sie dem Täter ebenfalls zum Opfer gefallen ist, denn es spricht vieles dafür."

„Wenn sie aus der Reihe tanzt, dazu nicht blond ist, vielleicht hat sie einen Weg gefunden, ihre psychologischen Kenntnisse ausnutzen", überlegt Kai laut, überhört die angedeuteten Beweise und macht Anita gleichzeitig neugierig.

„Sie meinen, dass sie auf den Täter eingehen kann? Hat sie denn bereits so viel Wissen dazu, um sich mit einem Psychopathen auseinanderzusetzen?"

„Ich denke schon. Sie hat auch ein Praktikum bei einer Psychiaterin absolviert und war bei vielen Sitzungen mit dabei. Zumindest kann sie gut schauspielern und auf eine ganz bestimmte Art jemanden beeinflussen. Macht sie mit mir auch manchmal", nickt Kai aufgeregt, weil er an so manchen Vorfall denken muss.

„Das klingt nicht schlecht, kann aber ebenso nach hinten losgehen", hält Anita dagegen, hofft jedoch insgeheim, dass es so ist. Zudem beobachtet sie Stefan, der vor wenigen Minuten gekommen ist, etwas ausgedruckt hat und sich jetzt entsetzt mehrere Fotos ansieht.

„Er könnte recht haben", unterbricht Stefan plötzlich die Befragung.

„Womit?", will Anita sofort wissen.

„Das sie ihre Situation für sich nutzt, vorausgesetzt sie hat Kenntnis davon", antwortet Stefan, der zu ihnen herüberkommt und die Fotos auf Anitas Schreibtisch legt. Sie erkennt sofort, was er meint.

„Was haben Sie denn herausgefunden?", fragt Kai und macht einen langen Hals, um ebenfalls einen Blick auf die Fotos zu erhaschen.

„Das ist die Ehefrau des Entführers. Allerdings wissen wir nicht, ob sie auch dort ist, wo die Frauen sind", sagt Anita und schiebt die Bilder zu Kai hinüber, der in dem Foto Laura erkennt, aber sofort kombiniert, dass sie es nicht ist. Zeitgleich redet sie weiter. „Und wenn sie vor Ort ist, hilft sie vielleicht Laura."

„Aber warum würde sie ihren Mann nicht von den Taten abhalten?", entgegnet Stefan und schaut Anita fragend an.

„Bei so einem Mannsbild wird sie ebenfalls keine Chance haben."

„Aber vielleicht beide zusammen", überlegt Stefan. „Trotzdem steht die Frage im Raum, warum dann die Frauen blond sind?", benennt er das erkannte Problem.

„Die sind bestimmt nur zum Abreagieren da", kommt von Anita.

„Von was muss er sich abreagieren?", schüttelt Stefan den Kopf.

„Und was ist, wenn er zwei Seiten hat? Er liebt seine Frau eine Brünette und die Blonden hasst er. So würden sich auch die vielen Verletzungen erklären."

„Aber nicht die Vergewaltigungen", hält Stefan dagegen.

„Vielleicht lässt ihn seine Frau nicht mehr ran."

„Oder sie ist ebenfalls tot", murmelt Stefan und setzt sich gleich wieder auf seinen Platz.

„Dann wäre Laura ein Ersatz", denkt Anita laut weiter.

„Ich schau mal nach, ob ich noch mehr über seine Frau Michell finde", sagt Stefan und vertieft sich in die Suche.

„Es ist ja gut, dass Sie sich so in die Arbeit schmeißen, aber wenn Sie wissen, wer der Kerl ist, warum befreien Sie dann die Frauen nicht?", kommt forsch von Kai, der die beiden in ihren ausgesprochenen Gedankengängen unterbricht.

„Wir haben nur die Namen und einen Wohnort von vor 10 Jahren. Sie sind verschwunden", wendet sich Anita wieder Kai zu und sagt es fast entschuldigend, wobei sie auch gleich weiterredet. „Wir hoffen, den Pick-up den er fährt zu finden und somit den jetzigen Aufenthalt der Familie."

„Wie kann jemand verschwinden?", fragt Kai und runzelt die Stirn.

„Diese Frage haben wir uns schon mehrmals gestellt und können sie leider nicht beantworten", kommt zögerlich von Anita.

„Wenn Laura weiß, wie sie aussieht, nutzt sie das garantiert aus", mutmaßt Kai.

„Ich könnte mir vorstellen, dass er das nicht gewollt hat. Er war in Eile und es wurde ja schon hell. Er hat wahrscheinlich nicht gesehen, dass sie nicht blond ist. Und geregnet hat es auch noch, vielleicht hat sie die Kapuze aufgehabt. Wenn es ein Fehlgriff war, hätte er sie gleich umgebracht, da sie nicht dem Typ seiner Phantasien entspricht, oder er behält sie genau deswegen, weil sie wie seine Frau aussieht", fasst Anita zusammen. „Hoffentlich haben Sie recht und sie kann damit am Leben bleiben, bis wir sie finden", legt sie noch nach.

„Also glauben Sie mir, dass ich nichts hiermit zu tun habe?", fragt Kai und hofft nur seine Laura bald wiederzuhaben.

„Ich sage mal so, halten Sie sich in der Nähe auf und sind immer erreichbar für uns", nickt ihn Anita zu.

„Anita, komm schnell her!" Aufgeregt unterbricht Kerstin die Befragung, hält dabei das Telefon zu und Anita ist mit einem Satz bei ihr, denn der Gesichtsausdruck von Kerstin spricht Bände. Sie hat sich still schweigend an ihren Computer gesetzt und der Unterhaltung gefolgt, bis sie den Anruf entgegengenommen hat, wobei das Klingeln die anderen glatt überhört haben.

„Der Förster, der ist komplett von der Rolle", flüstert Kerstin und reicht ihr den Hörer.

„Okay, bring bitte Herrn Liebewald zum Eingang hinunter. Er kann gehen", erwidert Anita und greift nach dem Telefonhörer.

Kerstin fordert Kai auf ihr zu folgen und Anita wartet, bis sich die Tür von draußen schließt.

„Herr Schütte, hier ist Anita Keller", geht sie jetzt ans Telefon und schaltet es gleichzeitig auf laut, damit auch Stefan mithören kann.

„Hallo, ich habe da etwas beobachtet", beginnt er hektisch zu reden.

„Beruhigen Sie sich bitte. Wo sind Sie?", fragt Anita, die sich inzwischen hingesetzt hat und schon wieder nach einem Stift auf Kerstins Schreibtisch sucht.

„Ich war heute Morgen doch auf meinem Hochstand, da ich eher von der Nachtschicht gegangen bin, um vielleicht helfen zu können", fängt er erneut an. „Leider bin ich eingeschlafen, aber als ich munter geworden bin, war da wieder dieser Pick-up. Er ist da gerade losgefahren. Das Nummernschild habe ich jedoch nicht erkannt. Er war zu schnell."

„Das ist nicht schlimm, das haben wir inzwischen ermitteln können. Aber wann war das genau Herr Schütte", will Anita wissen, ärgert sich jedoch ein wenig, dass er den Mann nicht richtig gesehen hat.

„Vor einer viertel Stunde. Er ist am Waldrand entlanggefahren, von mir weg, Richtung der großen Lichtung", erklärt der Förster und holt tief Luft, was Anita ganz deutlich hören kann.

„Warum haben Sie nicht sofort angerufen?", fragt sie weiter.

„Weil ich nach unten gegangen bin. Ich stehe jetzt oberhalb von dem Bach, aber da hat er niemanden abgelegt. Ich weiß nicht, was ich machen sollte. Er war sicher nicht einfach mal so hier, oder wollte er schauen, ob das arme Ding gestern schon gefunden wurde", entgegnet er stockend.

„Das war genau richtig von Ihnen." „Vielleicht hat er wieder eine Frau entführt?", kommt nachdenklich von ihm.

„Gestern Abend", flüstert Stefan, der inzwischen nachgeschaut hat und gerade eine Vermisstenmeldung reingekommen ist. Sie wurde vor einer halben Stunde auf einem anderen Revier aufgegeben.

„Das denken wir nicht, aber wir werden sofort zu Ihnen kommen und das Gebiet durchkämmen. Einfach so war er garantiert nicht da, da bin ich ganz Ihrer Meinung. Bitte bleiben Sie vor Ort", fordert Anita ihn auf und hofft, dass er nicht schon Spuren verwischt hat und genauso wenig Stefan im Hintergrund gehört hat.

„Ich warte auf dem Parkplatz auf sie. Bis dort hin, kann ich ja nichts falsch machen", sagt der Förster erleichtert und Anita muss lächeln, denn er hat verstanden, was sie sich gerade gedacht hat.

„Danke, wir sind gleich da." Mit diesen Worten legt sie auf und alle zusammen machen sich auf den Weg. Sogar Lutz unterbricht seine Arbeit, nur Andrea bleibt im Revier. Sie werden sie nachfordern, sollten sie etwas finden. Anita hofft es nicht, wobei der Rhythmus stetig kürzer wird, aber bei vielen Serientätern ändern sich die Abstände, denn sie wollen immer mehr und schneller seine Befriedigung. Jetzt kommt es nur darauf an, wen sie finden. Inzwischen sind es fünf Frauen, welche der drei noch leben ist fraglich, vor allem wenn sie an diese Laura denken.

Kapitel 21

*W*enige Strahlen der aufgehenden Sonne kitzeln Laura durch das verschmutzte Kellerfenster wach. Sie hat eine grauenhafte Nacht hinter sich. Sie ist müde und schwach und zieht mit ihren letzten Kräften die Decke fester um ihren, von der eingenommenen Kälte, zitternden Körper.

Die ganze Nacht hat sie unruhig geschlafen und immer darauf gewartet, dass Rolf die junge Frau neben ihr endgültig tötet und wegbringt. Aber das hat er nicht. Und was ist mit derjenigen, die gestern Abend oben geschrien hat? Ist sie noch bei Jonas? Muss sie etwa länger hier unten bleiben? Oder hat der Lärm damit zu tun und Rolf ist deswegen gegenüber der Frau hier unten völlig ausgerastet?

Hat er Jonas nicht einen Dummkopf genannt? In ihrem Kopf rattert es, aber sie weiß, dass sie es irgendwann erfahren wird. Sie kann nur hoffen, dass sie nicht zu lange hier aushalten muss, denn sie spürt ihren Körper fast nicht mehr.

Nur wenige Minuten später öffnet sich die Tür, von der aus man von der Küche in den Keller gelangt und Rolf kommt mit langsamen Schritten nach unten.

„Laura?", fragt eine warme Stimme und sie traut sich, ihn anzuschauen. „Mädel steh auf", redet er weiter, während er die Brettertür öffnet, aber sie hat einfach zu wenig Kraft, um sich zu bewegen oder gar aufzustehen, auch wenn sie vor ihn keine Angst zu haben braucht.

Rolf geht zu ihr und zieht sie vorsichtig auf die Beine. Diese geben nach und er stützt sie.

„Komm, er hat wieder vergessen, die Tür abzuschließen", sagt er, als wäre seine zweite Persönlichkeit ein Fremder.

Sie stolpert neben ihn die Treppe hinauf und klammert sich an seinen Arm. Oben angekommen verharren sie einen Moment vor der Tür zu Jonas Zimmer und er wartet geduldig, bis Laura wieder allein stehen kann.

„Danke", kommt leise über ihre spröden und von der Kälte blau unterlaufenen Lippen.

„Mach dich erst mal frisch und wärme dich mit einer heißen Dusche auf. Ich bringe dir gleich einen Tee", schaut Rolf sie mitleidig an, was Laura nicht bemerkt. Sie hangelt sich zur Badezimmertür, aber dann sieht sie sich um. Jonas sitzt am Tisch, die Hände zwischen den Oberschenkeln verborgen und schaukelt monoton vor und zurück. Sie findet immer wieder die gleiche Situation vor. Der Fernseher ist an und sie vermutet, dass er auf irgendeine Meldung wartet. Ob er sie jedoch mitbekommt, ist fraglich, denn er scheint komplett abwesend zu sein. Sie spricht ihn nicht an, das kann sie später machen. Jetzt muss sie die Nacht und deren Gerüche, die sie immer noch in der Nase hat, unter der Dusche abwaschen. Aber eines bekommt sie mit bevor sie im Bad verschwindet. Das provisorisch mit allen möglichen Holzteilen verrammelte Fenster. Auch das kann sie dann erfragen, denn sie weiß, dass es sich nicht in Luft auflöst, egal wie lange sie unter der Dusche stehen würde.

Schwankend zieht sie die Tür hinter sich zu. Sie schließt wieder nicht ab, wer sollte auch hereinkommen. Jonas ist in einer ganz anderen Welt und Rolf traut sich nicht über die Schwelle. Es sei denn, es wäre der Gutc, der sie gerade aus dem Keller geholt hat und vor dem muss sie keine Angst haben, dessen ist sie sich sicher.

Sie streift die schmutzigen Sachen von ihrem Körper, steckt sie abermals gleich in die Maschine und stellt sie an, bevor sich die Gerüche und der Schimmel aus dem Keller im Badezimmer verteilen können. Nur Sekunden später steht sie unter dem warmen Wasser, was über ihren Körper rieselt. Sie bewegt sich nicht, steht einfach da, minutenlang und all diese Fragen schiebt sie weg. Versucht, den Kopf freizubekommen, was ihr erstaunlicherweise gelingt. Sie kommen erst wieder als sie nach ewigen schrubben, bis ihre Haut ganz rot wird, eingewickelt in einem Badetuch vor dem Spiegel steht. Ihre Haare hängen nass über ihre Schultern und rahmen ein blasses

Gesicht ein. Die Augen sind trüb geworden, ohne das freudige Leuchten darin und die lebensfrohe junge Frau ist nicht mehr zu erkennen. Ihr schießen Tränen in die Augen, als sie sich ihrer ausweglosen Lage bewusst wird. Sie schluchzt und stützt sich immer noch kraftlos am Waschbecken ab. Für sie bleibt die Uhr stehen und nach einer ewigen Zeit versucht sie, sich zusammenzuraffen. Sie darf nicht aufgeben. Sie lebt, was die anderen Frauen leider nicht mehr von sich behaupten können. Er hätte sie schon längst umbringen können, aber irgendetwas hält ihn davon ab. Wie lange sie dieses Auf und Ab jedoch noch durchhält, kann sie momentan nicht beurteilen. Jonas war auf einen guten Weg und mit ihm zusammen wäre es leichter. Aber so, wie sie ihn vorhin gesehen hat, muss etwas Gravierendes passiert sein und sie ist sicher gezwungen, das Vertrauen zu ihm erneut wieder aufzubauen.

Und da sind die Fragen, was letzte Nacht los war. Warum ist das Fenster kaputt? Und wo ist die Frau? Ist es das, was ihn an den Rand einer Depression gebracht hat?

Während die Fragen kreisen, trocknet sie sich ab und schlüpft in frische Sachen. Es sind die Letzten, dann muss sie erst darauf warten, dass die Gewaschenen trocken sind. Aber das soll sich gleich ändern. Sie tritt aus dem Bad und steht vor Rolf. Er ist im Zimmer, was er normalerweise nicht macht, aber er hat anscheinend einen triftigen Grund dafür. Ihr rutscht jedoch das Herz fast bis in den kleinen Zeh. Sie schnappt nach Luft während sein Blick an ihr hoch und runter geht. Sie würde gern wissen wollen, wen er in diesem Moment sieht, sie oder seine Frau?

Dann schaut er sie direkt an und seine Augen füllen sich mit Tränen.

„Warum?", flüstert er und blickt Laura intensiv in die Augen.

„Ein Zeichen", findet Laura ihre Stimme wieder, und eine Chance auf ihn einzugehen.

„Welches?"

140

„Das du aufhörst zu jagen und zu morden", antwortet Laura selbstbewusst.

„Das bin ich nicht und außerdem habe ich das nicht unter Kontrolle", seufzt Rolf schuldbewusst und schaut verlegen zu Boden.

„Wer hier etwas nicht unter Kontrolle hat, bist ja wohl nicht du. Er bringt die Mädchen um", sagt Laura und blickt Rolf zornig an.

„Dich verschont er", entgegnet er sicher.

„Wieso? Denkst du, ich bin glücklich damit?"

„Nein, ich versteh dich schon aber ...", beginnt Rolf zu stottern.

„Weißt du überhaupt, was er da unten im Keller macht und warum?"

„Ich kann es mir vorstellen, aber mir wird regelrecht schlecht dabei und warum kann ich dir nicht sagen. Er hat seine eigenen Erinnerungen", murmelt er.

„Dann lass wenigstens mich frei", fordert Laura.

„Das kann ich nicht", wiegelt er ab.

„Warum nicht? Er ist bestimmt besser drauf, wenn ich weg bin. Ich bin ja ein Fehlgriff gewesen", sagt sie mit Nachdruck.

„Ich kann dich nicht gehen lassen. Erstens habe ich die Hunde nicht in Griff, an denen du nie vorbeikommen würdest, und zweitens bist du die Chance für die anderen. Für die, die hier ist und die, die es noch sein werden", spricht Rolf in Rätseln.

„Dann erschieße die verdammten Hunde", geht Laura auf den ersten Teil ein.

„Er hat das Gewehr weggeschlossen. Und das Versteck ist nur in seinem Kopf", stammelt Rolf.

„Aber es sind schon zwei Frauen tot und die im Keller kämpft verzweifelt um ihr Leben", hält Laura dagegen und versteht Rolf nicht ganz. Es ist zu spät ihnen zu helfen, jetzt muss sie sich nur um sich selbst kümmern.

„Drei", platzt Rolf raus.

„Was?", horcht sie auf.

„Das kann dir Jonas erklären, falls er wieder zu sich kommt", seine Stimme klingt schwach und der Blick zu seinem Sohn zeigt Laura sein Unverständnis, wobei auch dessen Zustand er zu verantworten hat.

„Okay, darum werde ich mich später kümmern. Aber was meinst du damit, dass ich die Chance für die anderen bin?", findet Laura zum Thema zurück, was für sie sehr wichtig erscheint.

„Du bringst ihn dazu, Fehler zu machen, und er hat Angst vor dir", flüstert Rolf, als hätte er Bedenken, dass seine andere Hälfte mithört. Laura ist sich dessen sicher, denn die Persönlichkeiten sind beide da und jeder kann das Tun des anderen zum Teil beobachten oder mitfühlen. Wobei es scheint, dass dieser Rolf doch weniger mitbekommt als sie denkt. Sie kann sich jedoch vorstellen, dass ihre Zeit mit diesem Rolf immer kürzer wird und der Zweite die Unterhaltung sofort unterbrechen könnte.

„Angst? Warum denn? Ich denke, er hat eher Schuldgefühle, weil sich Michell wegen ihn umgebracht hat", wirft sie ihm das Wahrscheinlichste an den Kopf.

„Du weißt davon?"

„Jonas hat mir alles erzählt. Ich hatte schon sein Vertrauen und er hat mit mir geredet", antwortet Laura und schaut traurig zu Jonas hinüber, der jetzt ohne jegliche Regung auf dem Stuhl sitzt. Das monotone Schaukeln hat sich beruhigt und sie kann nicht sagen, ob er schläft oder einfach nur weggetreten ist.

„Er kann mit seinen Gefühlen nicht umgehen. Er weiß nicht, ob du eine Strafe oder Schicksal für ihn bist. Aber beides hält ihn davon ab, dir etwas anzutun", erläutert er seine Situation.

„Eher Schicksal", poltert Laura los.

„Wir lieben beide Michell immer noch und vermissen sie. Wir haben jeder auf seine Weise deswegen Schuldgefühle, er weil er sie in den Tod getrieben hat und ich, weil ich ihr nicht geholfen habe."

„Dann hilf mir", drängelt Laura.

„Du weißt, dass das nicht geht."

„Was soll ich deiner Meinung nach tun?", fragt Laura und ist langsam am Verzweifeln. Mit dem einen kann man nicht reden und der andere hat Angst vor sich selbst.

„Wenn du die Möglichkeit bekommst, dann trete ihn als Michell gegenüber. Du musst ihm mit allem, was du weißt, ins Gewissen reden. Vielleicht bringt es ihn dazu, sich zu stellen, zumindest mit dem Morden aufzuhören. Er wird sicher damit nicht rechnen, dass Jonas mit dir über seine Mutter gesprochen hat." Rolfs Worte klingen wie eine Bitte, die Laura zum Nachdenken bringt. Entweder schafft sie es wirklich, ihn zum Aufgeben zu bringen, oder sie wird ewig als seine Frau hier leben, weil er sie dann erst recht nicht wieder freilassen wird. Sie muss sich entscheiden, wie weit sie gehen soll, aber im Moment weiß sie nicht, wie sie in diese Rolle springen könnte und weil da noch ganz andere Fragen sind.

Was ist gestern hier passiert und was ist das für eine Tüte auf dem Bett?

„Du kannst dir auch von einem Arzt helfen lassen", sagt Laura ohne den Blick von der Tüte abzuwenden.

„Ich weiß, aber ehe ich dort wäre, würde er wieder das Zepter übernehmen. Er kann sich in den Vordergrund drängen, er bemerkt mein Vorhaben sofort, das kann ich jedoch nicht. Wenn, dann hätte ich ihn schon längst gestoppt", erwidert Rolf und zuckt über sich selbst enttäuscht mit den Schultern.

„Er hat bereits die Oberhand und es dauert nur noch Tage oder vielleicht ein bis zwei Monate und dich gibt es gar nicht mehr", bemüht sich Laura ruhig zu bleiben, denn schon bei dem Gedanken daran, wird ihr übel. Jede junge Frau wäre dann in Gefahr, aber sie kann es momentan nicht beeinflussen. Sie muss an sich denken und die Gelegenheit abwarten, in der sie zu Michell werden kann. Vielleicht kommt er dann zur Vernunft, woran sie aber zweifelt.

„Was ist das?", fragt sie, zeigt auf die Tüte und will damit das Thema beenden, wobei für sie nichts dabei herauskommt.

143

„Ich habe dir ein paar Sachen gekauft und sie gerade da hingelegt als du aus dem Bad gekommen bist", lächelt Rolf sie an, wenigstens damit etwas Gutes für sie zu tun.

„Danke, aber wie lange soll ich denn noch hierbleiben?" Sie schaut ihn schräg an, wobei sie ja gerade das besprochen haben. Es liegt an ihr selbst, ihn zur Strecke zu bringen. Einen großen kräftigen Mann, der unberechenbar ist, aber eine schwache Stelle hat, seine Frau Michell. Schon wieder fängt sie an zu grübeln, sie ist jedoch so müde, dass sie sich keine Gedanken darüber machen will. Jetzt nicht, vielleicht morgen oder irgendwann. Sie weiß es nicht.

„Du wirst das schon hinbekommen Mädel. Schau dir einfach die Sachen an und ruhe dich aus. Und wenn du die Kraft hast, dann kümmere dich bitte erst einmal um Jonas", stammelt Rolf und Laura versucht, seine Mine zu deuten. Sie sieht viel in seinem Gesicht und das ist genau das Gegenteil zu seiner zweiten Seite. So lieb und zuvorkommend, wie er ist, versprüht der andere nur Wut, Angst und irgendwie Verzweiflung.

Laura wendet sich mit einem Nicken von ihn ab und Rolf schließt die Tür. Es zieht Ruhe ein und sie schüttet einfach die Tüte auf dem Bett aus. Sie traut ihren Augen nicht. Von Oberteilen, Jogginghosen, Jeans bis hin zu Unterwäsche, die einen exzellenten Geschmack zeigen, ist alles dabei. Sie legt die Sachen wieder ordentlich auf einen Stapel zusammen und bringt sie ins Bad, wo Jonas ihr ein komplettes Fach im Badeschrank freigemacht hat. Als sie zurückkommt, klopft es leise und es öffnet sich ganz vorsichtig nochmals die Tür. Das kann doch nicht wahr sein. Sie möchte jetzt nur noch schlafen und nicht wieder in ein Gespräch verwickelt werden. Aber dann schiebt sich eine Hundeschnauze doch den Türspalt. Ihr bleibt fast das Herz stehen, bemerkt jedoch schnell, dass es der Schäferhund ist.

„Das ist Lucie, sie möchte auf dich aufpassen", schmunzelt Rolf ebenfalls um die Ecke.

„Das ist der Hund von Michell", stellt Laura fest und Rolf schaut sie erstaunt an.

„Du kennst sie schon?"

„Ja, er wollte mir mit ihr eigentlich Angst machen, aber Jonas hat gesagt, dass sie mir nie etwas tun würde", erklärt Laura.

„Es ist eine Sie und sie leidet unter den beiden anderen Hunden. Ich glaube, sie wäre bei dir in besseren Händen und kann dich gleichzeitig beschützen. Ich hole sie auch zwischendurch zum Gassi mal raus", lächelt Rolf sie an.

„Na dann komm rein Lucie", fordert sie die Schäferhündin auf, die schwanzwedelnd ins Zimmer läuft und sie mit freundlich schauenden Augen beobachtet.

Laura setzt sich aufs Bett und Lucie liegt augenblicklich zu ihren Füßen. Zufrieden über die Stille und ihrem Schutz legt sie sich endlich auf die sauberen Kissen und zieht die Decke über ihre Beine. Im Augenwinkel sieht sie den Fernseher flimmern, aber sie versteht kein Wort. Sie nimmt eher das ruhige Atmen von Lucie wahr und schläft darüber sehr rasch ein.

Kapitel 22

*M*it zwei Autos fahren Anita und ihre Kollegen in den Park. Auf dem Parkplatz wartet der Förster ungeduldig auf sie und beginnt zu erzählen, da sind sie noch nicht einmal richtig ausgestiegen.

„Er ist bestimmt schon über alle Berge", kommt er auf Anita zu.

„Herr Schütte bleiben Sie ruhig", reicht Anita ihm die Hand. „Stand er genau dort wie das letzte Mal?", fragt sie, während Kerstin ein Stück nach unten läuft und sich selbst davon überzeugt, dass keine tote Frau in dem Bach abgelegt wurde. Sie schüttelt für Anita sichtlich den Kopf und kommt zurück.

„Ja, und er ist von hieraus gesehen nach hinten am Wald entlang gefahren. Da oben ist eine Lichtung und danach sind Felder, bevor man das nächste Dorf erreicht", erklärt der Förster wieder etwas ruhiger.

„Bis da kurz vor dem Waldrand war ich das letzte Mal auch schon. An den Feldern entlang kommt man dann auf eine Hauptstraße", mischt sich Stefan ein.

„Und wo führt die Straße hin?", fragt Anita und nickt Lutz zu, der sich schon auf den Weg macht. Er hat seinen Koffer dabei, wo sämtliche Utensilien darin sind, um jede Spur einzusammeln und sicher zu verstauen.

„Zu einer Kreuzung und von da kommen in alle Richtungen Dörfer. Wie Schonbach, Ober- und Unterschonbach. Die nächste Stadt erreicht man erst nach 30 Kilometern und auf der anderen Seite sind es, glaub ich, sogar 50 Kilometer. Da werden sie bestimmt nichts finden", antwortet der Förster und ist sich sicher, dass es nicht nachvollziehbar ist, in welche Richtung er gefahren ist.

„Das ist wohl wahr", überlegt Stefan laut und redet weiter. „Der Weg entlang den Feldern ist asphaltiert und so sind die Reifen wieder sauber, wenn er an der Kreuzung ankommt."

„Du denkst, dass Spuren vom Waldboden da nicht mehr zu finden sind?", will Anita genau wissen.

„Eher nicht, zudem es nicht mehr geregnet hat. Also ist da kein Schlamm, der von den Reifen abfallen würde. Aber ich werde die Strecke auf alle Fälle abgehen, soweit es Spuren geben sollte, finde ich sie", bestätigt Stefan und folgt Lutz, der schon fast im Wald verschwunden ist.

„Ich möchte mich bei Ihnen bedanken", wendet sich Anita wieder dem Förster zu, während Kerstin sich die Turnschuhe überstreift, die wie immer im Kofferraum griffbereit sind.

„Das ist doch selbstverständlich. Wenn es auch nur ein kleiner Hinweis war", nickt er mit einem Lächeln den beiden Frauen zu.

„Aus einem Kleinen kann ganz schnell ein Großer werden", sagt Kerstin und sie ahnt nicht, wie wahr sie spricht.

„Wenn Sie etwas finden, würden Sie mir bitte Bescheid geben?", fragt er, während er sich sein Gewehr wieder über die Schulter hängt. Er hat es vorhin sicherheitshalber bei Seite gelegt. Er weiß, dass es Polizeibeamte nicht gerne sehen, wenn man mit einer Waffe auf sie zugeht.

„Das werde ich, aber trotzdem bitte immer die Augen und Ohren aufhalten", lächelt sie den Mann an und wechselt nun ebenfalls die Schuhe. Das ist das Zeichen, dass er gehen sollte, was er auch gleich macht, obwohl die Neugierde ganz schön nagt.

Anita und Kerstin folgen den beiden Männern bis zu einem Abzweig. Der Weg führt direkt in den Wald und Fußspuren, die die Männer bereits gefunden haben, ebenso. Kerstin bückt sich nach ihnen, blickt jedoch zurück, wo der Pick-up wahrscheinlich gestanden hat. Dort findet sie etwas Erschreckendes. Blut! Es ist zum größten Teil schon versickert, aber es ist ersichtlich, dass es eine ganze Menge gewesen sein muss.

„Lutz kommst du bitte mal", winkt sie ihm zu, der sofort zur Stelle ist.

„Ich glaube, da ist Blut", zeigt sie auf den Fleck zu ihren Füßen.

„Das ist aber bereits geronnen, ja schon fast schwarz", bemerkt er und drückt einen seiner Finger hinein. Kerstin kann es nicht ansehen und dreht sich angewidert ab. Er holt dann mehrere Stäbchen und eine Flüssigkeit aus seinem Koffer. Damit überprüft er, ob es wirklich Blut ist, was er von seiner Fingerprobe eigentlich schon weiß, aber es könnte auch von einem Tier stammen. „Es muss Stunden her sein, als die Person das verloren hat", redet er weiter als die Proben ihm zeigen, dass es wirklich von einem Menschen ist und beginnt zu überlegen.

„Dann hat er sie vor Stunden hergebracht und ist erst in der Frühe wieder gefahren?", stellt Stefan ungläubig fest. „Was hat er die ganze Zeit gemacht?", legt er noch nach.

„Es kann auch sein, dass die Leiche oder Verletzte schon eine Weile auf der Ladefläche lag und das Blut vom Auto heruntergetropft ist, als er hier stand und sie abgeladen hat. Die Reifenspuren gehen zudem nur bis hierher", wirft Lutz seine Überlegung dar und zeigt auf die anscheinende Bremsspur.

„Er war also doch nicht nur so da. Er hat wieder eine Frau hergebracht und die müssen wir finden", mischt sich Anita ein.

„Wenn er sie diese Nacht richtig versteckt hat, sollten wir einen Spürhund anfordern", sagt Kerstin, aber Anita winkt ab.

„Er hat sie diesmal augenscheinlich entsorgt und will sie uns nicht präsentieren, aus welchem Grund auch immer. Wir gehen den Weg erst mal allein ab, wir sind genug Leute", meint Anita und läuft einfach los.

„Er wird schon einen Grund haben", sagt Lutz, aber das hat Anita nicht mehr gehört.

„Denkst du etwa, er hat sie auf dem Weg abgelegt?", ruft ihr deswegen Kerstin hinterher.

„In Ordnung rufe an und order einen Hund her", gibt Anita nach, aber läuft dann doch weiter.

Kerstin bleibt an dem Ort, wo der Pick-up stand zurück, und die beiden Männer folgen Anita, jedoch rechts und links im Wald und heben dabei jeden Busch hoch.

„Oh nein, bitte nicht", brüllt Stefan nach nicht einmal zwei Minuten und alle laufen wie unter Strom zu ihm.

„Du kannst den Hund wieder abmelden", ruft er Kerstin zu, die es sofort veranlasst.

Stefan steht an einen Baum gelehnt und die weiße Gesichtsfarbe lassen die anderen nichts Gutes vermuten. Keinen Meter von ihm entfernt liegt ein Mensch eingewickelt in einer schwarzen Plane, mit Strick zusammengebunden. Man kann einen Körper erkennen, wobei oben alles zugeklebt ist, jedoch unten zwei nackte Frauenfüße herausschauen. An denen klebt Blut, was dort herausgelaufen ist. Aber wenn das so aussieht, dann müssen schwerste Verletzungen vorliegen, das spricht auch für die große Blutlache, die Kerstin entdeckt hat und das wissen alle vier.

„Wir packen sie hier nicht aus. An der Plane können Unmengen von Spuren sein", sagt Lutz, der nun selbst zum Telefon greift.

„Das ist schon eine andere Nummer", schluckt Stefan, den aufkommenden Brechreiz weg, der nicht nur von dem Anblick kommt, nein, die Tote hat längst sämtliches Ungeziefer angelockt und das nicht nur wegen des Blutes, sondern es macht sich ebenso ein unangenehmer Geruch breit. Welche Ursache er hat, kann er nicht sagen und will es sich zudem nicht vorstellen. Deshalb spricht er sich auch gleich für den Vorschlag von Lutz aus.

„Wir gehen erst einmal vor zum Parkplatz und warten dort auf den Bestatter", fordert Anita ihre Leute auf. Sie können da durchatmen, denn dann müssen sie wieder dabei sein, wenn die Leiche abtransportiert wird und alles dokumentieren. Den Abtransport sowie der Tatort und dessen Umgebung.

„Ich bleibe hier und mache Fotos und sammel schon mal Beweise ein", sagt Lutz sofort und niemand widerspricht ihm. Er ist der Beste darin und anscheinend steckt er die Eindrücke anders weg. Keiner weiß, ob in ihm etwas Ungewöhnlicheres abläuft und er es nicht zeigt, aber alle sind froh, nicht das tun zu müssen, was er tagein, tagaus fertig bringt.

Stefan macht an der Biegung, wo das Auto geparkt hat noch Fotos, denn sie wollen den Bestatter hierhin ordern, damit der Transportweg nicht zu lang wird. Anita und Kerstin sind indes schon an den Autos und wechseln wieder die Schuhe. Dann warten sie still auf die Männer, die die arme Frau zu Andrea bringen werden.

Man sieht ihnen an, wie jede für sich mit den Gedanken und dem Gesehenen kämpft. Und beide ahnen, dass das, was noch auf sie zukommt, viel schlimmer sein wird. Vor allem für Andrea.

Der Abtransport läuft bestens ab und Anita und Kerstin fahren zusammen mit dem Bestatter auf das Revier. Die Männer dagegen machen noch abschließende Arbeiten und folgen den Frauen nur kurze Zeit später.

Andrea hat inzwischen alles für die Obduktion vorbereitet, weiß jedoch noch nicht, was sie gleich zu sehen bekommt.

„Mit der Plane oder ohne?", fragt einer der Männer, der den Deckel des Zinksarges unter dem aufmerksamen Blick von Andrea öffnet.

„Mit der Plane bitte, das sind alles Beweise", antwortet Anita und Andrea starrt nun auf das, was sie auf ihren Seziertisch gelegt bekommt.

Die Männer verabschieden sich und scheinen froh zu sein, diesen Ort wieder verlassen zu dürfen. So etwas haben sie noch nicht erlebt und wenn sie auch ihren Sarg selbst reinigen müssen, tun sie das nicht hier. Sie verlassen das Gebäude so rasch, dass man denken könnte, sie haben Angst vor Toten, was jedoch vollkommen abwegig ist.

„Oh mein Gott", murmelt Andrea sichtlich geschockt, die sich nicht traut etwas anzufassen. Das braucht sie auch nicht, denn Lutz will es allein machen, damit niemand irgendwelche

Spuren vernichtet. Er kommt regelrecht hereingestürzt und ist erleichtert, dass sie auf ihn gewartet haben.

Er macht sich sofort an die Arbeit und als erstes schneidet er den Strick durch und zieht die einzelnen Stücke von der Plane weg. Diese legt er vorsichtig in eine Tüte und dann breitet er eine andere Folie auf dem Fußboden aus. Alle beobachten ihn und warten darauf, dass er Hilfe einfordert.

„Wir werden sie nicht auswickeln. Ich zerschneide die Plane erst einmal hier in der Mitte und dann können wir sie zur Seite drehen. Danach schneide ich unten genauso und so haben wir zwei Teile, die hier in dieser Folie eingepackt werden. Ich untersuche alles komplett in meinem Labor", erklärt er und keiner wagt sich, ihm zu widersprechen.

Lutz setzt unten an den Füßen eine große Schere an und schneidet nach oben hin. Langsam bekommen alle einen Blick auf das Grauen, was da offenbart wird. Schon in Höhe der Oberschenkel der jungen Frau zeigen sich riesige Bisswunden unter jeder Menge Blut. Als Erste ist Kerstin verschwunden. Sie torkelt mit hörbaren Brechreiz aus dem Raum, aber es folgt ihr niemand. Alle haben zu kämpfen, jedoch will keiner Andrea jetzt allein lassen. Sogar Lutz hält am Bauch inne und muss tief durchatmen. Er befürchtet, dass das richtig Schlimme noch kommt, und so ist es auch. Oben angekommen offenbart sich ein schrecklicher Anblick. Andrea hält reflexartig den Kopf fest, der droht vom Tisch zu fallen. Er ist nur noch an einem kleinen Hautfetzen mit dem Rest des Körpers verbunden. Stefan ist einen Schritt zurückgewichen und hält sich den Arm vor Nase und Mund. Deshalb weist Lutz Anita und Andrea an. Sie drehen die Frau auf die Seite und er schneidet die Plane in der unteren Mitte durch. Die Schere schmatzt durch das sich dort gesammelte Blut und da wird nun auch Anita schlecht.

„Haltet durch, wir haben es gleich geschafft", fleht Lutz seine Kolleginnen an. „Dreht sie jetzt auf die andere Seite, damit ich die Plane wegnehmen kann", redet er weiter und hat am Ende zwei Stücke, die er vorsichtig in der ausgebreiteten Folie einpackt.

„Willst du sie so mitnehmen? Du versaust dir dein ganzes Labor", kommt von Andrea, die ihren Blick nicht von der Toten abwenden kann.

„Ich mach das schon, bring du mir dann die Kleidung, zumindest das, was davon noch übrig ist", nickt er Andrea zu und verlässt nun auch den Raum.

Andrea und Anita stehen vor dem Rest einer hübschen blonden Frau.

„Was ist hier passiert?", flüstert Anita und lässt ihren Blick über den Körper gleiten.

„Wartet, ich mach erst Fotos", kommt von Stefan, der sich anstrengt die Fassung zu behalten und das Zittern der Kamera, was von seinen Händen übertragen wird, zu verbergen versucht.

„Aber das ganze Blut", wirft Anita ein, Stefan lässt sich jedoch nicht stoppen.

Als er fertig ist, macht sich Andrea daran, vorsichtig die zerrissene Kleidung von der Toten abzuschneiden.

„Das sieht aus wie Hundebisse, überall", stammelt Anita, hält Andrea eine Tüte auf, in der die Reste der Bekleidung verschwinden.

„Das sind Glassplitter", stoppt Andrea und winkt Stefan zu sich. Er macht nochmals von allen Fotos. Auch wenn das Lutz ebenfalls machen wird, lässt er sich nicht bremsen. Vielleicht ist es nur ein Versuch, sich von dem Grauen abzulenken.

„Tu bitte alles schnell rein. Ich muss auch langsam hier raus", sagt Anita und hält die Tüte so weit wie möglich von sich weg, aber Andrea macht jeden Handgriff mit höchster Sorgfalt. Sie sammelt mit einer Pinzette die winzigen Scherben ein und sie verschwinden in einen weiteren viel kleineren Plastikbeutel.

Dann liegt die Frau nackt, von Hunden zu Tode gebissen, regelrecht zerrissen und Blut überströmt vor ihnen.

„Hole bitte noch einmal Lutz. Er soll sich die Bisswunden ansehen", fordert Andrea von Stefan, der sofort losgeht und die bis dahin gesammelten Beweise mitnimmt.

„Kannst du bei dem Anblick schon etwas sagen?", fragt Anita und bekommt einen verwirrten Blick von Andrea.

„Das siehst du doch selbst. Sie wurde zerfleischt und ich denke, sie hatte nicht die geringste Chance", schüttelt Andrea den Kopf.

„Wenn du noch was anderes Auffälliges findest, dann ruf mich bitte an, auch bevor du den Bericht schreibst", murmelt Anita.

„Todesursache steht offensichtlich fest. Den Zeitpunkt bekommst du später und ich schaue, ob sie vergewaltigt wurde", sagt Andrea, und bemüht sich selbst, die Ruhe zu bewahren. Sie hatte in ihrer ganzen Laufbahn noch nie so etwas auf dem Tisch, aber jetzt und hier muss sie durch und ihre Arbeit machen. Jedes Detail kann zum Täter führen. „Sie hat da was um den Rest des Halses", redet sie weiter und zieht mit einer Pinzette an einer Art Strick oder Schal. Dieser verschwindet ebenfalls in einer Tüte, denn Lutz kann da DNA-Spuren finden, falls sie ihn wirklich im Mund hatte.

„Das muss ein Knebel gewesen sein. Da konnte sie ja nicht einmal schreien", mutmaßt Anita, die genau beobachtet, was Andrea macht.

„Das war eher ein Schal, denn hier sind Reste eines Klebebandes", entgegnet sie und zeigt auf eine gerötete Stelle neben dem Mund. „Sie war aber gefesselt, zumindest zeigen es die Spuren an den Gliedmaßen. Hier ist ein Stück von dem Strick, jedoch nur an einem Fußgelenk, als wären diese schon vorher gelöst worden. Die Hände sind noch zusammengebunden, dadurch konnte sie sich nicht einmal gegen dem Hund oder die Hunde wehren. Aber das hätte ihr wahrscheinlich auch nichts gebracht", brummelt Andrea weiter vertieft und konzentriert, damit sie ja nicht das Geringste übersieht.

„Ich kann mir kaum vorstellen, dass er die Frauen ohne Aufsicht lässt, wo sie fliehen können", überlegt Anita laut.

„In das kranke Hirn kannst du nicht schauen. Wer weiß, wo er sie versteckt, denn er hat ja da immer noch eine weitere Frau bei sich", sagt Andrea und versucht gar nicht erst sich das alles auszumalen.

„Nicht ganz richtig! Diese Laura ist auch bei ihm, also hat er weiterhin zwei Frauen in seiner Gewalt", widerspricht Anita.

„Sicher?"

„Ja, wir haben den Verlobten wie auch die Eltern nicht nur verhört, sondern ebenso durchleuchtet. Und das Handy am Tatort spricht für mich Bände. Zudem zeigen uns die Daten des Handys des Verlobten, dass er zu Hause war und sie angerufen hat. Und wie oft denkst du, kommt es vor, dass zwei Entführer gleichzeitig am selben Ort zuschlagen", erklärt Anita und Andrea hat dem nichts entgegenzusetzen.

„Du hast recht. Aber lass mich mit ihr weitermachen. Sie ist anscheinend nicht von ihm misshandelt worden. So sieht es zumindest im Moment aus, sicher kann ich es jedoch erst sagen, wenn ich das ganze Blut abgewaschen habe", kommt von Andrea.

„Ist das hier besser?", fragt Anita heftig und kann sich kaum zurückhalten.

„Es ging schneller", presst Andrea zwischen den zusammengepressten Lippen hindurch. Sie wollte das nicht sagen, aber die Wahrheit ist es trotzdem, außerdem wäre sie wohl spätestens morgen tot, mit viel mehr vorhergegangenen Qualen.

Im nächsten Moment kommt Lutz, mit Stefan im Schlepptau, und beendet die Unterhaltung, wo beide Frauen nichts dagegen haben. Er schaut sich intensiv die Wunden an. Andrea spült an den Bissen das Blut weg, immer im Blick nicht die geringste Spur zu vernichten. Mit Messgeräten bestimmt er zusätzlich zu den Fotos, zum Beispiel die Abstände der Zähne und wie tief sie eingedrungen sind, soweit das überhaupt möglich ist.

„Es waren auf alle Fälle zwei Hunde. Und es werden, was wir oder ich schon vermutet habe, Kampfhunde sein. Die Haare passen zu Boxer, Pitbull und vielleicht zu einer Dogge, wobei die ersten beiden richtige Maschinen sein können. Ich werde die Daten weiterleiten und bekomme bestimmt heute Bescheid", erklärt Lutz und will schon wieder gehen, als er sich noch mal umdreht. „Ich habe zwischen den Lagen der Plane, sie war doppelt, Strohhalme gefunden. Ich glaube, das könnte wichtig sein, um den Tatort zu bestimmen oder einzugrenzen." Mit diesen Worten schließt er wieder die Tür und lässt die Drei zurück, wobei jeder für sich die Informationen zusammenfasst.

„Ich glaube, ich schaue mal nach Kerstin", sagt plötzlich Anita und hat einen Grund gefunden dieses Horrorkabinett schnellstens zu verlassen.

„Ich komme mit und werde mich erst einmal umziehen. Bloß gut haben wir uns angewöhnt, im Spind frische Sachen zu haben", meint Stefan und huscht noch vor Anita durch die Tür.

„Ich rufe dich an", schmunzelt Andrea, wobei sie sich anstrengen muss, so locker zu wirken, denn sie will eigentlich nicht allein mit der Toten bleiben. Aber das ist sie meistens und so beginnt sie die Frau zu waschen. Erst dann kann sie Genaueres sagen und dokumentieren.

Anita geht mit Stefan den langen Gang entlang, wo ebenso die Umkleidekabinen und Duschen für alle im Gebäude arbeitenden Polizisten sind. Anita öffnet die Tür zu dem Raum für die Damen und sieht Kerstin mit einem Eimer unter dem Gesicht und wie ein Häufchen Elend auf einer Bank hocken. Sie nickt Stefan zu und dann heißt es nur noch raus aus den stinkenden und schmutzigen Sachen. Kerstin sitzt bereits in Unterwäsche da und hat sich ihrer Kleidung zum größten Teil schon entledigt. Anita tut es ihr gleich und steckt die Wäsche sofort in die für die Polizisten bereitgestellte Waschmaschine.

„Ich habe die Turnschuhe in eine Mülltüte gesteckt. Ich werde sie später in der Tonne verschwinden lassen", sagt Kerstin immer noch verstört.

„Meine auch?", will Anita wissen.

„Sie waren voller Dreck und Blut", antwortet Kerstin und beginnt sofort abermals zu würgen.

„Du solltest ausreichend Wasser trinken."

„Kommt alles wieder raus."

„Mach dir keine Gedanken wegen den Schuhen, ich habe genug Sneakers zu Hause. Da müssen wir den Kofferraum nur noch sauber machen", stellt Anita fest. Sie hatten die Schuhe am Auto wieder gewechselt, wobei sich Anita nicht weiter darum gekümmert hat.

„Nein, da ist alles sauber, bis vielleicht auf dem Geruch. Ich hatte sie gleich in eine Tüte gepackt", antwortet Kerstin und müht sich, sich schwankend auf den Beinen zu halten. Nachdem sich Anita gewaschen und angezogen hat, hilft sie ihr ebenfalls in frische Sachen. Zusammen gehen sie in ihr Büro und Anita macht sofort Tee für Kerstin. Sie könnte sie auch nach Hause schicken, aber so lässt sie sie auf keinen Fall allein Auto fahren.

„Soll ich dich heimbringen", sagt indes Stefan, der die Blicke von Anita gedeutet hat.

„Ich bleibe hier, wir müssen dieses Schwein finden", platzt Kerstin heraus und die beiden anderen sind vollkommen ihrer Meinung, wobei sie eigentlich vermeiden, solche Wörter zu benutzen. Aber dieser Täter hat nur die übelsten Schimpfworte verdient.

Also halten alle noch durch und Anita schreibt die neusten grausamen Erkenntnisse, für jedermann sichtbar, an die Wandtafel. Sie füllt sich schneller, als sie sich vorstellen konnten, und der verbleibende Platz soll von allen still gedacht, leer bleiben.

Kapitel 23

Laura hat über fünf Stunden tief geschlafen und als sie die Augen öffnet, schaut sie in die von Lucie, die sich die ganze Zeit nicht von dem Bett entfernt hat. Ihr Kopf liegt auf der Bettkante und Laura krault ihr automatisch hinter den Ohren. Es dauert eine Weile, bis sie richtig munter ist und sich nach Jonas umdreht.

Er sitzt immer noch am Tisch, der Fernseher spult sein Programm herunter und er nimmt davon überhaupt keine Notiz. Er scheint gar nichts wahrzunehmen, da er sich nun überhaupt nicht mehr bewegt und ihm müssten doch alle Knochen weh tun. Man könnte denken, dass er schläft, aber seine Augen sind offen und starren auf seine Hände, die er auf seinen Beinen liegen hat.

Laura steht auf, geht fast lautlos zum Tisch und setzt sich Jonas gegenüber. Sie hat das Fenster im Blick und es kommen sofort alle Fragen wieder in ihr hoch. Diese werden jedoch augenblicklich beantwortet, denn im Fernsehen wird davon berichtet, dass eine weitere Frau gefunden wurde, die nach ersten Erkenntnissen mehreren Kampfhunden zum Opfer gefallen ist. Einen Bezug auf die anderen Straftaten wollen sie jedoch nicht nehmen. Die Untersuchungen laufen auf Hochtouren und die Suche nach dem verdächtigen Pick-up wird ausgedehnt. Aber wieso finden sie den Wagen nicht? Der fährt doch auch einkaufen und das Auto ist ja ziemlich auffällig.

Laura bekommt darauf erst einmal keine Antwort, ahnt jedoch, was passiert ist. Die Schreie und der unüberhörbare Lärm gestern Abend. Die junge Frau wollte bestimmt durch das Fenster fliehen, was jetzt mit den Brettern verschlossen ist und die Hunde von Rolf haben das auf ihrer Weise vereitelt.

Darum hat Rolf Jonas als Dummkopf beschimpft, weil er wahrscheinlich nicht richtig auf sie aufgepasst hat. Und deshalb auch seine unermessliche Wut, die er letztendlich an der Frau im Keller ausgelassen hat. Zudem musste er die von gestern Abend loswerden und nicht die, die neben ihr um ihr Leben kämpfte.

Er hat wieder einen Fehler gemacht, es werden immer mehr, auch wenn Jonas an dem Letzteren schuld hatte. Seine Abfolge ist dadurch durcheinander gekommen. Laura hofft, dass er in seiner Wut noch weitere Fehler macht und vor allem solche, wodurch sie ihn fassen können, vielleicht sogar sie befreien.

Ihre Gedanken schweifen ab. Sie überlegt, was sie als Erstes tun würde, wenn sie wieder zu Hause ist. So viel Zeit mit Kai verbringen wie möglich. Sie vermisst ihn so sehr. Wird der Zeitraum, wo sie hier war zwischen ihnen stehen? Kann sie das hier alles vergessen, oder mit wem sollte sie es verarbeiten? Kann Kai ihr dabei helfen? Und würden diese Erkenntnisse sie in ihrem Studium weiterbringen? Oder wird das Erlebte sie am Ende zerstören?

Aber im Moment ist sie noch hier und das, was gestern vorgefallen ist, hat Jonas in seinem Seelenzustand meilenweit zurückgeworfen. Sie hat sein Vertrauen mühsam erlangt. Er hat sich ihr sogar geöffnet und wieder zu sprechen angefangen. Und jetzt?

Sie kann auf seine Hilfe nicht verzichten, mag sie auch gering sein. Sie muss noch einmal anfangen, denn nur mit ihm ist es möglich, den Schein einer Familie aufzubauen, und die wird Rolf nicht ein zweites Mal kaputt machen. Die Frage ist nur, ob sie ihn so weit bringen kann und er überhaupt mitmachen wird. Aber sie kann sich auch irren und Rolf fällt auf das Spiel nicht herein. Was dann? Das vermag sie nicht einzuschätzen, für sie steht nur fest, sie wird es versuchen.

Lucie bringt sie mit einem Bellen zurück in die Realität. Und nicht nur Laura schreckt auf, sondern auch Jonas scheint aus seiner Unterwelt aufzutauchen.

„Was macht Lucie hier?", fragt er noch nicht ganz bei sich.

„Rolf hat sie mir zum Schutz gebracht", antwortet Laura und beobachtet jede Bewegung von ihm. Es scheint als könnten sie doch wirklich an gestern anschließen und seine Depression hat nicht ganz so hart zugeschlagen.

„Gut, ansonsten würde er sie noch umbringen, wenn er merkt, dass sie uns hilft", überlegt Jonas laut.

Daran hat Laura gar nicht gedacht. Sie ist eine tiefe Erinnerung an Michell und kann froh sein, überhaupt noch zu leben. Aber es zeigt ihr auch, dass er alles behält, was ihn an Michell erinnert, genauso wie sie selbst. Auf diese Sicherheit darf und will sie jedoch nicht vertrauen.

Lucie hat inzwischen ihren Kopf in den Schoß von Jonas gelegt und er streichelt sie fast mechanisch.

„Wie fühlst du dich?", fragt Laura vorsichtig und mit einer ruhigen Stimme.

„Geht so. Irgendwie erschlagen und mir tut alles weh", antwortet er und bestätigt damit Lauras Vermutungen von vorhin.

„Du solltest mal aufstehen und dich richtig strecken. Du sitzt seit Stunden da", redet Laura einfühlsam weiter.

„Es geht nicht. Ich fühl mich wie gelähmt."

„Wegen gestern Abend?", wagt, Laura zu fragen, und sein Blick schweift zum Fenster.

„Es war schrecklich", schluckt er schwer.

„Was ist passiert? Möchtest du es mir erzählen?" Laura muss sich bemühen die Ruhe zu bewahren, wenn sie will, dass Jonas langsam wieder aus der Starre zurückkommt.

„Sie haben sie einfach zerrissen", bekommt sie als Antwort und mag sich diesen Anblick nicht vorstellen.

„Hast du das Fenster repariert?", fragt sie und will nicht, dass er sich weiter an das Erlebte fesselt.

„Repariert? Ich musste so schnell wie möglich reagieren. Da habe ich einfach die Schranktür und ein paar Stuhlbeine aus der Küche genommen. Ansonsten wären sie hier hereingesprungen und ich auch nicht mehr da", erzählt er mit Angst in der Stimme und Laura wird klar, wie gefährlich die Hunde sind. Wenn sie jemals hier raus will, dann müssen erst diese Bestien weg.

„Sie haben die Frau schon gefunden", sagt Laura und sie kann sich nicht vorstellen, wie die Polizei auf diesen Anblick reagiert hat. Es ist sicher furchtbar gewesen.

„Er war so wütend", stockt Jonas. „Er hat sie noch in der Nacht weggebracht", legt er hastig nach.

„Das habe ich im Keller gemerkt", nuschelt Laura, aber Jonas hat es gehört.

„Da unten ist noch eine? Die von gestern hat sein Muster durchbrochen und ich soll daran schuld sein", entgegnet er in Wortbrocken und Laura kann nicht einschätzen, was er über das weiß, was sein Vater mit den Frauen im Keller macht. Das Muster hat er längst erkannt, aber was die Frauen durchmachen müssen?

„Sie hat es selbst verschuldet", will Laura ablenken, denn er darf die Schuld nicht auf sich nehmen. Das würde den Zugang zu ihm erschweren. Alles, was er auf sich bezieht, kann das Vertrauen zu ihr vernichten, denn dann kann die Depression ihn wieder in Griff haben.

„Er bringt sie um", knurrt er und Laura erkennt, dass er mit dem Tun seines Vaters absolut nicht einverstanden ist.

„Das hat aber nichts mit dir zu tun", beschwört sie ihn.

„Werde ich mal wie er?" Diese Frage kommt überraschend und Laura verneint sie kategorisch, obwohl sie nicht weiß, ob diese Persönlichkeitsstörung vererbbar ist.

Um von diesem Thema wegzukommen und damit es Jonas nicht zu sehr aufregt, atmet sie tief durch und redet weiter. „Rolf hat mich heute früh aus dem Keller geholt und mir eine Tüte voll Wäsche gegeben. Er hat sie für mich eingekauft."

„Das kann nur mein richtiger Vater gewesen sein", erwidert Jonas und ein zartes Lächeln huscht über sein Gesicht. Das hat Laura noch gar nicht gesehen und es ermuntert sie, mit diesem Thema weiterzumachen.

„Stimmt und ich habe mit ihm gesprochen. Er meint, dass der andere in seinem Kopf, mir nie etwas antun würde und ich ihm als Michell gegenüber treten sollte", sagt Laura und ist gespannt wie er darauf reagiert.

„Du bist aber nicht meine Mutter", kommt aufgeregt von Jonas und damit hat sie nicht gerechnet. Er springt auf und stürmt an ihr vorbei ins Bad, der einzige Weg, um vor etwas davonzulaufen.

Hat sie einen Fehler gemacht? Das kann sie sich nicht leisten. Sie muss ihn dazu bringen, ihr mehr über Michell zu erzählen. Nur so kann sie ihre Rolle spielen. Aber wie? Sie will Jonas doch nicht verletzen oder all diese Erinnerungen an seine Mutter durcheinanderbringen. Aber das muss sie wohl, denn ihre Gedanken drehen sich nur darum, zu überleben.

„Würdest du uns etwas zu essen holen?", fragt sie vor der Badezimmertür und hofft damit ihn wieder da herauszubekommen. Und tatsächlich öffnet sich die Tür. Er schaut sie jedoch immer noch verärgert an und geht dann an ihr vorbei in die Küche. Rolf ist nicht da und so räumt er genüsslich fast den ganzen Kühlschrank leer. Er stellt alles auf den Tisch und holt anschließend noch jede Menge Getränke.

„Hoffentlich wird da Rolf nicht wütend, wenn er selbst nichts mehr zu essen hat", sagt Laura und ihr Blick geht über die vielen Lebensmittel, die sie beide gar nicht alle vertilgen können.

„Der kann sich Neues kaufen", zuckt Jonas gleichgültig mit den Schultern.

„Ach, was ist denn eigentlich mit dem Hasen? Ich muss zugeben, dass ich das noch nie zubereitet habe", will Laura wissen und sie denkt nur mit Abscheu daran.

„Da brauchst du dir keine Gedanken machen. Er hat den bestimmt schon an die Hunde verfüttert, weil er selbst so etwas nicht essen würde." Jonas winkt ab und belegt sein Brot mit reichlich Wurst.

„Er wollte mir also auch damit nur Angst machen? Genauso wie er Lucie dazu geholt hat", stellt sie fest und findet, dass das sehr hinterlistig von Rolf war.

„Ja, aber du hast dich bestens verhalten. Ich könnte mir vorstellen, dass er das nicht gerade gut findet", kommt von

Jonas und es zeigt sich ein verschmitztes Schmunzeln in seinem Gesicht.

„Fährt er eigentlich mit dem Pick-up einkaufen? Nach dem wird gefahndet, vielleicht wird er da mal von der Polizei angehalten", überlegt Laura nach einer Weile laut und schaut Jonas schief an.

„So doof ist er nicht, er guckt auch Nachrichten. Er hat noch ein zweites Auto. Die stehen beide in der Scheune."

„Sind zwei Autos auf ihn angemeldet?", fragt Laura, obwohl sie weiß, dass anscheinend nichts auf seinen Namen läuft.

„Nein, das Kleine ist von dem älteren Mann. Damit fährt mein Vater tagsüber und Rolf ist nur nachts unterwegs."

Genau das wollte sie nicht hören, denn so kann er sich fast unsichtbar da draußen bewegen. Alle suchen nach dem Pick-up, mit dem er jedoch nur nachts fährt, wie sie gerade erfahren hat. Er scheint clever zu sein, aber sie wird trotzdem versuchen, ihn dazu zu bringen, einen weiteren Fehler zu machen. Es ist erforderlich, dass sie alles noch besser beobachtet, und sie sollte sich bemühen ihm stets ein Schritt voraus zu sein. Sie weiß nicht, wie sie das veranstalten soll, aber sie muss.

Beide essen sich satt, wie auch Lucie die einiges vom Tisch bekommt. Aber die ganze Zeit über, legt sich Laura die Worte zurecht, mit denen sie nochmals auf das Thema Michell kommen möchte. Nur über sie kann Laura ihre Pläne ausbauen und durchführen, so wie ihr Rolf geraten hat.

„Kannst du bitte, was von deiner Mutter erzählen? Ich will nicht hören, was sie hier erlebt hat, sondern wie sie selbst war", versucht Laura vorsichtig etwas zu erfahren.

„Denkst du wirklich, du kannst ihn foppen?" Jonas verdreht die Augen und zeigt ihr damit, dass er sicher ist, dass sie keinen Erfolg haben wird.

„Versuchen kann ich es doch. Wenn ich ihn nur etwas durcheinanderbringe, macht er vielleicht weitere Fehler", hält sie standhaft dagegen.

„Meine Mutter war eine ganz liebe Frau. Sie war Lehrerin", beginnt Jonas dann doch und Laura hört genau hin. „Sie war zu mir immer herzensgut und hat es auch bei meinen Vater versucht. Mit der Zeit hat sie sich ständig mehr zurückgezogen. Er hat ihr oben die halbe Etage in eine kleine Wohnung ausgebaut. Dort hat sie viel Zeit verbracht und sich am Ende nur noch dahin geflüchtet. Am Anfang war ich manchmal mit oben, die letzten Jahre habe ich mich jedoch selbst hier vor ihm verkrochen. Vielleicht habe ich sie damit auch in Stich gelassen, aber ich war ein Kind und später habe ich mich nicht mehr getraut."

„Du hast keine Schuld. Wie du schon gesagt hast, du warst noch ein Kind. Jedes andere hätte bestimmt genauso gehandelt."

„Seit einem Jahr, seit ihrem Tod, rede ich mir immer wieder ein, zu schwach gewesen zu sein."

„Die friedlichen Zeiten hat sie also oben verbracht", sagt Laura leise, um wieder auf Michell zu kommen und ihn von den Schuldgefühlen abzulenken.

„Ja, er ist nie über diese Schwelle getreten."

„Aber du durftest es?"

„Ja, dort hatten wir Ruhe zum Lernen", seine Stimme klingt schwach und verängstigt.

„Sind beide Seiten deines Vaters nie in den Zimmern gewesen?", hakt Laura nach, denn das ist entscheidend, ob sie es wagen sollte, sich da oben selbst einmal umzuschauen. Der Gute hat es akzeptiert, dass es ihr Rückzugsort ist, aber der andere? Hat er diese Schwelle ignoriert?

„Nein, auch wenn er noch so wütend gewesen ist, an dieser Tür war Schluss für ihn. Warum kann ich dir nicht sagen."

„Kann ich da mal hoch?", fragt sie und ahnt, dass sich an dieser Schwelle alles entscheiden könnte.

„Nein, niemals. Keiner hat diese Zimmer nach ihrem Tod betreten", wird er plötzlich aufgebracht. „Niemand, er hat es verboten", wird er noch lauter und Laura ist sich nun wirklich sicher, dass nur das die Chance für sie ist, weitere Fehler zu provozieren.

Aber die Augen von Jonas zeigen ihr, wie ernst es ihm damit ist. Doch er weckt daraufhin das Interesse von Laura um so mehr. Für sie steht fest, sie muss da hoch!

Kapitel 24

Anita war auf den Weg in ihr Büro, machte jedoch einen Abstecher bei den Streifenpolizisten, die ebenfalls hier im Haus sind. Sie hat sie gebeten, noch intensiver nach dem Pickup zu fahnden. Es wäre ja ein Ding, wenn er nur nachts herumfahren würde. Jeder, auch so ein Mensch hat einmal Besorgungen zu machen.

Als sie nur wenige Minuten später in ihrem Büro ankommt, telefonieren Kerstin und Stefan eifrig.

Sie setzt sich an ihren Schreibtisch und bleibt leise, um die beiden nicht zu stören.

Sie schaut sich derweilen noch einmal die Vermisstenanzeige der jungen Frau an, die am Vorabend entführt wurde und jetzt bei Andrea auf dem Tisch liegt.

Eine sehr hübsche blonde Frau, die auf dem Foto ein bezauberndes Lächeln hat. Sie war gerade einmal 22 Jahre alt. Ihr Name war Sophie und hat in einem der umliegenden Dörfern gewohnt.

Außer Laura, die in Krambach wohnt, stammen die Entführten aus dem Umland. Sie haben schon herausgefunden, dass die Frauen auf Wegen gelaufen sind, die alle an dem Wald angrenzen. Gerade dort wurden die Polizeistreifen erhöht, aber jedes Mal waren sie am falschen Ort und konnten den Täter nicht stellen.

Der Entführer ist clever, wenn nicht gar sehr intelligent. Diese Erkenntnis hilft jedoch Anita und ihrem Team nicht weiter, sondern macht ihn noch gefährlicher.

Nach über einer halben Stunde, wo sie geduldig gewartet hat, betritt Lutz das Büro. Diese Gelegenheit nutzt Anita, um mit ihren Leuten die Fakten durchzugehen.

„Ich weiß, ihr seid mehr als fleißig, aber wir müssen mal alles zusammenfassen", beginnt Anita. „Was hast du für uns", fragt sie Lutz im selben Atemzug.

„Also ich kann jetzt sicher sagen, dass es ein Pitbull und ein Bullterrier sind. Ich konnte das mit Hilfe eines Veterinärs an den Bisswunden und den sichergestellten Haaren festsetzen. Zudem habe ich an der Kleidung der Toten keinerlei Schimmelsporen gefunden, aber dafür Glassplitter, die eindeutig einem ganz üblichen Fenster zuzuordnen sind. Und da wären noch die Strohhalme, die ich in der Plane gefunden habe, und die Fingerabdrücke. Die sind jedoch nicht registriert", erläutert Lutz und Anita hat alles stichpunktartig notiert.

„Wenn ich mir das so ansehe, das Stroh, die Hunde und so weiter, denke ich, wir sollten die umliegenden Bauernhöfe in Augenschein nehmen", sagt Anita und schaut in die Runde.

„Der muss aber ziemlich abgelegen sein. Die Hunde werden Lärm machen und die Todesschreie, die ich mir vorstellen könnte, hat ja wahrscheinlich auch keiner mitbekommen, sonst hätte sich doch jemand gemeldet", grübelt Lutz.

„Ich habe sämtliche Ortschaften in die Suche eingeschlossen, habe aber nichts gefunden. Er kann hier nicht wohnen", entgegnet Stefan kopfschüttelnd.

„Die Fahndung nach dem Pick-up hat auch bis jetzt nichts ergeben. Er scheint wirklich nur nachts unterwegs zu sein", erwähnt Anita, die ja vor wenigen Minuten noch einmal bei den Streifenpolizisten nachgefragt hat.

„Ich komm da nicht mit", fängt Kerstin an. „Kein Strom, kein Wasser und da habe ich auch nichts weiter herausbekommen, nur das er damals alles abgemeldet hat, aber nie neue Verträge abgeschlossen wurden. Dann ein Auto, das er nur nachts benutzt. Er muss doch mal Besorgungen machen. Tut er das in anderen Städten, weiter weg?", legt sie noch nach.

„Auch dort wird nach dem Auto gefahndet, das kann nicht sein", hält Stefan dagegen. „Was ist, wenn er ein zweites Auto hat? Wenn er am Tag ganz anders auftritt?"

„Wie meinst du das?", wird Anita hellhörig.

„Es ist nur so eine Ahnung. Ich habe auch seine Frau unter die Lupe genommen. Sie stammt ebenfalls nicht aus unserer Gegend und es ist kein Auto auf sie angemeldet. Es könnte möglich sein, dass sie bei jemanden ganz anderen wohnen, was wir jedoch leider nicht nachweisen können. Sie könnten komplett abgetaucht sein. Auch von dem Sohn ist nirgends etwas aufzuspüren. Keine Schule, keine Ausbildung, nichts", erklärt Stefan und bringt damit alle zum überlegen, und einen neuen Blickwinkel zu finden.

„Aber wenn sie bei jemanden untergetaucht sind, dann würde der sicher seine Machenschaften mitbekommen. Ich kann doch nicht mit so einem Menschen zusammen wohnen und nichts merken", wirft Kerstin in die Runde.

„Ich will ja nicht spekulieren, aber könnte mir vorstellen, dass er diesen Punkt selbst bereinigt hat. Wer jahrelang seine Frau und das Kind von der Umwelt fernhalten kann, findet bestimmt immer einen Weg Unannehmlichkeiten aus dem Weg zu gehen oder eigenhändig aus dem Weg zu schaffen", meldet sich Lutz zu Wort.

„Du meinst, der hat den auch umgebracht? Und was ist dann mit Frau und Kind? Sind die am Ende alle schon tot? Oder sind sie eingesperrt?", reißt Kerstin die Augen auf.

„Das wäre alles möglich, aber wir haben dafür leider keine Hinweise. Wir wissen nur, er hat bis jetzt fünf Frauen entführt, davon sind drei tot. Er ist stets den gleichen Weg gegangen außer bei dieser Laura. Sie passt nicht in sein Muster, ganz im Gegenteil, sie sieht wie seine eigene Frau aus. War es Zufall oder Absicht, dass er gerade sie mitgenommen hat. Und wir haben sie nicht tot gefunden. Das ist zwar gut, aber mir stellt sich die Frage, was hat er mit ihr vor", fasst Anita zusammen.

„Vielleicht macht er deshalb Fehler? Sie könnte ihn beeinflussen", kommt von Kerstin. „Ach und die Psychiaterin, bei der Laura das Praktikum gemacht hat, erscheint in einer Stunde hier. Sie kann uns bestimmt einiges über sie erzählen", redet sie gleich weiter.

167

„Das ist prima. Und was machen wir, um die nächste Tote zu verhindern?", überlegt Anita laut und lehnt sich enttäuscht, darüber nicht mehr in der Hand zu haben, zurück.

„Wir sollten sein Bild veröffentlichen", platzt Stefan heraus und Lutz nickt ihn zusprechend zu.

„Das können wir nicht", winkt Anita ab.

„Warum nicht?", fragt Lutz sichtlich entsetzt.

„Wir können ihn nicht hundertprozentig den Taten zuordnen. Wir bekommen sicher Schwierigkeiten, wenn wir uns am Ende geirrt haben", mutmaßt Anita.

„Welche Schwierigkeiten? Der ist abgetaucht, samt Familie. Irgendwelchen Dreck hat er auf alle Fälle, anstecken. Wenn er sich für unschuldig hält, müsste er aus seinem Versteck kommen. Ich sehe da nichts, was dagegen sprechen würde. Wir sollten das Foto sofort zur Fahndung freigeben", spricht Lutz laut aus, was ihm gerade durch den Kopf geht.

„Okay ich werde nachfragen, ob wir das tun dürfen", entgegnet Anita, die es schon längst gemacht hätte, aber es gibt nun einmal Vorschriften.

„Ich mache das sofort", stößt Stefan hervor und ist im selben Moment am Telefon.

„Gibt es eigentlich noch etwas Neues von Andrea?", fragt Anita Kerstin leise, um Stefan, der den Sachverhalt erklärt, nicht zu stören.

„Sie ist nicht vergewaltigt worden. Auch Spuren von Schlägen, wie bei den anderen hat sie nicht gefunden. Eben nur die Hundebisse und die sind die sicher festgestellte Todesursache", antwortet Kerstin ebenfalls leise, die vor wenigen Minuten mit Andrea am Telefon gesprochen hat, denn keiner möchte zu ihr gehen, solange die Tote noch auf ihrem Tisch liegt.

„Also hat sie wirklich versucht zu fliehen, bevor er sich an ihr vergehen konnte", stellt Lutz fest und keiner kann sagen, was für die junge Frau abscheulicher gewesen wäre.

„Wir können das Foto veröffentlichen. Wir haben grünes Licht", sagt Stefan dazwischen und alle Nicken ihm zufrieden zu.

„Ich werde das gleich an die Medien weiterleiten, damit das in den nächsten Nachrichten ausgestrahlt wird. Hoffentlich bringt uns das den Frauen näher", meint Anita und redet sofort weiter. „Ich bedanke mich erst einmal bei euch. Wir werden ihn schon kriegen."

Daraufhin verlässt Lutz das Büro, Stefan und Kerstin widmen sich wieder ihren Aufgaben und Anita macht sich daran, dass das Foto schnellstmöglich zu sämtlichen Nachrichtensendern kommt. Ein kleiner Funken Hoffnung, nach dem jeder im Moment greift. Es sind noch zwei Frauen in seiner Gewalt und die müssen sie unbedingt befreien.

Anita bekommt die Bestätigung über die Veröffentlichung, als es zaghaft an der Tür klopft.

Sie hätte es fast überhört, aber sie bittet denjenigen herein. Vor ihr erscheint eine Frau mittleren Alters. Ihre natürliche Erscheinung spricht Bände und die Ruhe, die sie ausstrahlt erfüllt augenblicklich den Raum.

„Guten Tag. Ich bin Frau Roswita Boll, Psychiaterin und wurde gebeten, hierherzukommen", sagt sie und Anita springt sofort auf.

„Guten Tag. Das ist ja prima, dass Sie so schnell kommen konnten", reicht sie ihr die Hand und führt sie gleichzeitig zu einem Stuhl an ihrem Schreibtisch.

„Das ist doch selbstverständlich. Ich habe schon von der armen Laura gehört und möchte helfen, so gut es geht", entgegnet die Ärztin, nachdem sie sich gesetzt hat.

„Frau Boll, Sie kennen ja Laura", stellt Anita fest und sucht nach den richtigen Worten.

„Natürlich. Sie hat ihr Praktikum in meiner Praxis absolviert. Das waren einige Monate und ich hätte sie am liebsten nicht mehr gehen lassen", antwortet sie und gibt in den Worten schon eine positive Bewertung der jungen Frau ab.

„Das haben wir von dem Verlobten erfahren und jetzt hätten wir gern eine Einschätzung von Ihnen. Wie war Laura und könnte sie sich gegenüber dem Entführer in irgendeiner Weise wehren?", fragt Anita und mustert die Ärztin aufmerksam.

„Was heißt hier war?", will sie erschrocken wissen.

„Oh, ich habe mich wohl falsch ausgedrückt", meint Anita und hebt ihre Hände. „Sie lebt noch, zumindest haben wir die Vermutung, denn die anderen Frauen wurden leider tot aufgefunden. Der Entführer hat sie nun schon Tage und wir würden gern wissen wollen, was Sie über sie sagen können und wie Sie Laura einschätzen, wie sie sich in so einer Situation verhalten würde", fügt sie hinzu.

„Also, wie ich Laura kennenlernen durfte, ist sie eine starke junge Frau, die sich auf Umstände schnell und gut einstellen kann. Ich konnte beobachten, wie einfühlsam sie auf Patienten einging, ohne sich in ihrem Standpunkt beeinflussen zu lassen. Ich vermute, dass sie die Stärke hat, ruhig zu bleiben, was ihr bestimmt helfen wird", erklärt Frau Boll und man merkt ihr an, wie stolz sie ist, diese Laura zu kennen.

„Sie haben es gerade angesprochen. Wie war sie speziell in ihrer Praxis, während dem Praktikum?", fragt Anita, um Laura besser zu verstehen, und dann kann sie der Ärztin das sagen, was sie bis jetzt wissen.

„Ihr Praktikum hat sie voll genutzt. Sie war mit in den Sprechstunden sowie in Sitzungen, hat sich in sämtliche Behandlungsberichte eingelesen und auch abgeschlossene Akten durchgearbeitet. Sie ist sehr wissensdurstig und zielstrebig. Laura war weit über dem Standard. Auch in kritischen Situationen, die ebenso mal in einer Sitzung entstehen, konnte sie gut eingehen und vor allem die Ruhe bewahren. Sie ist sehr einfühlsam und redegewandt. Ich kann nur sagen, sie hat den richtigen Beruf gewählt, sie geht voll in ihm auf", beschreibt die Ärztin Laura mit einem Lächeln. „Aber was wissen Sie denn? Haben Sie schon Erkenntnisse über die Entführungen und den fürchterlichen Morden? Vielleicht sogar Wissenswertes von dem Täter?", fragt sie noch und schaltet in einen anderen Modus. Ihre Körperanspannung zeigt größtes Interesse an dem Fall und nicht nur wegen Laura.

„Das ich Ihnen nicht den gesamten Stand der Ermittlungen sagen kann werden Sie wissen, aber das, was Laura betrifft, möchte ich Ihnen erklären", beginnt Anita und hat schon die Fotos von Laura und Michell in der Hand. „Wir denken und hoffen natürlich, dass Laura noch am Leben ist. Zu einem sind die Frauen, die nach ihr entführt wurden tot und dann schaut sie eben nicht so aus, wie alle anderen Frauen. Sie ist die einzige Brünette unter den Blonden und ist am Morgen verschwunden und nicht abends. Wir dachten erst, sie wäre gar nicht entführt worden oder von einem weiteren Täter. Aber dann haben wir das herausgefunden", erläutert Anita und legt die Fotos vor der Ärztin hin.

„Oh Gott, was ist das denn?", schaut Frau Boll erschrocken und entsetzt. Ihr Gesichtsausdruck offenbart, dass ihr Gehirn auf Hochtouren läuft.

„Das ist Laura", zeigt Anita auf eines der Fotos. „Und das ist die Ehefrau von dem vermutlichen Täter", redet sie weiter.

„Sie haben schon einen Verdächtigen?", fragt die Ärztin aufgeregt.

„Wir haben einen Namen und wissen auch, wie er aussieht, sowie das er eine Frau und einen Sohn hat, aber leider sind sie nicht auffindbar. Sie sind seit 10 Jahren verschwunden und es wurde vermutet, dass sie ausgewandert sind", antwortet Anita und von ihrem Gegenüber wird jedes Wort aufgesogen.

„Wie sind sie denn dann auf ihn gekommen?"

„Es wurde mehrmals ein auffälliger Pick-up beobachtet und brachte uns zu der Familie. Sie müssen irgendwo untergetaucht sein und seit langen schon unbemerkt in unserer Gegend wohnen", erwidert Anita.

„Sollte das wirklich so sein, ist das ein Leben, in dem man ständig unter Strom steht. Auch wenn der Mann sicher und zufrieden mit der Situation sein mag, machen wahrscheinlich die Frau und der Sohn die Hölle durch. Er wollte es bestimmt so, aber die beiden werden dazu gezwungen", überlegt Frau Boll laut.

„Und jetzt hat er angefangen zu morden. Vor seinem Abtauchen ist nichts Auffälliges registriert. Keine Vorstrafen oder so", platzt Kerstin dazwischen, die aufmerksam zugehört hat.

„Ich vermute, dass er der Grund für das Verschwinden ist. Ein Mensch kann sich verändern und manchmal dauert es Jahre, bis es knallt. Er hat bestimmt psychische Beschwerden, aber in welche Richtung diese gehen, kann ich so nicht sagen. Nur eins, es muss einen Auslöser gegeben haben. Entweder medizinisch oder irgendwie an der Situation, wie und wo sie momentan leben", erklärt die Ärztin.

„Meine Frage wäre, wie könnte Laura damit umgehen? Vielleicht weiß sie sogar, wie sie aussieht", sagt Anita und kommt somit auf den Punkt.

„Wenn Laura das wirklich wissen sollte, dann wird sie es für sich nutzen. Vorausgesetzt sie bekommt dazu die Möglichkeiten. Wie sie das macht oder machen könnte, vermag ich nicht zu sagen. Aber ich weiß, dass sie ihre Situation nicht einfach so hinnimmt. Ich kann mir vorstellen, dass sie sich dem Täter gegenüberstellt. Sie ist fähig, Menschen zu beeinflussen, überlegt jeden Schritt den sie macht sehr gut, ist abwartend und kann durchaus ihre Angst verdrängen. Vielleicht spielt sie sogar mit ihm und steht auf der Seite der Frau und des Sohnes", erläutert die Ärztin ihre Gedanken.

„Und wenn die gar nicht mehr leben?", hält Anita dagegen.

„Dann wird sie in die Rolle der Frau schlüpfen. Entweder er hat sie deswegen entführt und da lebt sie sicher noch, oder es war Zufall, den Laura für sich ausnutzt, beides ist denkbar", sie schaut in die Runde und so in drei staunend blickende Augenpaare.

„Mein Fazit also, Laura ist eine starke junge Frau und er macht immer mehr Fehler", nuschelt Anita. „Ich danke Ihnen, Frau Boll. Wir werden alles geben, Laura zu finden und hoffen, dass sie mit ihren Fähigkeiten und Kenntnissen durchhält", legt sie nach und reicht der Ärztin die Hand.

Diese ergreift sie und schaut hoffnungsvoll auf die immer noch auf dem Tisch liegenden Fotos. „Sie wird es schaffen. Ich habe da ein sehr gutes Gefühl", sagt sie leise und blickt dann wieder Anita in die Augen. „Würden Sie sich bei mir melden, wenn sie Laura gefunden, oder den Täter gefasst haben?", fragt sie, während sie nach ihrer Tasche greift.

„Ganz sicher, das werde ich", nickt Anita ihr zu und ist froh, so viel über Laura erfahren zu haben.

„Eine nette und sehr professionelle Ärztin", bemerkt Stefan, der still beobachtet und zugehört hat.

„Da bin ich ganz deiner Meinung. Wir müssen ihn finden, denn jetzt bin ich noch überzeugter davon, dass diese Laura lebt, und ich hoffe die andere Frau auch", sagt Anita, die ebenfalls an der Tür steht. „Ich gehe zu Andrea, mal schauen, ob sie noch etwas Interessantes gefunden hat. Ihr könnt bei den umliegenden Revieren nach Hinweisen nachfragen, vielleicht haben die was", fügt sie hinzu und verlässt das Zimmer.

Als sie den kühlen Raum betritt, wo Andrea gerade mit der Obduktion fertig ist, zieht ein kalter Schauer über ihren gesamten Körper und sie rafft ihre Jacke enger.

Andrea will eben ein weißes großes Tuch der toten Frau überlegen.

„Du bist fertig", stellt Anita fest. „Hast du noch etwas gefunden?", hakt sie nach und nähert sich dem Tisch.

„Nein, aber komm ruhig her. Ich habe sie, so gut es ging wieder zusammengenäht", winkt Andrea sie mit einem Zwinkern heran.

Anitas Blick huscht an dem freien Oberkörper des Leichnams hoch und runter und staunt über die Fähigkeiten von Andrea. Die junge Frau ist doch wirklich wieder zu erkennen. An einigen Stellen fehlt zwar die Haut, um die Wunden zu schließen, aber diese hat Andrea vorsichtig touchiert und dann mit einer speziellen Gage bedeckt. Der größte Teil der Haut hat es jedoch ergeben. Jetzt wo das viele Blut entfernt ist, kann man zumindest an der einen Gesichtshälfte sehen, wie hübsch sie gewesen ist. Genau das ist ihr wohl zum Verhängnis geworden. Alle diese Frauen waren schön anzusehen, aber diese hätte wahrscheinlich jeden Wettbewerb gewonnen. Anita schüttelt über ihre Gedanken den Kopf, denn sie sieht das wahrhaftige Grauen vor sich liegen.

„Alles in Ordnung?", fragt Andrea, die immer noch das Tuch in der Luft hält.

„Ja, du kannst sie zudecken", nickt Anita ihr zu und der Stoff legt sich sanft über den vor ihnen liegenden Körper.

„Der abschließende Bericht liegt morgen auf deinem Tisch. Ich komm ja gar nicht hinterher, so schnell, wie er uns den Nachschub liefert", kommt von Andrea, die die Tote in eines der vielen Fächer in der gegenüberliegenden Wand schiebt. Drei von ihnen sind mit den Opfern des Entführers belegt und es dürfen auf keinen Fall mehr werden.

„Du kannst ihn nicht heute noch schreiben?" Anita schaut enttäuscht, aber der Bericht würde sie sowieso nicht weiterbringen. Alles Wichtige weiß sie schon und die medizinischen Fakten helfen ihr nicht bei der Suche nach dem Täter weiter. Momentan können sie nur auf Hinweise aus der Bevölkerung hoffen oder die vielen Streifenwagen, die unterwegs sind, finden zumindest den Pick-up.

„Nein, ich gehe jetzt nach Hause. Das solltest du auch tun. Wir brauchen alle Schlaf, damit es morgen weitergehen kann", sagt Andrea, die ihren weißen Kittel längst abgelegt hat und schon an der Tür steht. Sie wartet nur darauf, das Licht löschen zu können. Anita löst sich aus ihrer Starre und dem Blick auf die Wand mit den Kühlfächern, wo die Toten vorerst ihre Ruhe finden können, und folgt Andrea hinaus auf den Flur.

„Dann werde ich mal die anderen auch nach Hause schicken", murmelt Anita, die jetzt schon weiß, dass sie sowieso nicht schlafen kann.

„Tu das, bis morgen", verabschiedet sich Andrea.

Ohne einen weiteren Kommentar geht Anita die Treppe hinauf und bleibt vor dem Labor stehen. Ganz leise öffnet sie die Tür und schaut um die Ecke. Wie erwartet sitzt Lutz an einem Mikroskop.

„Ich habe nichts Neues für dich", spricht er, wobei er seine Arbeit nicht unterbricht.

„Wann machst du Schluss für heute?", will Anita wissen.

„Irgendwann", hebt er nun doch den Kopf und schmunzelt sie an.

„Okay, dann bis morgen." Sie widerspricht ihm nicht, schließt die Tür und fragt sich, wann Lutz überhaupt schläft. Bei so einem Fall wie diesen schmeißt er sich in die Arbeit und findet keinen Feierabend. Sie hat ihn in seinem Labor nicht nur einmal mit einer Luftmatratze erwischt und das wird bestimmt auch dieses Mal so sein. So lange sie den Mörder nicht gefasst haben, sucht er unerbittlich nach Spuren und Beweisen. Lutz ist einer, der nie aufgibt und sie ist froh, ihn in ihrem Team zu haben.

Als Anita in ihrem Büro ankommt, ist nur noch Kerstin da. Stefan scheint gegangen zu sein und auch zu Recht, denn er hatte vorhin schon ziemlich fertig ausgesehen. Kerstin will sie von der wieder einigermaßen hergerichteten jungen Frau erzählen, bleibt jedoch schweigend nur ein paar Schritte von ihr entfernt stehen. Kerstins Kopf liegt auf dem Tisch und sie ist eingeschlafen. Anita überlegt wie viele Stunden am Stück sie schon hier sind, und ihr wird klar, dass auch sie schnellstens nach Hause gehen sollten.

„Kerstin", rüttelt Anita sie sacht an der Schulter.

„Was?", schreckt sie auf und schaut beschämend zu Boden.

„Wir müssen dringend nach Hause fahren und schlafen. Im Moment kommen wir nicht weiter und wenn ich ehrlich bin, kann ich mich auch kaum noch konzentrieren", sagt Anita und Kerstin stimmt ihr sofort zu. Sie hätte nie von sich aus gesagt, dass sie nach Hause geht und genau diese uneingeschränkte Arbeitsbereitschaft, weiß Anita durchaus zu schätzen.

„Soll ich dich mitnehmen? Du bist so müde, du kannst doch gar nicht mehr selbst fahren", redet Anita weiter.

„Da musst du mich aber morgen früh auch wieder abholen", zuckt Kerstin mit den Schultern, ihre Augen zeigen Anita jedoch, dass gar nichts anderes in Frage kommt.

„Ist ja wohl klar. Also komm die Betten rufen nach uns", lächelt Anita und löscht alle Lichter.

Kapitel 25

*J*onas und Laura haben zu Abend gegessen und längst gemerkt, dass die Persönlichkeit des Vaters wieder gewechselt hat. Er brüllt herum und ist stinksauer, dass seine Wäsche nicht gewaschen ist. Die Abstände werden jedoch zu kurz, um das sich der angenehmere Rolf um den ganzen Haushalt kümmern kann. Er ist also selbst daran schuld, würde es aber nie eingestehen.

Er ist oben und man hört, wie er Sachen durch die Gegend wirft. Doch plötzlich ist Ruhe und dann nehmen sie die schweren Schritte, die die Treppe aus dem Obergeschoss herunterkommen, wahr.

Laura macht sich inzwischen wieder bereit, in den Keller zu müssen. Jonas hält sie jedoch zurück und Lucie legt sich vor die Tür. Sie fügt sich den beiden, steht indes am Fenster und beobachtet, was draußen passiert. Es wird schon dunkel, aber sie kann sehen, wie Rolf in die Scheune geht, und es liegt auf der Hand, dass er bezweckt das nächste Mädchen zu entführen.

Gerade als Rolf das Scheunentor öffnen will, bemerkt er ein Polizeiauto, was langsam an dem Gehöft vorbeifährt. Er versteckt sich hinter der Tür und wartet, bis er es nicht mehr sieht. Er muss heute einen anderen Weg nehmen, ansonsten würde er den Beamten direkt entgegenfahren und das alle nach seinem Auto Ausschau halten, ist ihm längst bekannt.

Er fährt den Pick-up raus und schließt wieder die Tür. Er muss vorsichtig sein, damit eines seiner Geheimnisse, das kleine Auto, nicht aufgedeckt wird. Nur so kann er sicher sein, dass es seiner zweiten Seite möglich ist, sich unbemerkt in der Gegend zu bewegen. Also fährt er heute in die andere Richtung und hofft, einen Weg zu finden, wo jemand joggen geht. Er kennt sich aus und es dauert nicht lange, bis er sein nächstes Opfer entdeckt hat. Eine Frau, abgelenkt von der Musik auf ihren Ohren, kommt auf ihn zu. Blond und blutjung, genau das was er sich fast täglich erträumt und ihn dazu zwingt, sie aus dem Sein verschwinden zu lassen.

Der Weg führt direkt am Wald entlang und er hat sich im Unterholz versteckt. Warum diese jungen Dinger nach all diesen Nachrichten und Aufforderungen, nicht mehr allein zu laufen es trotzdem tun, kann er nicht sagen. Aber das ist egal, denn es spielt ihm in die Hände.

Er hat längst gesehen, dass sie Kopfhörer trägt, und so muss er nicht einmal leise sein. Sie schaut nicht nach rechts oder links und so merkt sie nicht wie er, als sie an ihm vorbei ist, aus dem Wald springt. Ruckartig wird sie von den Beinen gerissen und das Tuch, was er ihr blitzschnell auf die Nase drückt, lässt sie binnen Sekunden einschlafen. Ein Paar Meter weiter in einem Waldweg steht sein Pick-up, wo er sie auf die Ladefläche legt und eine Plane über sie wirft, als hätte er gerade ein Wild erlegt. Und das hat er ja auch, es ist nur seine ganz spezielle Jagd.

Laura steht immer noch am Fenster und beobachtet wie Rolf langsam auf den Hof gefahren kommt. Er lässt den Wagen in der Dunkelheit vor der Scheune stehen und Laura zweifelt nicht daran, dass er heute Nacht noch einmal unterwegs sein wird. Es fragt sich nur warum und mit welcher Fracht.

„Er hat wieder eine junge Frau", flüstert sie, als würde er sie hören können.

„Komm da weg und leg dich ins Bett", fordert Jonas sie auf.

„Wir müssen ihn stoppen", entgegnet Laura ihm gekränkt und unverstanden.

„Was willst du gegen diese Furie machen?"

„Schließe den Keller ab, damit er nicht runter kann."

„Erstens hat nur er einen Schlüssel und die Tür ist abgeschlossen und zweitens würde er dann garantiert nach oben gehen", erklärt Jonas und hofft, Laura weicht von dem unsinnigen Plan ab.

„Unten ist noch eine, vielleicht schon tot und jetzt die Nächste. Irgendetwas müssen wir doch tun können", jammert

Laura und da fängt Lucie an zu bellen. Sie scheint ihr ebenfalls klar machen zu wollen, dass sie außer Stande sind, diesen Wahnsinn zu stoppen.

„Komm bitte vom Fenster weg", sagt Jonas nochmals und Laura tut es wirklich. Sie setzt sich an den Tisch und dann hören beide, wie er die Kellertür aufschließt und sie hinter sich zuknallt. Er hat keine Anstalten gemacht, Laura zu holen, es wird wohl daran liegen, was gestern Abend hier passiert ist. Sie macht den Fernseher an und stellt ihn lauter, sie will nichts hören, sie hat schon genug von den Todeskämpfen der Frauen mitbekommen. Jonas stimmt ihr still zu, denn auch er scheint wie sie zu denken.

„Schau dir das an", sagt Laura aufgeregt, die das Foto von Rolf gerade in den Nachrichten sieht.

„Wenn ihnen klar ist, was für ein Auto er fährt, wissen sie auch, wie er aussieht", antwortet Jonas gelangweilt.

„Er sieht aber jünger aus", betont Laura und hält den Kopf etwas schief.

„Das ist ja auch zehn Jahre oder länger her. Seitdem gibt es keine Fotos mehr von ihm."

„Damit können sie ihn bestimmt festnehmen", freut sich Laura und hofft darauf, hier bald herauszukommen.

„Laura, die wissen nicht, wo wir sind. Wir existieren nicht und sie werden uns auch mit dem Foto nicht finden", bremst er ihre Euphorie.

„Warum bist du so pessimistisch?", klingt Laura ärgerlich.

„Ich sehe nur die Wahrheit, aber vielleicht vergrößert sich die Chance und jemand erkennt ihn beim Einkaufen", entgegnet er und zuckt teilnahmslos mit den Schultern.

„Es muss doch klappen. Haben die denn nicht schon genug, um ihn zu kriegen?", fragt sie, aber Jonas reagiert nicht darauf. „Okay, keiner weiß, dass wir hier sind, da hast du gewiss recht und für die beiden da unten wäre es sowieso zu spät." Laura holt tief Luft, schaut sich den Rest der Nachrichten an und wünscht sich, dass das alles nur ein Traum ist.

Rolf ist indessen unten angekommen und macht den Kellerraum auf, in dem sonst Laura ausharren musste. Er zieht die Frau von seiner Schulter und wirft sie achtlos auf die alte Matratze, auf der noch letzte Nacht Laura vor Angst und Ekel gezittert hat.

Er schaut sich um und entdeckt diesen Haken an der Decke, dicht an der Wand. Dort hat er immer seine tierische Beute zum Ausbluten aufgehangen und jetzt blitzen Gedanken auf, die er in seinem Adrenalinschub umsetzen wird. Mit breitem Grinsen fesselt er die Hände der Frau. Er hebt sie hoch und rammt ihr das Knie in die Magengrube, womit er sie gegen die Wand drückt. Es kommt nur ein leises Stöhnen, da sie immer noch von der Betäubung benebelt ist. Er hakt den Strick oben ein und lässt sein Knie wieder locker. Genüsslich betrachtet er sein Opfer, wie sie da hängt, sacht hin und her schwingt und gerade mal die Zehenspitzen mit Anstrengung den Boden berühren würden.

Er packt sie an den langen blonden Haaren und hebt ihren Kopf an, aber es kommt kaum eine Reaktion. Das soll so nicht bleiben, denn er will, dass sie gefälligst mitbekommt, was er ihr antut.

Er schlägt ihr deshalb mehrmals ins Gesicht und jeder Schlag wird heftiger. Bis ihre Lippen aufspringen und das Blut beginnt zu rinnen. Durch die Schmerzen wird sie wach und sie starrt voller Angst in seine, vor Geilheit funkelnden, Augen. Sie will schreien, aber in dem Moment hält er ihr den Mund zu.

„Noch nicht. Du wirst die ganze Nacht dazu Zeit haben", gurrt er, als würde er es in Liebe sagen.

Ihr nimmt es vor Angst die Luft und sie merkt nicht einmal, dass sich ihre Blase unkontrolliert leert.

Rolf tritt einen Meter zurück und schaut sich genüsslich den zitternden Körper an, dem fast das Herz aus der Brust springt. Die Angst in ihren Augen bringt ihn erst recht in Wallungen.

Ein Schritt, ein Griff und das T-Shirt hängt in Fetzen an ihr herunter. Ein hübscher Körper, aber es scheint, dafür hat er momentan keinen Blick. Er ist von etwas ganz anderen getrieben, sie zu vernichten, jedoch nicht ohne seine Lust an ihr auszulassen, wenn auch auf eine Art, die man nicht beschreiben kann. Mit dem nächsten Ruck reißt er ihr die Hose und den Slip runter und jetzt packt er sie mit seinen großen Händen unsanft an die Hüfte.

„Mal sehen, ob du rundherum so aussiehst, wie ich es mag." Mit diesen Worten dreht er sie hin und her und knallt sie jedes Mal mit voller Wucht gegen die Wand. Es knackt überall, dass man denken könnte, ihre Wirbelsäule ist an mehreren Stellen gebrochen. Aber sie stampft mit den Beinen nach ihm. Sie schreit nicht einmal, denn sie vermutet, dass ihn das noch anspornen könnte. Ihr Körper bekommt immer mehr Schrammen von der rauen Ziegelwand, aber sie gibt trotzdem nicht auf, sich zu wehren.

Und das gefällt ihm! Je mehr sie sich aufbäumt, umso härter stößt und schlägt er zu. Bis sie nur noch dahängt. Ihre Kräfte haben sie verlassen und es entstehen viele blutunterlaufenen Stellen an verschiedenen Körperteilen. Das ist für ihn das Zeichen sich seinen Lohn für den Kampf, wie es in seinem Kopf formuliert ist, zu nehmen.

Er hebt ihre Beine an und stößt zu. Ein betäubender Schmerz durchfährt sie, aber schreien kann sie jetzt auch nicht mehr, denn er hat ihr inzwischen einen Knebel in den Mund gerammt, der ihr das Atmen noch schwerer macht. Auch ohne ihm wäre sie wahrscheinlich zu sehr geschockt, um einen Laut von sich zu geben.

Er dreht sie nach belieben und nimmt die zwei Eingänge, wie er will. Unendlich lange wirkende Minuten später, indem sie irgendwann in Ohnmacht gefallen ist, brüllt er seine Erleichterung heraus. Es ist ihm egal, ob die beiden da oben ihn hören, ganz im Gegenteil er verschwendet keinen Gedanken an sie.

Erst als er zurücktritt, bemerkt er, dass sein Opfer anscheinend nur die Hälfte mitbekommen hat, aber auch das ist ihm egal. Er hat sich genommen, was er wollte, und das nur vorerst. Beim nächsten Mal wird sie wach sein, dafür wird er sorgen.

Jetzt muss er noch den Wechsel der Frauen vollziehen und sich beeilen, denn die Polizeistreifen bringen nun zusätzlich seine Abläufe komplett durcheinander. Es ist erforderlich, sich zu konzentrieren, was ihn zunehmend schwerfällt, da ihm klar ist, dass er keine weiteren Fehler machen darf.

Er geht nach oben, berechnet die benötigte Zeitspanne, um im Morgengrauen wieder zu Hause zu sein, und kommt zu dem Schluss, dass die verbliebene Zeit länger ist, als er vermutet hat. Deshalb wird er sich erst einmal seelenruhig stärken und natürlich seine Botschaft schreiben.

Es sollte die Fünfte sein, aber solch einen Fehler wie bei Laura wird er nicht mehr machen. Gedanklich ändert er seinen Plan und lässt ab jetzt Jonas außen vor, denn durch ihn hat er eine weitere Frau ohne seinen Einsatz verloren. Zudem hat er sich längst mit Laura verbunden und das Lucie bei ihnen ist, hat er auch schon mitbekommen. Den Hund da wieder herausholen, wird er nicht, denn er hat sich geschworen, diese Schwelle niemals zu übertreten, genauso wie er auf keinem Fall in Michells Wohnbereich gehen würde. Zudem ist Lucie der Hund von seiner Frau und wird Laura bis aufs Letzte verteidigen. Er ist wütend auf seine andere Seite und seiner mitleidigen Art, aber bald ist es so weit und seine Zeit ist abgelaufen. Schon jetzt hat er die überwiegende Macht und weitet seine Stunden immer mehr aus.

Nachdem er seinen Kühlschrank geplündert hat und sich darüber gar keine Gedanken macht, denn wenn er der vollkommene Rolf ist, wird wohl niemand mehr einkaufen gehen. Wann immer es so weit ist, wird er merken, dass er seine Lebensumstände ändern muss. Aber ob er jemals dazu bereit ist, kann keiner sagen. Dann macht er sich daran den Zettel zu schreiben.

Nur er weiß warum, schreibt er und lächelt hämisch. Denn wirklich nur er weiß, warum er das alles den Frauen antut.

Er strebt an, für jeden Monat eine Frau büßen zu lassen, seitdem er seine geliebte Michell verloren hat. Dass er selbst daran schuld hat, will und kann er sich nicht eingestehen. Er hat seine Frau buchstäblich umgebracht und nicht die für ihn verwirrte Außenwelt. Aus dieser zu entkommen, dafür hat er alles getan, abzutauchen, sich zu verstecken und seine eigene Veränderung zu verdrängen. Dass er dabei im wahrsten Sinn über Leichen gegangen ist, stört ihn dabei nicht, im Gegenteil, es lässt ihn kalt. Er hat nur seinen Vorteil gesehen. Nicht einmal an seine Frau und seinen Sohn hat er gedacht. Zumal er meint, dass sie undankbar sind und er doch das Ganze nur für sie getan hat. Stattdessen wurden sie von ihm eingesperrt und jetzt gibt er auch noch allen anderen die Schuld. Seine Krankheit zu verstehen oder zu akzeptieren ist ihm fremd, wobei sie nicht einmal der wahre Grund für seine Taten ist. Es ist ein Resultat aus seiner Kindheit und es fällt ihm immer schwerer, sich an Details dazu zu erinnern, er hat sie tief vergraben. Sogar Michell wusste nichts davon und gerade bei Jonas wollte er alles richtig machen, bis seine Veränderungen ihm einen Strich durch die Rechnung fabrizierten.

Er will sich jedoch nicht aufhalten lassen und muss deshalb wachsamer sein. Seit zehn Monaten ist Michell tot und so werden es noch einige Frauen sein, die ihm zum Opfer fallen. Er schiebt die Gedanken, die ihn immer mehr verwirren und ihm am Ende unvorsichtig werden lassen, von sich weg.

Er steckt den Zettel in eine Tüte und geht zurück in den Keller. Der Weg bis zum Bach, wo er sie wieder ablegen will, wird länger sein, denn er muss den Polizisten ausweichen und eine andere Strecke direkt durch den Wald fahren. Aber auch das ist für ihn kein Problem, denn er kennt sich bestens aus.

Erneut im Keller angekommen, schaut er auf die Frau, die immer noch bewusstlos an dem Haken hängt und sein Blick gleitet an dem nackten Körper hoch und runter. Seine Gier wird nun doch wieder von der wunderschönen Figur erweckt, auch wenn schon mit Wunden bedeckt, aber er kann sich jetzt nicht mit ihr beschäftigen. Die daneben liegt, muss weg. Zwei Schritte und dann kniet er über der Frau. Sie röchelt nur noch, da durch die harten Schläge in ihrem Gesicht scheinbar alle Knochen gebrochen sind.

„Wasser", schluchzt sie kaum hörbar und ist nicht mehr fähig, die Augen aufzumachen. So bekommt sie auch nicht mit, wie Rolf schon seine Hose geöffnet hat und sich über sie beugt.

„Du bekommst jetzt noch mal was anderes, was ganz besonderes", haucht er ihr ins Ohr und sie scheint mit den letzten Kräften den Kopf zu schütteln.

Das interessiert ihn nicht und dreht sie so, wie er es gern möchte. Ihr nackter Hintern lacht ihn förmlich an und bevor er in sie eindringt, schlägt er wie ein Besessener auf sie ein. Die blauen Flecken auf dem Körper kann man nicht mehr zählen und ihm scheint es zu gefallen, es ins Unermessliche steigen zu lassen. Dann krallt er seine Nägel in das Fleisch und zieht sie so an sich heran. Die heftigen Stöße nimmt sie anscheinend nicht wahr, denn es kommt keine Reaktion geschweige irgendeine Gegenwehr. Zum Schluss dreht er sie wieder auf den Rücken und verteilt seine Befriedigung auf ihrem Oberkörper. Er denkt nicht im Geringsten daran, dass das Spuren sind, die zu ihm führen, die er da hinterlässt. Er ist sich sicher, dass sie ihn nicht finden, er existiert ja schließlich bereits seit zehn Jahre nicht mehr.

Zum Schluss legt er seine Hände um den Hals der Frau und drückt zu. Er braucht nur wenig Kraft, denn sie ist praktisch schon mehr tot als lebendig. Jetzt kann er nichts mehr mit ihr anfangen und schiebt ihr nur noch den Zettel in den Mund. Er zieht sich wieder an und hebt die leblose Frau auf. Auf dem Kellergang wickelt er sie in eine Plane, schwingt sie über seine Schulter und verlässt den Keller.

Die Tote landet auf der Ladefläche vom Pick-up und dann wartet er eine Weile an der Scheunentür, wobei er die Straße ganz genau beobachtet. Eine Polizeistreife nähert sich langsam, fährt aber, ohne zu halten, am Hof vorbei. Er weiß, dass in Kürze eine aus der anderen Richtung kommt. Er hat das schon mehrmals ausgespäht und der Überschneidungsbereich ist wahrscheinlich im Nachbarort. Zwei Streifen, die jeweils ihren Kreis abfahren. Clever, aber für ihn nicht clever genug.

Er nutzt die Zeit und geht zurück in den Keller, um wieder seine Ordnung herzustellen. Die junge Frau die da hängt, bringt er in den anderen Raum, dort mussten sie alle sterben und dabei wird es auch bleiben. Außerdem ist sie nicht gleich im Sichtfeld, wenn man die Treppe herunterkommt. Das er sich darüber Gedanken macht, klingt lächerlich, aber er darf jetzt nicht mehr von seinem Plan abweichen. Er kann sich nicht den kleinsten Fehler erlauben. Das jedoch sein größter Fehler sein Verderben sein könnte, daran denkt er nicht. Sie lebt zwar, ist in seinen Augen aber gut weggesperrt.

Er schließt die Kellertür ab und steckt den Schlüssel wie immer ein. Die Streifenwagen sind durch und es dauert mindestens eine halbe Stunde, bis wieder einer vorbeikommt. So fährt er mit seiner Fracht los, ohne Licht, nur eine kurze Strecke auf der Straße und dann verschwindet das Auto im Wald.

Kapitel 26

Anita steht mit einer Tasse Kaffee auf ihrem kleinen Balkon und beobachtet den unter ihr rauschenden Verkehr. Zufrieden nimmt sie aller paar Minuten eine Polizeistreife wahr. Sie haben die Suche intensiviert und gemeinsam ziehen sie dabei an einem Strang. So muss es bleiben, denn es wird Zeit, dieser Bestie das Handwerk zu legen.

Sie konnte die letzte Nacht wieder nicht gut schlafen. Zu viele Gedanken hinderten sie daran. Um weitere Antworten zu bekommen und endlich einen Erfolg zu haben, macht sie sich auf den Weg in das Revier. Unterwegs holt sie Kerstin ab, der ins Gesicht geschrieben steht, dass sie ebenfalls kaum geschlafen hat.

Sie sind nicht die Ersten, sondern sie werden mit dem wütenden Gesichtsausdruck von Stefan begrüßt. Er scheint kurz davor zu sein zu explodieren und Anita ahnt nichts Gutes.

„Bist du schon lange hier?", begegnet ihn Anita mit einer Frage, worauf er nur mit einem Fingerzeig antwortet. Sie soll zu ihm kommen, wobei er sich mit verschränkten Armen wie ein bockiges Kind zurücklehnt. Anita tritt hinter ihm und schaut auf seinen Monitor. Was sie da erblickt, lässt auch in ihr die Wut hochsteigen.

„Es ist wieder eine junge blonde Frau. Allerdings kommt diese Vermisstenanzeige nicht von unseren bekannten Stellen", erklärt Stefan und sie liest die Anzeige aufmerksam durch.

„Er erweitert seinen Kreis. Das ist wahrscheinlich die Auswirkung der Polizeipräsenz auf den Straßen", sagt Anita und geht zu ihrem Arbeitsplatz. Sie hat die Meldung nun auch auf ihrem Computer und da klingelt ihr Telefon. Ein Kollege genau von diesem Revier ruft an und lässt sich die Einzelheiten über unsere Ermittlungen erläutern. Ihm war sofort klar, dass sein Fall mit ihren zu tun haben muss. Anita spricht fast eine halbe Stunde mit ihm und ihr wurde versprochen, die intensive Suche nach dem Täter gemeinsam nochmals zu verstärken.

Auch Kerstin ist genauso entsetzt wie der Rest des Reviers.

„Er muss sich richtig gut in unserer Gegend auskennen", stellt Anita fest, die den Radius auf einer Karte, die an der Wand hängt, mit einem roten Stift einkreist.

„Wenn er sich die nächste geholt hat, dann wird er wahrscheinlich wieder eine Tote irgendwo abgelegt haben. Es ist nicht mehr sicher, dass er sich da nicht auch einen anderen Ort aussucht", überlegt Stefan laut.

„Du hast recht", kommt von Anita, die nicht noch eine Leiche im Keller bei Andrea haben will. „Würdest du ...", strebt sie an zu fragen, aber Stefan ist schon aufgesprungen.

„Ich nehme Lutz mit", erwidert er und ist im nächsten Moment zur Tür hinaus.

„Hoffentlich nicht", fleht Kerstin, die sich ungern an die Tote vom Vortag erinnert.

„Vielleicht finden wir auch gar keine mehr", sagt Anita, denn sie könnte sich vorstellen, dass er jetzt mit allem versucht, der Polizei aus dem Weg zu gehen.

„Nein, das würde sein Ego nicht zulassen. Er will, dass wir sie finden, er will uns mit jeder eine Botschaft hinterlassen. Und er wird sie kaum zu Hause stapeln", widerspricht Kerstin energisch und verdreht dabei angewidert die Augen.

„Das stimmt, aber der Ablageort kann sich genauso ändern, wie sein Jagdgebiet."

„Wir werden sehen, wenn sich die Männer melden", nickt Kerstin und greift nach einigen Minuten, in der sie einfach nur still dasaßen, nach dem Telefonhörer, denn es klingelt. „Oh nein, okay ich sage es ihr", stottert sie und legt wieder auf. „Das war Andrea, sie muss dann mal ...", fährt sie fort und Anita, die aufgesprungen ist, lässt sich zurück auf ihren Stuhl fallen.

Das Stefan Andrea gerufen hat, kann nur eines bedeuten. Wieder eine Leiche.

„Sollen wir auch?", hakt Kerstin vorsichtig nach, die auf eine Ablehnung hofft.

„Nein, die Jungs machen das schon", sagt Anita und die Erleichterung sieht man Kerstin an. Hier im Haus ist es ihr möglich, der direkten Begegnung mit der Toten aus dem Weg zu gehen, aber am Fundort ist das kaum machbar. „Es gibt jetzt nur eine Frage, wer ist sie. Blond oder brünett?", murmelt Anita vor sich hin. Wenn es wieder nicht diese Laura ist, ist sie sicher noch am Leben. Dann spielt sie eine total andere Rolle für den Täter. Ob zu seinem Vorteil oder ganz im Gegenteil, können sie nicht mal erahnen, dass werden sie erst erfahren, wenn dieser Fall endlich abgeschlossen ist.

Die Zeit schleicht für die zwei Frauen unerbittlich langsam voran. Sie warten darauf, dass die Männer wiederkommen, oder zumindest mal das Telefon klingelt. Sie könnten auch anrufen, aber keiner will die Arbeiten vor Ort stören. Dann kommen die ersten Bilder auf das Handy von Anita. Stefan hat sie geschickt mit der Nachricht, dass sie schon auf dem Weg zurück sind und leider keine weiteren brauchbaren Spuren gefunden haben, nur das Übliche.

Die junge Frau ist genauso drapiert wie die anderen vor ihr. Und in dem Moment weiß sie auch, das Laura lebt und hofft, dass diese nicht in das passende Bild des Täters entführte Frau, ihnen in die Hände spielt.

Anita will jedoch noch etwas wissen. War der Förster vor Ort?

Daraufhin ruft sie ihn an und erfährt, dass er zwar da war, aber keinen Pick-up gesehen hat. Zudem hat er auch nicht mitbekommen, wie er die Leiche abgelegt hat. Der Täter muss somit einen anderen Weg genommen haben. Wie Kerstin schon vermutet hat, lässt es sein Ego wirklich nicht zu und er stellt sich unseren Polizeistreifen und dabei ist er ziemlich gewieft. Er trickst die Polizei aus und das ärgert Anita um so mehr. Er kennt deren Abläufe und der Wald ist sein Jagdgebiet, was er in jeder Weise zu kennen scheint.

Im nächsten Augenblick steht sie vor der Wand mit allen gesammelten Fakten und erweitert sie mit der sechsten entführten Frau. Sie heißt Anna Zerbst und ist 23 Jahre alt. Auf der Karte markiert sie ihren Entführungsort und dieser liegt mehrere Kilometer von den anderen Tatorten entfernt. Es ist ein weitläufiges Gebiet mit vielen Wäldern und Unmengen von Wegen, wo man joggen gehen kann. Warum das die Frauen immer noch tun, ist schleierhaft.

„Andrea ist wieder da", sagt Kerstin, die eben von ihr benachrichtigt wurde.

„Ich gehe zu ihr runter. Kommst du mit?", fragt Anita und sieht schon an dem Gesichtsausdruck, dass sie allein das Untergeschoss aufsuchen sollte. Kerstin schüttelt schnell den Kopf und widmet sich den Unterlagen, die vor ihr liegen. Anita weiß, dass sie im Moment nicht viel Neues notieren kann, aber sie wird sie auch nicht zwingen.

Anita nimmt ihr Handy, um ständig erreichbar zu sein, und macht sich auf den Weg zu Andrea.

Unten angekommen hält sie die Tür auf, denn die Leiche wird gerade gebracht. Die Männer öffnen den Leichensack und legen die junge Frau auf den Tisch. Andrea bedankt sich wortlos und dann sind sie mit dem toten Mädchen allein.

Andrea streicht ihr die nassen Haare aus dem Gesicht und es kommen die Grausamkeiten zum Vorschein.

„Es wird immer schlimmer", flüstert Anita und Andrea stimmt ihr still zu.

Sie hat ebenfalls Fotos von den entführten Frauen und gleicht sie ab. Es ist Denise Wander, die vierte Verschleppte.

„Die Arme musste länger kämpfen. Er hatte sie zwei Tage, weil die Sophie versucht hat zu fliehen", kombiniert Andrea sofort.

„In zwei Tagen so auszusehen", murmelt Anita betroffen. „Warum tut er das nur?", legt sie noch nach.

Andrea macht Fotos von den vielen Hämatomen, die größtenteils mit Blut bedeckt sind, denn durch die Wucht der Schläge ist die Haut stellenweise aufgesprungen. Dann beginnt sie das Gesicht abzuwaschen und sie macht es so vorsichtig, dass man denken könnte, sie will ihr nicht noch mehr

Schmerzen zufügen. Sie öffnet den Mund und findet wieder die an sie gerichtete Botschaft. Nur er weiß warum.

„Es wird Zeit, dass wir ihn kriegen und er sagen kann, warum er das macht. Ich möchte es wissen", knurrt Anita und nimmt den Zettel an sich.

Nach dem Entfernen der Kleidung was nur einzelne zerrissene Reste sind, aber jedes Teil in Plastiktüten verschwindet, offenbart sich die ganze Brutalität des Täters. Die Jogginghose ist voller Blut und anderen Flüssigkeiten. Er hat sie ihr verkehrt herum wieder übergestreift, um sie nicht vollkommen nackt in den Bach zu legen. Einen Slip hat sie nicht mehr an und sie wollen sich auch nicht vorstellen, wo er ist und wie er aussieht. Nachdem Andrea alles fotografiert hat, beginnt sie den Körper vollends zu waschen und genauer zu untersuchen. Am Kopf beginnend arbeitet sie sich den Partien entlang bis zu den Füßen.

„Was kannst du sagen?", fragt Anita, die die ganze Zeit daneben steht und jeden Handgriff genauestens beobachtet.

„An den Augen und den Striemen hier am Hals erkennst du, dass es dieselbe Todesursache ist wie bei den anderen. Er hat sie erdrosselt. Aber die unzähligen Schläge und die vielen schweren und abscheulichen Vergewaltigungen, was ich schon ohne genaue Untersuchung sehen kann, hätten sie offensichtlich in Kürze ebenso umgebracht", erläutert Andrea und fährt mit einem Wattestäbchen über den Oberkörper. Sie hat etwas gesehen, was Anita gar nicht wahrgenommen hat.

„Was hast du da?", will sie staunend wissen.

„Wahrscheinlich Sperma. Er hat sie erniedrigt und das auf die übelste Weise", sagt Andrea zornig und legt das, in einem Röhrchen verwahrtes Stäbchen, zu der Kleidung. „Das schaffe ich dann gleich zu Lutz, da kann er alles abgleichen, denn auch auf den Sachen wird das Zeug sein", fährt sie fort und ist schon wieder auf der Suche nach weiteren Beweisen.

Sie dreht den Körper hin und her und untersucht die Leichenflecken. Eine Messung der Lebertemperatur soll den Todeszeitpunkt festlegen.

„Das kalte Wasser muss ich mit einberechnen", sagt Andrea, ohne eine Frage gestellt bekommen zu haben. „Todeszeitpunkt war zwischen zwei und drei Uhr heute Nacht", redet sie nach ihren Berechnungen weiter und notiert jede Einzelheit sorgfältig.

„Okay, damit können wir vielleicht sein Jagdrevier und den Wohnort enger einkreisen", mutmaßt Anita und hat sich ebenfalls alles aufgeschrieben.

„Da ist noch was", beginnt Andrea und ihre Finger tasten nochmals den gesamten Körper ab. „Sie hat neben den sichtlichen Knochenbrüchen im Gesicht einen gebrochenen Arm und mindestens drei Rippen sind ebenfalls durch", redet sie weiter.

„Sie muss sich unheimlich gewehrt haben, zumindest am Anfang", kämpft Anita um jedes Wort, denn langsam werden diese Fälle auch für sie zu viel.

„Ja, nur am Anfang. Ich denke, zum Schluss hat sie keine Kraft mehr gehabt, ansonsten hätte er sie nicht dermaßen demütigen können", entgegnet Anita und spielt auf das Sperma an, was über dem ganzen Körper verteilt ist.

„Ich gehe dann mal", sagt Anita und ist bemüht die Ruhe zu bewahren, denn alle müssen sich zusammenreißen, um ihn endlich zur Strecke bringen zu können.

„Würdest du die Sachen mitnehmen und bei Lutz abgeben? Den Bericht bekommst du in ein paar Stunden. Diesmal versuche ich, schneller zu sein", hält Andrea sie auf, denn Anita scheint es vergessen zu haben.

„Okay, ich weiß ja bereits das Wichtigste", nickt Anita ihr zu, greift nach der Tüte und ist auch schon draußen auf dem Gang. Sie steht einfach da und atmet mehrmals tief durch. Es sind nicht nur die Bilder, die die Tote in ihrem Kopf manifestiert hat, auch die Gerüche in diesem Raum. Es hat regelrecht gestunken. Die Frauen haben keine Möglichkeit, auf Toilette zu gehen geschweige sich zu waschen. Es sind zwar nur zwei Tage, aber der Körper hatte fast alles Erdenkliche und

Abscheuliche an sich, was man sich am liebsten nie vorstellen mag.

Sie schüttelt sich, um wieder zu sich zu kommen und die Gedanken zu verscheuchen. Es gelingt ihr jedoch nur bedingt und das ist nicht mal schlecht, denn das schärft ihre Sinne, um den Fall endlich den Garaus zu machen.

Auf den Weg in ihr Büro reicht sie die Plastiktüten mit den Sachen und mit hoffentlich viel benetzten Beweisen bei Lutz rein, der sie nur mit einem Nicken entgegennimmt. Auch ihm sieht man an, wie sehr ihn die Fälle zu schaffen machen.

Nur kurze Zeit später steht Anita vor der Wand, wo alles Relevante angeheftet ist, und hat ihre Notizen in der Hand.

„Hat Andrea etwas gefunden?", fragt Kerstin, wobei Anita weiterhin konzentriert auf die Landkarte schaut.

„Dieselbe Todesursache, aber sie ist noch schlimmer zugerichtet", antwortet sie knapp und ohne den Blick abzuwenden.

„Was überlegst du so?", steht Stefan plötzlich neben ihr.

„Er hat die Frau da entführt, weiter entfernt als sonst", sagt Anita und zeigt auf den markierten Punkt.

„Aber abgelegt hat er diese wieder am Bach", erwidert Stefan und hat ebenfalls einen Finger auf der entsprechenden Stelle.

„Wann wurde sie entführt?", wendet sich Anita an Kerstin.

„Zwischen zwanzig und einundzwanzig Uhr. Ihr Freund ist kurz nach einundzwanzig Uhr losgefahren, weil sie da längst wieder zu Hause sein wollte. Er hat sie nicht gefunden und ist auch niemanden begegnet", erläutert Kerstin, die die Anzeige, die sie von den Kollegen bekommen haben, vor sich liegen hat.

„Von da an ist er nach Hause gefahren, wo auch immer das ist, und später wieder los, um die Tote zu entsorgen", denkt Anita laut.

„Wann ist sie gestorben?", fragt Stefan, der sich wie in einen Tunnel befindet.

„Zwischen zwei und drei Uhr", bekommt er als Antwort.

„Also ist er gegen drei Uhr losgefahren, eher ist ja nicht möglich gewesen", sagt Stefan und sieht Anita an, um ihre Gedanken nachzuvollziehen.

„Er hatte etwa zwei Stunden Zeit, um bis zum Bach zu kommen und zurück", überlegt Anita.

„Warum nur zwei Stunden?", geht Kerstin dazwischen.

„Weil er vor dem Sonnenaufgang wieder weg sein will, damit ihn keiner sieht", antwortet Anita ruhig.

„Dazu hat der Förster auch nichts bemerkt", fügt Kerstin hinzu.

„Er hat also einen anderen Weg genommen. Einen längeren und hat wahrscheinlich oberhalb des Waldes geparkt", kombiniert Stefan und zeigt auf die entsprechende Stelle auf der Karte.

„Er musste sie viel weiter tragen und praktisch durch den Wald hindurch. Dazu brauchte er mindestens hin und zurück eine Stunde", sagt Anita und deutet auf das Waldstück.

„Da bleibt noch zirka eine Stunde für die Fahrt übrig. Die durch zwei genommen, kommen wir auf eine halbe Stunde. Und das wären 20 bis 30 Kilometer", berechnet Stefan und zieht einen Kreis um das Waldgebiet. „Das ist immer noch ein ganz schön großer Umkreis, in dem er wohnen könnte", fügt er hinzu.

„Ja, aber trotzdem haben wir es eingeengt", nickt Anita zufrieden den beiden zu.

„Willst du jetzt in den betroffenen Dörfern alle Bauernhöfe durchsuchen?", geht Kerstin dazwischen.

„So viele werden es nicht sein. Sie müssen abseits liegen, schon allein wegen der Hunde, die großen Lärm machen können", hält Anita dagegen.

„Ich denke, da bist du trotzdem ein paar Tage unterwegs", zuckt Stefan mit den Schultern und ist davon nicht überzeugt.

„Was schlagt ihr denn sonst vor", fragt Anita und runzelt verzweifelt die Stirn.

„Wir haben so eine intensive Fahndung nach dem Pick-up und zusätzlich mit seinem Bild, da muss doch mal was reinkommen. Ich kann es nicht fassen, dass ihn niemand gesehen hat. Es ist meiner Ansicht nach erforderlich, dass er auch mal tagsüber unterwegs ist", zweifelt Stefan langsam an den Ermittlungen.

„Das macht vielleicht alles die Frau", kommt prompt von Kerstin.

„Das glaube ich nicht. Sie wird das Haus nicht verlassen können genauso wie der Sohn, ansonsten wäre das Untertauchen garantiert schon in die Hose gegangen. Er macht am Ende viel weiter weg seine Besorgungen und auch immer wo anders. Es kann sich leider nicht jede Kassiererin an seine Kunden erinnern", widerlegt Anita die Gedanken von Kerstin.

„Dann müssen wir in den paar Dörfern noch präsenter sein", schnauft Stefan und gleichzeitig zucken alle erschrocken zusammen, denn es klopft an der Tür.

„Ja bitte", sagt Anita und ist über die Störung nicht gerade erfreut. Das ändert sich jedoch schnell, als die Psychiaterin Frau Boll das Büro betritt.

„Guten Tag. Entschuldigen Sie, aber ich habe gehört, im Park wäre wieder die Polizei gewesen", sagt sie und holt tief Luft. „Ich wollte nur wissen, ob es Laura ist. Sie haben doch abermals eine Frau gefunden?", fragt sie und erwartet auch keine andere Antwort.

„Kommen Sie herein und nein, Laura ist es nicht. Aber der Täter hat wirklich wieder eine tote Frau am Bach abgelegt", antwortet Anita und bittet sie mit einer Geste, sich zu setzen.

„Die armen Dinger. Kann ich Ihnen vielleicht noch mit irgendetwas helfen?", fragt sie und lässt sich geschafft auf den Stuhl nieder.

„Sie sehen ziemlich gestresst aus", bemerkt Kerstin und Frau Boll winkt ab.

„Ich habe das heute früh erfahren, hatte aber noch einige Sitzungen. Ich konnte mich gar nicht konzentrieren, weil ich so eine Angst um Laura habe", erklärt sie und holt dann erst einmal tief Luft.

„Vielleicht gibt es doch etwas", sagt Anita und steht auf. Sie geht zur Wand und macht die ebenfalls angehefteten Nachrichten des Täters ab.

„Was würden sie dazu sagen", legt sie nach und zeigt der Psychiaterin die Zettel.

„Nur er weiß warum", nuschelt sie und fragt nicht danach, wo die Zettel gefunden wurden. „Ein Grund zu verschwinden, ein Auslöser für diese Taten und unter Leuten leben, ohne bemerkt zu werden", zählt sie auf und schaut nach einer Weile, wo alle still auf ihre Antwort gewartet haben, in die Runde.

„Können Sie daraus irgendwelche Schlüsse ziehen?", will Anita wissen.

„Wo er geboren wurde, haben Sie herausgefunden?", hakt sie nach.

„Ja, das wissen wir. Auch was er gelernt und gearbeitet hat. Genauso wie zu seiner Familie. Eigentlich alles bis zum Verschwinden vor zehn Jahren", erklärt Anita und hofft auf etwas anderes, was sie noch nicht in Betracht gezogen haben.

„Das, was er da tut, macht man nur, wenn ein Auslöser dagewesen ist", beginnt die Ärztin langsam und überlegt sich anscheinend jedes Wort. „Wir müssen uns die Frage stellen, warum nur blonde Frauen. Zudem weil seine Frau brünett war oder ist", legt sie nach.

„Na ja, da ist aber auch Laura? Und was meinen Sie mit war?", stottert Anita und versteht nicht recht, was sie meint.

„Laura passt da nicht rein. Und dass sie genauso aussieht, wie die Ehefrau hat auch etwas zu sagen. Entweder hat er sie aus Versehen entführt und sie ist jetzt zusammen mit dieser Michell gefangen. Dann ist seine Frau sicher seine Gefangene. Oder, hat er sie absichtlich mitgenommen, weil sie tot ist und er in Laura einen Ersatz sieht", erklärt die Ärztin und alle versuchen, ihr zu folgen.

„Welche Variante wäre die Beste für Laura?", fragt Stefan, der die Zusammenhänge zu sortieren versucht.

„Ich denke, sie kann mit beiden Situationen umgehen und vor allem ihren Vorteil herausziehen", antwortet sie und redet gleich weiter. „Was ist aber passiert, dass er so ist und samt Familie verschwinden musste? Haben sie etwas aus der Kindheit? Die meisten Trauma kommen von da. Man muss bei den Wurzeln anfangen."

„Nach was soll ich suchen?", fragt Stefan und die Finger liegen schon auf der Tastatur.

„Versuchen sie etwas über die Eltern zu finden. Ich vermute, dass die Mutter wichtig ist", meint die Ärztin und man sieht ihr an den Gesichtszügen an, wie es in ihrem Kopf arbeitet.

Stefan legt sofort los und sucht zuerst in allen Sozialmedia Kanälen nach Bildern und anderen Einträgen. Denn bei den Behörden könnten einige Hindernisse auf ihn warten. Es wird eine Weile dauern, in der Ruhe einzieht und Kerstin für jeden einen Kaffee holt. Frau Boll schaut sich derweilen interessiert die Wand an und schüttelt zwischendurch immer wieder den Kopf. Anita lässt sie, denn es könnten neue Erkenntnisse von dieser Frau kommen und sie müssen jede Hilfe annehmen. Normalerweise haben außenstehende Personen keinen Einblick in die Ermittlungen, aber diese Ärztin ist eine Ausnahme, da sie eines der Opfer gut kennt und ihre Einschätzungen sehr hilfreich sein können.

„Er scheint sich hier gut auszukennen", meint sie plötzlich und Anita stellt sich neben sie.

„Ja, er hat seinen Kreis durchaus erweitert", zeigt sie auf die Karte.

„Er muss irgendwo hier wohnen", murmelt die Ärztin und ihr Finger zeichnet eine Region um die entsprechenden Dörfer.

„Wir wissen, dass er auf einen Bauernhof lebt, haben aber keine Hinweise auf welchem", erklärt Anita bedrückt.

„Sie sind nicht angemeldet. Mit nichts", denkt Frau Boll laut nach.

„So ist es. Und zur Miete?", fragt Anita mehr sich selbst.

„Wer lässt denn jemanden bei sich wohnen und schaut bei den Grausamkeiten zu. Aber lassen sie uns mal den Gedanken weiterführen", lächelt die Ärztin und setzt sich wieder hin.

Anita folgt ihr sofort und hofft darauf, es richtig gemacht zu haben, diese Frau mit einzubeziehen.

„An was denken Sie?", schaut sie die Ärztin interessiert an.

„Sie mussten einen Ort finden, um abzutauchen", beginnt sie und lässt ihre Gedanken freien Lauf. „Aus der Stadt auf irgendein Dorf. Etwas abgelegen, wo nicht aller Stunden jemand vorbei kommt. Also am Rand von einem der Dörfer. Ein Besitzer der Hilfe benötigt weil er vielleicht Alterswegen seine Arbeiten auf dem Hof nicht mehr allein schafft. Hilfe gegen kostenloses wohnen. Aber da ist natürlich das mit den Taten. Am Anfang noch nicht bestimmend und als die Zeit kam, war der alte Mann oder auch Frau, im Wege. Keiner weiß, dass derjenige tot ist, keiner fragt nach, wohin die Rente geht und alles, was das Haus oder Gehöft betrifft, wird weiterhin über ihn oder ihr bezahlt und geregelt."

Die Ärztin lehnt sich zurück und bemerkt nicht, wie sie von jeden Einzelnen sich im Raum Befindenden angestarrt wird. „Ich hoffe, ich liege mit dem alten Mann oder vielleicht auch Frau falsch, aber so könnte ich mir das, nicht Auffinden des Täters, erklären", fügt sie hinzu und schaut mit einem Lächeln in die Runde.

„Eine gute These, aber auch ziemlich weit her ...", stottert Stefan, der seine Suche unterbrochen hatte.

„Schon, aber wie kann man sich das sonst alles erklären? Der Eigentümer muss auch nicht tot sein, aber ich würde doch nicht mit so einen zusammenleben wollen", grinst die Ärztin und ist sich sicher, nicht ganz falschzuliegen.

Was natürlich alle nicht wissen, dass sie in den letzten Minuten den Nagel auf den Kopf getroffen hat.

„Und wenn er ins Heim gekommen ist?", wirft Kerstin dazwischen.

„Eher nicht. Ich denke, dass die Angelegenheiten des Hauses weiter über denjenigen laufen, und das würde wegfallen, sollte er oder sie weiß auch immer wohin gezogen sein. Damit müsste alles umgemeldet werden und das ist wohl nicht der Fall. Außerdem wären sie dann wieder sichtbar", entgegnet die Ärztin ernst.

„Nein, das haben wir alles schon überprüft", kommt von Anita und wendet sich wieder zu Stefan. „Hast du inzwischen etwas gefunden?", fragt sie ihn, um zurück auf das Grundthema zu kommen.

„Ja, ich habe einiges", fängt er an und hat auch schon angefangen, seine Funde auszudrucken. „Das ist die Mutter", sagt er und legt Anita ein Foto auf den Tisch.

Gemeinsam mit der Ärztin staunt sie nicht schlecht. Sie sehen eine sehr hübsche blonde Frau. Aber was Stefan dann noch herausgefunden hat, traut man dieser angeblichen Mutter nicht zu.

„Sie heißt Claudia Kadner, war nie verheiratet, immer alleinerziehend und der Flasche näher als ihrem Kind. Rolf war nie richtig gut in der Schule, wurde anscheinend von ihr geschlagen und wer weiß was noch und galt als schwererziehbarer Jugendlicher. Mit vierzehn musste er kurzzeitig in ein Heim, während die Mutter eine Entziehungskur versuchte. Bei dem Versuch scheint es geblieben zu sein, denn Rolf sollte dann zusätzlich zu einen Psychologen, angeblich wegen einer gestörten Persönlichkeit. Ich habe diese Psychologin ebenfalls gefunden und die war ebenso blond und hat ihm mehr die Schuld gegeben als seiner Mutter. Mit sechzehn ist er freiwillig in eine Wohngruppe vom Jugendamt gezogen, von dem auch all diese Informationen kommen. War schwierig, aber sie haben jetzt kooperiert. Mit achtzehn hatte er eine kleine Wohnung, das wurde über seine Lehrstelle organisiert und mit zwanzig hat er seine Michell geheiratet. Von da an haben sie zusammen gewohnt. Was dann bis zum Verschwinden passiert ist, kann wohl keiner sagen. Michell war Lehrerin an einer Grundschule und dann bekam sie den gemeinsamen Sohn", erklärt er den Werdegang von Rolf.

„Okay, das ist ein Überblick", sagt Frau Boll und überfliegt noch einmal das Geschriebene. „Das ist über das Jugendamt gegangen. Die fordern meistens selbst ein Gutachten ein und die haben ihre eigenen Psychiater. Könnten Sie da direkt danach fragen?", wendet sie sich an Stefan.

„Das habe ich und die Dame vom Jugendamt, mit der ich eben geredet habe, wollte mir schnellstens alles per Mail zusenden", antwortet er und sitzt schon wieder an seinen Computer.

„Dürfen die das eigentlich einfach so herausgeben?", fragt Kerstin skeptisch dazwischen.

„Bei Minderjährigen muss man normalerweise die Erziehungsberechtigten fragen, aber bei der Lage, dass die Mutter der Auslöser zu sein scheint und wir so einen Fall zu lösen haben, werden die nicht lange zögern. Zudem ist es einige Jahre her und bei Rolf kann auch kein Einverständnis eingeholt werden, da er ja nicht auffindbar ist oder eben nicht gefunden werden will", erklärt die Ärztin und dreht sich zu Stefan um und schaut gespannt auf den Drucker, der seine Arbeit aufgenommen hat.

„Leider haben sie nur das angeforderte Gutachten von der Psychologin, bei der er als Kind war. Er wurde keinen weiteren Psychiater vorgestellt", beginnt Stefan und redet sofort weiter. „In dem Gutachten heißt es, er war ein ruhiger Teenager, aber wenn die Sprache auf seine Mutter kam, gab es regelrechte Aussetzer. Manchmal musste sie auch deswegen die Sitzung abbrechen. Sie hat ihm dafür die Schuld gegeben, dass seine Mutter zur Flasche gegriffen hat. Da sind noch ein paar Begriffe, die ich nicht genau deuten kann", erklärt Stefan mit den Augen auf den Desktop, aber dann nimmt er das Blatt aus dem Drucker und reicht es Frau Boll.

„So ein Blödsinn", kommt entsetzt von der Ärztin. „Ein Kind kann nichts dafür, wenn die Eltern saufen. Im Gegenteil, dass beeinflusst die Entwicklung des Kindes grundlegend", wird sie direkt.

„Dann muss er regelrecht Wut auf seine Mutter und auf diese Psychologin haben", pflichtet Anita bei, während Frau Boll das ziemlich kurze Gutachten liest. Auch das ist schon außergewöhnlich und sie scheint sich längst ihre eigene Meinung von der Psychologin gebildet zu haben.

„So einfach ist das nicht", beginnt sie und wirft das Blatt Papier abwertend auf den Tisch, was den anderen schon ihre Einstellung zeigt. „Er hat von Kindheit an keine Liebe, Zuneigung oder gar Schutz erfahren. Immer nur Gegenwind. Als Teenager hat er höchstwahrscheinlich eine Multiple Persönlichkeitsstörung entwickelt. Was heißt, dass sich seine Persönlichkeit aufgespalten hat. Wahrscheinlich in eine ruhige und zurückgezogene, die sich auf die Angst vor der Mutter beziehen lässt und eine wütende und ausbrechende, die von der Wut geleitet wird. Wenn man ihm begegnet ist stets nur eine Persönlichkeit nachweisbar. Dazu zeigt jede dieser Persönlichkeit eigene Verhaltensweisen und kennt die jeweiligen Fakten und Erinnerungen der anderen Seite kaum bis gar nicht. Das muss sich bei der Psychologin offensichtlich gezeigt haben. Es war für ihn wohl das Beste sich von der Mutter zu distanzieren und das hat er viele Jahre durchgehalten. In dem Zeitraum konnte er die Störung anscheinend gut unterdrücken. Seine Frau hat da ebenfalls einiges damit zu tun, das er jahrelang glücklich gelebt hat. Doch irgendwann ist es wohl wieder durchgekommen und bei ihm ist eine Schutzreaktion ausgelöst worden. Das Umfeld darf nichts davon mitbekommen! So ist er zu dem Schluss gekommen, nicht mehr existierend zu sein", hält sie kurz inne und holt sichtlich tief Luft. „Meine Vermutung ist, dass seine Frau gestorben ist und somit er seinen Halt verloren hat und ob er schuld daran hat, kann ich nicht sagen. Dieser Verlust könnte die unsagbare Wut auf sich selbst, der Mutter und vor allem der Psychologin wieder ausgelöst haben. Doch irgendwann übernimmt eine der Persönlichkeiten die volle Steuerung."

„Kann man so etwas heilen?", unterbricht sie Anita.

„Heilen nicht, aber mit Medikamenten und Therapien eindämmen. Bei ihm wird es jedoch zu spät sein. Das muss möglichst schon bei den ersten Symptomen behandelt werden", antwortet die Ärztin überzeugt.

„Und Laura?", fragt Anita weiter.

„Sie ist höchstwahrscheinlich jetzt seine Michell und ich hoffe, sie nimmt die Rolle an, denn so ist es möglich, dass sie überlebt", kommt stockend von Frau Boll.

„Fassen wir mal zusammen", beginnt Anita. „Wir haben vier tote Frauen und womöglich noch zwei, die in seiner Gewalt sind. Einen Bauernhof, etwas abgelegen und in unserem vermuteten Umkreis. Stefan du überprüfst die Eigentümer der Höfe in den entsprechenden Dörfern. Sollte einer zutreffen, werde ich einen Durchsuchungsbefehl beantragen", schlägt Anita die weiteren Schritte vor.

„Wir können die Auffälligen dann erst einmal observieren. Vielleicht sehen wir dabei schon was", entgegnet Stefan.

„Das können wir so machen. Und Ihnen Frau Boll, danke ich für die Einschätzung", wendet sie sich an die Ärztin.

„Würden Sie mir bitte Bescheid geben, wenn der Täter gefasst wurde oder sie Laura gefunden haben, ich möchte für sie da sein", bittet die Ärztin inständig.

„Sehr gerne. Wir haben ja Ihre Kontaktdaten", sagt Anita und reicht ihr dankbar die Hand.

„Glaubst du, dass wir ihn kriegen?", fragt Kerstin immer noch skeptisch, als sich die Tür hinter der Frau geschlossen hat.

„Wir müssen", erwidert Anita ernst. „Ich werde mir jetzt alles über diese Krankheit ansehen, damit ich sie einschätzen und mich darauf vorbereiten kann, was mich erwartet, sollte ich die Möglichkeit erhalten, mit ihm zu reden", spricht Anita weiter und kann nicht ahnen, wie nahe sie dem ist.

Kapitel 27

*L*aura steht am Fenster und beobachtet die Hunde, die auf dem Hof spielen. Sie sehen so friedlich aus, aber sie weiß, dass sie ganz anders sein können.

Sie ist noch müde, denn sie hat seit dem Morgengrauen nicht mehr geschlafen. Rolf ist von seinen grauenhaften Erledigungen zurückgekommen und ist wie ein tollpatschiger Bär durch das Haus gepoltert. Laura saß im Bett und horchte. Sie konnte fast jeden Schritt verfolgen und ahnte Böses. Rolf hat die Kellertür aufgeschlossen und ist hinunter ohne sie wieder zu schließen. Sie war schon dabei ihre Ohren zuzuhalten, aber dann versuchte sie doch, die Worte, die er unten brüllte, zu erhaschen.

„Warum? Ihr seid selbst schuld, ihr seid blond. Ich werde dir zeigen, was man mit euch macht, zu was ihr zu gebrauchen seid. Zu nichts! Ihr könnt nur das Leben anderer versauen", fluchte Rolf so laut, dass wirklich oben alles zu hören war. Dann Stille und Laura zog sich nun doch die Decke über den Kopf. Ihr ist es nicht schwergefallen, sich auszumalen, was er mit der Frau macht. Sie wurde von den schrecklichen Gedanken geschüttelt und kroch immer weiter in das Bett hinein. Ein fast markerschütternder Schrei, den sie trotzdem hörte und zum Zittern brachte, beendete den kurzen, aber grausamen Besuch zum Abreagieren. Sie vermochte sich nicht vorstellen, wie es der armen Frau ging oder ob sie überhaupt noch lebte.

Laura lag minutenlang ganz still unter der Decke und war froh, bei Jonas und Lucie zu sein. Dabei merkte sie nicht, wie Rolf irgendwann nach oben ging und sich ebenfalls schlafen legte.

Nun lenkt sie sich ab und steht schon eine für sie gefühlte Ewigkeit am Fenster und versucht, die immer wieder hoch kriechenden Gedanken wegzuwischen. Doch plötzlich zuckt sie zusammen, weil nebenan lautes Gepolter zu hören ist.

„So ein Mistkerl", zischt Rolf, als wäre seine andere Seite ein eigenständiger Mensch, der mit ihm hier im Haus lebt. „Immer muss ich die Schweinerei wegmachen", redet er zornig weiter. Laura huscht durch den Raum und lauscht aufmerksam mit dem Ohr an der Tür.

Sie haben schon längst gefrühstückt und jetzt kommt Rolf erst von oben herunter. Er hat geschlafen und ist als Guter wieder aufgewacht.

Rolf brummt etwas wütend vor sich hin, was Laura leider nicht versteht.

„Was machst du da?", fragt Jonas, der gerade aus dem Bad kommt.

„Psst", macht Laura nur, denn sie will nichts, von dem, was auf der anderen Seite passiert, verpassen.

„Er räumt wie immer auf und wird die dreckigen Sachen waschen, wo er nur ahnt, wie sie so versaut worden sind", sagt Jonas teilnahmslos.

„Er weiß mehr, als er zugeben würde", hält Laura dagegen und überhört die Worte, die sie aus dem Mund von Jonas nicht vermutet hat.

„Aber ändern tut er nichts. Er kann ihn nicht aufhalten."

„Diese Nacht war grauenhaft, ich konnte kaum schlafen, jedoch nicht die Schlimmste. Die war, als ich im Keller alles miterleben musste", flüstert Laura nach einer Weile und ein kalter Schauer erfasst sie, wenn sie nur daran denkt.

„Das wirst du nicht mehr erleben. Er holt dich keinesfalls hier raus, schon wegen Lucie nicht. Ich glaube, sie würde ihn sogar angreifen."

„Sie hätte aber keine Chance", erwidert Laura, die den Hund zwischen den Ohren krault. Lucie schaut sie mit großen Augen an und die wollen ihr vielleicht etwas Hoffnung geben.

Aber wie soll das alles enden? Auch wenn Rolf weg wäre, sind da immer noch die anderen Hunde.

Während sie grübelt, schlägt die Haustür zu. Sie läuft zurück zum Fenster und sieht, wie Rolf mit einem kleinen roten Auto das Gehöft verlässt. Die Polizei weiß anscheinend von diesem Wagen nichts, denn sie hat es in keiner der Nachrichten gesehen.

„Er bleibt bestimmt eine Weile weg", sagt Laura und schielt zu Jonas, der schon wieder den Fernseher angemacht hat und durch die Programme schaltet.

„Und was hast du jetzt vor?", dreht er sich zu ihr um und schaut sie mürrisch an.

„Wir könnten zum Beispiel nach einem Handy suchen", schlägt sie vor und hofft auf seine Unterstützung.

„So etwas hat er nicht", schüttelt er mit dem Kopf.

„Aber die Frauen hatten garantiert welche bei sich."

„Du auch?"

„Ich habe meins leider verloren", zuckt sie mit den Schultern.

„Die anderen vielleicht ebenso. Und außerdem würde er sie nicht so rumliegen lassen. Er ist nicht dumm und weiß, dass man sie orten kann. Vielleicht hat er sie auch zerlegt", meint Jonas und will es ihr damit ausreden.

„Schon klar, aber ich könnte sie wieder zusammenbauen", erwidert Laura und ist sich nicht sicher, ob sie das wirklich kann.

„Du willst nur da raus, stimmt´s?", sagt er und kneift die Augenbrauen zusammen.

„Ich will etwas finden, mit dem ich auf mich aufmerksam machen könnte. Ich kann doch nicht einfach gehen, auch wenn er nicht da ist, weil da die verdammten Köter sind", wird Laura laut.

„Aber sollten wir ihn hören, müssen wir sofort wieder hier rein", gibt Jonas nach und Laura freut sich innerlich, weil sie viel mehr vorhat, als ein kaputtes Handy zu suchen, das lässt sie sich jedoch nicht anmerken.

Beide betreten die Küche und sind überrascht, denn sie ist aufgeräumt. Langsam und die Augen überall macht Laura einen Schritt vor den anderen. Jonas schaut inzwischen in jede Schublade, findet aber wie vermutet nichts.

Laura entdeckt indes einen Notizblock auf dem Tisch und ihr fällt auf, dass sich da Wörter durchgedrückt haben. Er muss mit so einer Kraft den Stift geführt haben, dass sie das Geschriebene lesen kann.

Nur er weiß warum.

Laura erschaudert, denn sie hört seine Worte in ihrem Kopf, die er zu der Frau gesagt hat, nachdem er sie umgebracht hat. Sie klangen etwas anders, aber sie sagen das Gleiche aus. Nur du weißt, wer dich getötet hat.

Wie versteinert steht sie da und starrt auf den Notizblock. Erst als Lucie sie anstupst, kommt sie wieder zu sich und will jetzt erst recht ihren Plan durchziehen.

Jonas ist immer noch auf der Suche und so kann sich Laura Schritt für Schritt der Treppe nähern, die nach oben führt. Nur Sekunden später huscht sie hinauf und Jonas schaut ihr nur entsetzt hinterher.

„Bitte komm wieder runter", fleht er und blickt hektisch zum Fenster hinaus, denn Rolf kann jeden Moment zurückkommen. Auch wenn momentan der Angenehmere unterwegs ist, ist nicht abschätzbar, wie er darauf reagiert, sollte er mitbekommen, dass sie da oben ist.

„Ich schau mich nur mal um", antwortet Laura und schließt schnell wieder die erste Tür, die sie geöffnet hat. Es war das Schlafzimmer von Rolf und so unordentlich, wie es da drinnen aussah, ließ ihr die Nackenhaare aufstellen. Auch wenn da vielleicht Handys zu finden wären, würde sie diese Schwelle niemals übertreten. Schon der Geruch veranlasste sie zurückzuweichen, denn er weckte in ihr ebenfalls unangenehme Erinnerungen aus dem Keller.

Sie wendet sich nach rechts und da ist nur noch eine Tür. Mehr gibt es nicht, obwohl das Haus groß ist. Hatte Michell so viel Platz für sich allein? Jonas hatte erwähnt, dass Rolf diese Zimmer für Michell ausgebaut hat. Langsam öffnet sie die Tür, die zu ihrem Erstaunen nicht abgeschlossen ist und wagt sich vorsichtig in das Innere. Ihr offenbart sich viel mehr, als sie vermutet hat.

Schritt für Schritt und ihre Blicke versuchen, alles zu erfassen, taucht sie in das Leben von Michell ein.

Laura schreitet durch das Zimmer mit Anbauwand, einer bequem aussehenden Couch, einem Bücherregal und allem, was man eben in einem Wohnzimmer braucht. Es ist gemütlich und sie geht zum Giebelfenster, wo sie stumm stehen bleibt. Ihr offenbart sich ein wunderschöner Ausblick auf das unterhalb liegende Dorf, was mit Wäldern und Feldern eingerahmt ist. Sie saugt die Atmosphäre von Ruhe und Frieden in sich auf und wünscht sich nichts weiter, als inmitten dieser Landschaft spazieren zu gehen. Aber dann sieht sie ein Auto und schätzt ab, dass die Straße zu entfernt ist, um sich von hier oben aus auf sich aufmerksam machen zu können.

Wehmütig wendet sie den Blick ab und öffnet die nächste Tür. Ein kleines Bad, mit sämtlichen Utensilien, die eine Frau so braucht und es liegt auch alles noch da. Niemand hat hier etwas aufgeräumt geschweige in den Schränken verstaut. Die benutzten Handtücher hängen da, ebenso die Haare vom letzten Kämmen sind noch in der Bürste. Man könnte wirklich denken, hier würde jemand leben. Hat er schon geahnt, dass ich mal hier sein werde? Soll sie ihren Platz einnehmen? Aber dann würde er doch anders auf sie reagieren. Obwohl, es wäre auch für sie ausreichend, jedoch nicht an seiner Seite. Nein, sie denkt da mal nur an sich. Außerdem weiß sie, dass er diese Räume niemals betreten würde.

Ein Gedanke will sich festsetzen. Einfach hierbleiben und abwarten. Keiner der beiden Männer würde sie hier herausholen. Zudem könnte das ebenso nach hinten losgehen, wenn auch niemand ihr etwas zu essen und trinken bringt,

Neben ihr schnaubt Lucie, die wahrscheinlich mit diesen Gedanken nicht einverstanden ist und Laura schiebt sie dann doch wieder bei Seite.

Sie verlässt das Bad und drückt die Klinke der nächsten Tür runter. Das Schlafzimmer. Nett eingerichtet und sie spürt, dass

Michell wohl hier die meiste Zeit verbracht hat. An beiden Seiten des Bettes sind Bücher und Zeitschriften gestapelt. Die Ruhe zum Lesen hat sie anscheinend nicht einmal auf ihrer Couch gefunden. Oder hat sie sich vor Angst in die hinterste Ecke verkrochen.

Laura setzt sich auf das Bett und ihre Hände, die auf der Decke, liegen spüren den Schmerz, den sie erlebt haben muss. Wie viele Tränen hat sie hier geweint? Um sich selbst, um ihren Mann, ihr Dasein, dass sich weiß Gott anders gestalten sollte und ihren Sohn. Laura kann es sich nicht vorstellen, denn sie hatte bis jetzt ein friedliches Leben und das, was sie bis heute hier erlebt hat, ist nichts gegen die anderen Frauen oder Michell.

Ihr Blick fällt auf ein Kleid, was am Schrank hängt. Sofort flattert ein Bild vor ihren Augen auf. Das was Jonas heruntergeworfen hat und auch in der Schrankwand nebenan steht. Michell in diesem Kleid, eine wunderschöne Frau und sie strahlt über das ganze Gesicht. Das waren glückliche Zeiten, in denen das Foto auf einer Wiese, übersät mit bunt blühenden Blumen, gemacht wurde. Sie versucht, sich in sie hineinzuversetzen, aber sie wird dabei gestört.

„Was machst du hier?", hört sie Rolf sagen und seine Stimme versetzt Laura erst einmal nicht in Aufregung.

„Ich suche bloß was", antwortet Jonas gelassen.

„Wo ist Laura? Deine Tür steht offen", will Rolf wissen und wird nun doch lauter.

„Sie wird im Bad sein", spricht Jonas unüberhörbar, damit Laura es oben mitbekommt und notfalls in Deckung gehen kann, aber durch ein Missgeschick fällt ihr doch nicht etwa das Foto von Michell aus der Hand, was sie sich gerade noch einmal angeschaut hat.

„Wo ist sie?", brüllt er jetzt und in Sekundenschnelle hat sich seine Persönlichkeit geändert.

„Ich wollte sie ...", stottert Jonas mit einer ängstlichen Stimme, die Laura bei ihm noch nie so gehört hat.

„Hab ich nicht gesagt, da oben hat niemand etwas zu suchen", schreit er und sie nimmt seine Schritte auf der Treppe wahr.

Sie läuft zurück in das Schlafzimmer und kann nur hoffen, dass Jonas recht hatte und er nicht zu ihr hereinkommt.

„Komm da raus", knurrt Rolf, der nun vor der Tür steht, und tatsächlich nicht über die Schwelle tritt.

„Nein", antwortet sie trotzig und versucht, gleichzeitig die Ruhe zu bewahren. Sie sieht das Kleid und hält dazu das Foto in den Händen, was sie hektisch wieder aufgehoben hatte. Sie hört die Worte von Rolf, als er sagte, sie solle sich die Ähnlichkeit zu Michell zu eigen machen und so zieht sie sich rasch das Kleid über. Kurz steht sie vor dem Spiegel und glaubt selbst nicht, was sie da sieht. Michell.

„Komm her verdammt nochmal", flucht Rolf und rüttelt Laura wieder wach.

Langsam und sehr bedacht darauf, jeden Moment zurückzulaufen, um sich im Schlafzimmer einzuschließen, schreitet sie durch das Wohnzimmer auf Rolf zu. Einen Meter vor ihm, was sie noch als einen sicheren Abstand hält, bleibt sie stehen. Sie nimmt nur ein Glucksen wahr und dann schaut sie ihn an.

Es ist Entsetzten, Grauen, Unverständnis oder Angst, was sie in seinen Augen aufflammen sieht. Sie kann es nicht deuten und vermag nicht einzuschätzen, wie er gleich reagiert. In seinem Innersten lodert ein Kampf, für Michell gegen Laura oder anders herum. Langsam verliert er die Gesichtsfarbe und seine Unterlippe beginnt zu zittern, wie der ganze Körper anfängt zu beben.

Dann macht er einen Satz zurück und sucht krampfhaft nach Halt, den er jedoch nicht findet. Es scheint fast, er würde gleich zusammenbrechen, denn seine Knie knicken ein. „Michell", krächzt er und von der wuterfüllten Stimme ist nichts mehr da.

„Nein, du hast mich vor einem Jahr umgebracht", springt Laura auf seine Verwirrtheit an und schlüpft nun tatsächlich in ihre Rolle.

„Das warst du schon selbst", schluchzt er.

„Aber du bist der Grund gewesen", sagt Laura leise und sicher, obwohl es in ihr ganz anders aussieht.

Rolf schlägt die Hände vor das Gesicht, nachdem er an der Wand nach unten gerutscht ist.

Laura wartet still ab und beobachtet jede Regung von ihm. Sie bemerkt, wie das Beben nachlässt und er tief und langsam durchatmet. Sie weiß, dass sein Zustand sich in diesem Moment ändert und sie stellt sich auf einen Kampf ein.

Er schüttelt den Kopf und sieht Laura von unten heraus an. Seine Augen zeigen diese Veränderung, denn sie sprühen wieder vor Wut.

Nun weicht sie einen Schritt zurück und ist sich nicht mehr sicher, dass er das Zimmer nicht doch betritt.

Ist sie zu weit gegangen? Wird er sie jetzt umbringen, weil sie sich für Michell ausgegeben hat? Und Lucie hat sich hinter der Couch versteckt, somit muss sie auf ihre Hilfe momentan verzichten.

Er springt auf die Beine, bleibt aber vor der Tür zu ihr abrupt stehen, als wäre da eine unsichtbare Wand. Für ihn ist sie wohl da, zu ihrem Glück.

Er fletscht wie seine Hunde die Zähne und seine Hände zucken, als wollten sie zuschlagen.

Laura versucht ihre Angst, die sie längst erfasst hat, nicht zu zeigen.

„Willst du mich mit deinen Psychospielchen in den Wahnsinn treiben?" Seine Stimme klingt hysterisch und Laura hat den Eindruck, dass er selbst schon seine Lage gut eingeschätzt hat.

„Auf den Weg bist du längst und das hat nichts mit mir zu tun", antwortet Laura und schaut ihn finster an. Sie weiß, dass man solchen Menschen eher mit Ruhe begegnen muss, aber das hier ist die Realität und keine Therapiesitzung und sie ist mitten drin. Das, was sie bis zu diesem Tag gelernt hat, kann ihr natürlich helfen, trotzdem saß sie stets daneben und hat die Sitzungen nur beobachtet. Hier und jetzt muss sie sich jedes einzelne Wort überlegen und jeden Schritt mit Bedacht machen, denn alles kann über ihr Leben entscheiden.

„Zieh das Kleid aus, du bist nicht Michell", zischt er und sie überlegt kurz es wirklich zu tun. Sie entscheidet sich jedoch dagegen, auch auf Grund ihrer Gedanken, die sie eben hatte. Das Kleid ist für sie ein Trumpf und damit kann sie ihn auf Abstand halten. Sie hofft es zumindest.

„Im Moment wohl doch und ich will dich daran erinnern, was du getan hast", sagt Laura und Rolf starrt sie nur an. „Hast du mich überhaupt geliebt?", fragt Laura und sie sieht auf einmal Tränen in seinen Augen.

„Ich habe dich über alles geliebt und das weißt du", entgegnet er mit zitternder Stimme. Sie ist sich sicher, dass er mit seinen Gefühlen kämpft und sich gegen die Schwankungen nicht wehren kann. Er weiß im Moment nicht, mit wem er redet, und anscheinend übermannen ihn zusätzlich seine Gefühle und die damit verbundenen Erinnerungen.

„Warum hast du uns dann hier eingesperrt?", macht Laura weiter und will ihn in dieser Verwirrtheit festhalten.

„Ich musste euch doch schützen", schluchzt er und tut ihr schon fast leid.

„Du hättest dir helfen lassen sollen", spricht sie seine Krankheit an.

„Sie hätten mich weggesperrt und euch dadurch verloren."

„Du hast uns schon lange verloren."

„Was soll ich tun?", wimmert er und hält sich am Türrahmen fest.

„Es ist zu spät", sagt Laura, geht ein paar Schritte zurück und verschwindet so aus seinem Blickfeld, genauso wie er sie vor einem Jahr aus seinen Augen verloren hat. Lucie, die sich nun doch neben Laura gestellt hatte, bleibt jedoch stehen und signalisiert ihm, dass es mit Michell endgültig vorbei ist und er auch jetzt und nie wieder das Zimmer betreten sollte.

Es dauert eine Weile, bis er sich abermals gefangen hat und das leise Knurren von Lucie endlich wahrnimmt. Wie ein Betrunkener torkelt er letztendlich die Treppe hinunter und bleibt vor Jonas stehen.

„Was hast du nur getan?", fragt Rolf verdächtig ruhig und Jonas weicht ihm mit einem Schritt aus. Er kennt ihn und weiß, wie schnell sich die Situation ändern kann. Gerade jetzt wo Laura ihn auf das Äußerste gereizt hat. Sie hat einen Nerv getroffen und irgendwie erkennt er tiefe Trauer in den Augen seines Vaters. Aber auch für ihn kommt seine Erkenntnis zu spät.

„Du bist selbst schuld", erwidert Jonas leise und schüchtern.

„Sie sieht aus wie Michell", schreit er und die Lage kippt tatsächlich. „Denkt sie, sie kann mich zum Narren halten? Und du lässt sie auch noch nach oben", brüllt er ohrenbetäubend und Jonas weicht noch weiter zurück.

„Du hast sie hierher gebracht", sagt Jonas zögerlich, aber ist insgeheim froh, dass sich durch sie endlich etwas ändert.

„Das habe ich bis heute jeden einzelnen Tag bereut", knurrt er.

„Vielleicht solltest du das als den Zeitpunkt nehmen, um mit dem Wahnsinn aufzuhören", traut sich Jonas laut und sicher zu sagen. Was hat er zu verlieren? Laura hat sich getraut, sich ihm gegenüberzustellen, also kann er das auch. Beide hat er bis jetzt nicht angegriffen oder gar verletzt und warum sollte sich das plötzlich ändern. Er hat sich ja ebenso daran gehalten und ist nicht zu Laura in Michells Räume gegangen und er ist schließlich sein Sohn.

„Du weißt gar nichts", beginnt Rolf wieder zu brüllen und Jonas ist schon fast in seinem Zimmer. „Ich kann nicht aufhören, erst wenn ich das getan habe, was ich mir selbst geschworen habe." Mit diesen Worten fliegt ein Stuhl durch die Küche und sämtliche Töpfe vom Herd. Er lässt an allem, was er zu fassen bekommt seine Wut aus, aber wie erwartet nicht an seinem Sohn. Völlig außer sich rennt er aus dem Haus und schreit sogar noch auf dem Hof herum.

211

Jonas braucht ein paar Sekunden, um zu reagieren, dass die Haustür nicht zugeknallt wurde. Die Hunde! Das wäre wohl Lauras und sein Ende. Er rennt, so schnell er kann durch die Küche und schmeißt sich gegen die Tür. Er sieht noch die Bestien, aber die sitzen mitten auf dem Hof und schauen in die Richtung des wütenden Rolfs. Auch sie verstehen ihr Herrchen nicht mehr und rühren sich wohl deshalb nicht von der Stelle.

Die Tür fällt krachend ins Schloss und Jonas rutscht erleichtert rücklings an ihr herunter.

„Jonas alles in Ordnung?", ruft Laura von oben. Sie hat jedes einzelne Wort mit angehört, sich jedoch nicht getraut, den Raum zu verlassen. Er gibt ihr Sicherheit und dazu hat sie Lucie bei sich, die sie angebellt hat mit der Forderung, nicht einzugreifen.

„Bitte komm runter", fleht Jonas, der sich nicht ein Stück bewegt.

„Gleich ich muss noch was suchen", bekommt er zu hören und traut seinen Ohren nicht.

„Lass bitte die Sachen meiner Mutter in Ruhe", schluchzt er und geht nun doch die Treppe nach oben und bleibt wie von einem Blitz getroffen vor Michells Tür stehen. Ihm steht Laura gegenüber und auch er sieht in diesem Moment seine Mutter.

„Wieso?", beginnt er zu stottern und seine Augen füllen sich ebenfalls mit Tränen.

„Es tut mir leid", will sie ihn beruhigen, denn sie erkennt, was für eine Trauer sie in ihm ausgelöst hat. „Ich habe das Foto gesehen und das Kleid hing am Schrank. Das war die einzige Möglichkeit, Rolf von mir fernzuhalten", sagt sie fast entschuldigend.

„Er wäre doch nie in das Zimmer gekommen. Und das habe ich dir vorher gesagt", schluckt Jonas tapfer die Tränen wieder weg.

„Du darfst bei ihm und seiner Krankheit nie sicher sein. So konnte ich ihn erst richtig durcheinanderbringen", sagt sie stolz auf sich.

„Du kannst es wieder ausziehen, er ist weg. Bitte", fordert er leise aber bestimmend, während er mit zögernden Schritten ebenfalls den Raum betritt.

„Das habe ich gehört, so wie die Tür zugeknallt wurde", entgegnet sie und geht ins Schlafzimmer. Sie streift das Kleid ab, zieht es auf den Bügel und hängt es wieder an den Schrank.

„Die Tür habe ich zugeschmissen. Und das glücklicherweise noch rechtzeitig, sonst wären wir schon längst Hundefutter. Du hast ihn so gereizt, dass er alles um sich herum zerschlagen hat und dann einfach raus gerannt ist. Ich glaube, er ist auch mit dem Pick-up weggefahren, was er sonst nie am Tage macht", erklärt er und schaut sich selbst interessiert um. Er war nur sehr selten hier und die letzten Jahre gar nicht mehr.

„Am Tag ist er ja sonst immer der Gute und ist mit dem kleinen Auto unterwegs", überlegt Laura und wendet sich Jonas direkt zu. „Vielleicht habe ich ihn dazu gebracht, den nächsten Fehler zu machen. Draußen fährt ständig die Polizei vorbei und sie suchen ja mit Hochdruck nach dem Pick-up."

„Meinst du sie könnten ihn fassen?"

„Möglich ist das."

„Und was machen wir dann?", fragt Jonas entsetzt.

„Wir müssen erst mal warten. Er könnte sich auch verstecken. Er kennt sich bestimmt in den Wäldern aus. Am Ende ist er schneller wieder da, als wir gucken können", mutmaßt Laura.

„Dann sollten wir schleunigst runtergehen. In dem Zustand will ich ihn nicht noch einmal begegnen", sagt Jonas und steht schon an der Tür.

„Okay, in deinem Zimmer sind wir bestimmt sicherer als hier", erwidert Laura und folgt ihm zusammen mit Lucie.

Mitten in dem Chaos was Rolf aus der Küche gemacht hat, bleibt sie stehen.

„Sag mal, hat dein Vater vielleicht eine Waffe?", fragt sie und schiebt mit dem Fuß einen Stuhl beiseite.

„Er hat eine, aber die wirst du nicht finden. Wozu brauchst du denn eine?", entgegnet Jonas ihr und schaut sie entsetzt an.

„Ich würde die Köter da draußen erschießen, damit wir fliehen können."

„Er hat sie garantiert in seinem Auto. Er braucht sie nur, um mal Wild zu schießen."

„Okay war ja nur so ein Gedanke", sagt Laura, schaut sich trotzdem noch einmal um und dann folgt sie Jonas enttäuscht in sein Zimmer.

Kapitel 28

Anita schreckt durch das Klingeln des Weckers auf und dabei rutscht ihr Laptop vom Bett. In diesem hat sie bis tief in die Nacht nach der Krankheit gesucht. Multiple Persönlichkeitsstörung und deren Symptome und Auswirkungen, Heilungschancen und Therapien. Sie hat viel gefunden, aber das Medizinische zu verstehen fällt ihr schwer. Deshalb wird es nicht leicht werden, mit so einem Menschen ein normales Gespräch zu führen, zudem es immer darauf ankommt, in welchem Zustand er gerade ist. Das hat sie schon geahnt und weiß, dass sie dabei professionelle Hilfe braucht.

Sie ist über diese Recherche eingeschlafen und jetzt nach nicht einmal drei Stunden Schlaf fühlt sie sich erschlagen. Sie liegt einfach da und starrt an die Decke. Erst durch ein erneutes Klingeln des Weckers müht sie sich hoch. Ihr Laptop befindet sich auf dem Boden, halb unter das Bett gerutscht und zeigt immer noch eine dementsprechende Seite. Sie hebt ihn auf und schleicht in die Küche. Ein starker Kaffee und eine kalte Dusche sollen sie wieder fit machen.

Nur kurze Zeit später sitzt sie am Tisch, den Kaffee in der Hand und überfliegt die letzte Seite, die sie in der Nacht aufgerufen hat. Vieles ist so geschrieben und erklärt, dass man wirklich Arzt sein muss, um es zu verstehen. Sie schaltet den Laptop aus, denn sie will sich nicht verrückt machen. Sie kann nichts weiter als abwarten, und nur hoffen, wenn es darauf ankommt richtig zu handeln.

Sie fährt in das Büro und ist wieder nicht die Letzte. Stefan sitzt an dem Computer und sucht nach den Eigentümern der Bauernhöfe. Er hat schon einige in den engeren Kreis gezogen und fragt diese im Grundbuchamt ab.

Anita schaut ihm über die Schulter und ist zufrieden mit seiner Arbeit.

Kerstin die kurz darauf eintrifft, bringt den Abschlussbericht der Obduktion von Denise Wander mit. Andrea hat ihn ihr auf den Weg nach oben in die Hand gedrückt.

„Warum kommt Andrea nicht selbst vorbei?", nimmt Anita ihn entgegen.

„Sie sah nicht gut aus und war froh, dass sie mich getroffen hat. Ich glaube, sie will zum Arzt gehen", sagt Kerstin und begibt sich an ihren Arbeitsplatz.

„Es war für uns alle in den letzten Tagen sehr heftig. Sie wird schon wieder", unterbricht Stefan kurz seine Arbeit. „Steht noch etwas Besonderes in dem Bericht?", will er zudem wissen.

Anita liest ihn durch und muss abermals ihre aufkommende Wut unterdrücken.

„Sie hat nichts im Magen gehabt, zu wenig Wasser im Körper und innere Blutungen von Milz und Leber", erklärt sie den beiden und schiebt den Bericht zur Seite.

„Er hatte sie ja länger und dann nichts zu essen und trinken", nuschelt Stefan vor sich hin.

„Es war nur ein Tag länger und die Erste war dagegen einige Tage bei ihm. Aber er hat diesmal auch stärker zugeschlagen. Die Blutungen hätten sie wahrscheinlich genauso umgebracht", schüttelt Anita angewidert den Kopf.

„Der hatte bestimmt noch mehr Wut, weil ihn die andere ausgerissen ist", schlussfolgert Kerstin und liegt ungeahnt damit richtig.

„Hast du was herausbekommen?", wendet sich Anita zu Stefan und spricht somit ein anderes Thema an.

„Nein, aber das Grundbuchamt will sich wegen der Grundstücke so schnell wie möglich zurückmelden", antwortet er und ist selbst damit nicht zufrieden.

Während sie überlegen, ob sie zu den Bauernhöfen fahren sollten und bei welchen sie anfangen könnten, bekommt Anita einen Anruf.

„Kommissarin Keller", meldet sie sich und stellt augenblicklich auf Lautsprecher.

„Polizeimeister Scheffel von der Stadtstreife", meldet sich der Mann an der anderen Seite. „Sie bearbeiten doch den Fall mit den toten Frauen?", fragt er zusätzlich.

„Ja, da sind sie richtig", antwortet Anita schnell und hofft, dass nicht die nächste Tote gefunden wurde.

„Wir stehen hier auf dem Parkplatz von einem Baumarkt und haben den gesuchten Pick-up in Sicht. Der Fahrer scheint im Markt zu sein und wir würden warten, bis er wieder herauskommt", erklärt er sicher, aber Anita hört die Aufregung in seiner Stimme. Also keine Tote, sondern der Pick-up. Endlich mal eine positive Nachricht.

„Sollen wir mit zu diesem Ort kommen?", will Anita wissen und ist schon fast auf dem Sprung.

„Ich denke nicht. Wir haben Kollegen, die eine andere Runde fahren angefordert, die sollten in wenigen Minuten ebenfalls hier eintreffen. Wir postieren uns unauffällig an Ein- und Ausgang des Parkplatzes. Ein Zivilwagen hat sich schon neben dem Pick-up gestellt und so dürfte er uns nicht mehr entkommen", erläutert er sein Vorhaben.

„In Ordnung, das sollte passen. Aber wenn er gerade in so einen Markt geht und zudem das erste Mal mit diesem Auto anzutreffen ist, dann sind Sie bitte vorsichtig, denn er wird sicher etwas kaufen, was er als Waffe benutzen kann", meint Anita mit der Krankheit im Hinterkopf.

„Wir sind auf alles vorbereitet. Ich melde mich, wenn sich irgendetwas ereignet hat. Ich muss erst mal schnell die Kollegen einweisen", erwidert er und legt auch schon auf.

Anita kann nicht mehr antworten und die Hoffnung wächst in ihr, endlich den Täter zu fassen. Aber trotzdem wundert sie sich, wieso er dort ist. In welchem Zustand ist er? Warum gerade ein Baumarkt? Und weshalb ist er mit dem Auto unterwegs? Ist er wirklich plötzlich so unvorsichtig? Will er etwas kaufen, was mit den Frauen zu tun hat? Kann er ihnen damit noch mehr schaden? Warum ändert er aus heiterem Himmel sein Vorgehen?

„Alles klar Anita?", steht Stefan neben ihr.

„Ich habe gerade so viele Fragen", sagt sie und schaut ihn etwas verwirrt an. Erst hofft sie, den Kerl bald zu kriegen, und jetzt fragt sie sich, wieso er überhaupt dort ist. Sie kann doch darüber froh sein, aber da kommen schon die weiteren Fragen.

Was wenn es sein Sohn ist? Kann er überhaupt Auto fahren, weil er nicht einmal zur Schule gehen durfte? Würde er das nach so vielen Jahren zulassen? Und zudem noch mit diesem Pick-up?

„Hör auf, dir Gedanken zu machen. Die schnappen ihn und bringen ihn her. Dann kannst du ihn alles fragen", will Stefan sie beruhigen.

„Wenn er die Fragen beantwortet", geht Kerstin dazwischen.

„Wir werden sehen", sagt Anita und holt sich einen Kaffee. Mit dem in der Hand läuft sie nervös hin und her, denn jede Sekunde wird zur Minute.

Das Telefon klingelt und Anita ist mit einem Satz dran. „Es geht los. Er ist es, drücken sie uns die Daumen", sagt der Polizeimeister und wartet wieder die Antwort nicht ab.

Anita flucht innerlich, aber sie selbst würde es vielleicht nicht anders machen, denn sie werden alle bis aufs Äußerste angespannt sein.

Rolf kommt mit dem Einkaufswagen aus dem Markt, nimmt das Eingekaufte aus dem Wagen und marschiert, ohne nach rechts oder links zu schauen, zu seinem Auto. Vor dem bleibt er entsetzt stehen, öffnet ihn und schmeißt die Sachen auf den Beifahrersitz. Kopfschüttelnd schaut er sich an, was er gekauft hat. Einen Hammer, Nägel, mehrere Latten und einen Akkuschrauber.

Aus sicherer Entfernung beobachtet der Polizeimeister den Mann, den sie schon tagelang suchen. Er steht in Funkkontakt mit dem Zivilpolizisten, die neben ihm stehen und ihn aus nächster Nähe inspizieren können. Beide fragen sich, warum er minutenlang an dem Auto steht und keine Anstalten macht auf die Fahrerseite zu gehen und einzusteigen. Er wirkt vollkommen durcheinander und versteht wahrscheinlich selbst nicht, warum er hier ist und was er da tut.

Unbemerkt von Rolf fährt das Auto von Polizeimeister Scheffel direkt vor den Pick-up und der dritte parkt hinter ihm. So kann Rolf nicht mehr weg. Sie warten ab, steigen erst aus, als Rolf die Tür geschlossen hat, damit er nicht sofort nach dem Hammer greifen kann, den sie von weitem gesehen haben. Nur Sekunden später kommen von allen Seiten jetzt die Polizisten auf ihn zu.

„Herr Kadner", steht der Polizeimeister mit der Hand an der Waffe neben ihn, er weiß, dass es ein Serienmörder ist, und wartet auf eine Reaktion. Es dauert eine Minute, bis sich Rolf zu ihm wendet und ihn teilnahmslos sowie verwirrt ansieht.

„Sie sind festgenommen, Sie wissen warum. Die Hände auf den Rücken", spricht ein anderer Polizist und Rolf tut, was ihm gesagt wird, ohne ein Wort zu sagen oder sich gar zu wehren, nur einem kaum wahrnehmbaren Kopfschütteln. Bevor er in einem Streifenfahrzeug einsteigt, muss er noch seinen Autoschlüssel abgeben und dann wird er umgehend zu Anita auf die Wache gebracht. Sie hat den Fall in der Hand und somit ist es keine Frage für den Polizeimeister, ihn an sie zu übergeben.

Anita und ihr Team stehen geschlossen hinter der Scheibe zum Verhörraum und beobachten Rolf, der eben hereingebracht wurde und sich ohne jegliche Gegenwehr hingesetzt hat. Sehen kann er sie nicht, er wartet einfach darauf, was jetzt auf ihn zukommt.

„Das ist er also", bemerkt Lutz fast beiläufig.

„Der sieht ja wie ein Häufchen Elend aus", sagt Stefan und hat garantiert etwas anderes erwartet.

„Ja, er ist es und wurde direkt an seinem Pick-up gestellt", meint Anita vorerst zufrieden.

„Wo ist das Auto?", will Lutz sofort wissen.

„Unten in unserer Garage", antwortet Anita.

„Dann bin ich mal weg. Ich schaue es mir genau an und mal sehen, was ich alles finde", kommt von Lutz und Anita nickt ihm zu.

„Und der soll die Frauen umgebracht haben? Er sieht eher wie ein liebevoller Mann und Vater aus", murmelt Kerstin vor sich hin.

„Oh täuschen Sie sich nicht", geht Frau Boll dazwischen, die Anita schon nach dem ersten Anruf vom Polizeimeister dazu gebeten hat, um sie zu unterstützen und die Lage stets im Auge zu behalten. „Wenn Sie da hinein gehen, sind Sie bitte vorsichtig. Er ist groß und kräftig und sollte sein Zustand kippen, kann er sehr gefährlich werden", fährt sie fort.

„Ich komme auf alle Fälle mit", sagt Stefan sofort und Anita lächelt ihn dankbar an.

„Dann wollen wir mal. Wenn Sie etwas bemerken, sagen Sie es hier in das Mikrofon. Nur ich kann sie hören", meint Anita und tippt auf den kleinen Knopf in ihrem Ohr.

„Ich habe ihn im Visier", entgegnet die Ärztin, die schon an einer Änderung der Haltung erkennen kann, wenn sich die Lage wendet.

Anita und Stefan betreten den Verhörraum. Ein kurzer Blickkontakt zwischen ihnen und die Rollen sind verteilt. Stefan postiert sich seitlich hinter Rolf, damit er die Sicht von Frau Boll nicht beeinträchtigt und Anita setzt sich ihm gegenüber.

„Herr Kadner, ich bin Kommissarin Anita Keller", beginnt sie ruhig und öffnet die Akte, die vor ihr liegt.

„Hm", kommt leise von Rolf, der nicht einmal aufschaut.

„Ihr voller Name ist Rolf Kadner", stellt Anita fest.

„Ja", murmelt Rolf.

„Sie wurden heute am Baumarkt festgenommen. Wissen Sie warum?", redet Anita weiter.

„Nein."

„Der Pick-up ist doch ihr Auto."

„Ich fahre den sonst nicht", antwortet Rolf leise.

„Was haben Sie denn sonst für ein Auto?"

„Ein anderes."

„Können Sie mir sagen was für eins?"

„Eben ein anderes", wiederholt sich Rolf.

„Okay, was wollten Sie im Baumarkt?"

„Weiß ich nicht mehr."

„Wozu haben sie den Hammer gekauft?", fragt Anita immer weiter und versucht, innerlich ruhig zu bleiben.

„Ich habe gar nichts gekauft."

„Die Sachen haben Sie in das Auto gepackt. Sie wurden dabei beobachtet, wie sie damit aus dem Baumarkt gekommen sind."

„Ich weiß nichts davon."

Anita blickt zum Fenster auf, Rolf bemerkt es nicht, da er immer noch nach unten schaut.

„Er weiß es vielleicht wirklich nicht, wenn sich genau in dem Zeitraum, wo er am Auto angekommen ist, der Zustand gewechselt hat. Er ist als Täter dahin gefahren, wahrscheinlich mit einem Plan und jetzt sitzt die zweite Persönlichkeit bei uns. Die Polizisten haben ja auch gesagt, dass er bei der Festnahme vollkommen neben sich stand. Ändern Sie mal das Thema, ich glaube, mit dem Einkauf kommen Sie nicht weiter. Der hat keine Ahnung, was seine zweite Seite wollte", erklärt Frau Boll und Anita hört still zu.

„Wohnen Sie hier in der Gegend?", fängt Anita wieder an.

„Ja"

„Können Sie uns sagen wo?"

„Nein", sagt Rolf verunsichert und schaut Anita eingeschüchtert von unten heraus an.

„Haben Sie etwas mit den Entführungen der Frauen zu tun?", fragt sie und legt die Fotos auf den Tisch.

„Ich nicht", bekommt sie die Antwort.

„Wie meinen Sie das?"

„Die armen Dinger sind so hübsch."

„Ja, und zum Teil tot." Anita legt ihm die Fotos der Frauen unter die Nase, die bei Andrea auf dem Tisch gelandet sind.

Rolf knurrt nur Unverständliches vor sich hin.

„Diese sind tot und Laura sowie Anna sind noch am Leben. Stimmt´s?", fragt Anita nun etwas lauter, denn ihr Verständnis für den Mann nimmt allmählich ab.

„Lucie passt auf", flüstert Rolf, aber Anita hat es verstanden.

„Was? Wer ist Lucie?", hakt sie deshalb nach.

„Sie passt auf", wiederholt Rolf sich.

„Auf wen passt sie auf?"

„Laura."

„Wo ist Laura? Wo wohnen Sie?"

„Jonas, bei Jonas", beginnt Rolf zu stottern und rutscht nun nervös auf dem Stuhl hin und her.

„Das ist ihr Sohn?"

„Ja."

„Wo ist eigentlich Ihre Frau?", bringt Anita die nächste Person ins Spiel.

„Er hat Michell geliebt."

„Ihre Frau heißt also Michell", sagt Anita, als hätte sie es noch nicht gewusst.

„Ich habe sie auch geliebt", murmelt Rolf weiter.

„Wo ist Michell jetzt?"

„Laura ist Michell. Lucie passt auf", antwortet er immer verwirrter.

„Wer ist Lucie?", fragt Anita nochmals und zunehmend eindringlicher.

„Der Hund von Michell", gibt er nun endlich mal die erste brauchbare Antwort.

„Lebt Michell noch?"

„Er war unmöglich zu ihr."

„War?"

„Sie hat ihren Frieden", meint Rolf und somit ist sicher, dass Michell ebenfalls nicht mehr am Leben ist.

„Wie ich vermutet habe. Laura ist anscheinend in die Rolle von Michell geschlüpft", kommt von der Ärztin aus dem Hintergrund.

„Haben Sie die Frauen umgebracht?", fragt Anita und tippt auf die Fotos.

„Ich darf nicht", kommt ganz leise von ihm.

„Was dürfen Sie nicht?"

„Er hört alles."

„Wer Herr Kadner?"

„Ich ... na ja ... er ...", stottert Rolf und es scheint, als würde er immer mehr den Kopf einziehen.

„Wie bitte? Reden Sie nicht in Rätseln. Sagen Sie mir, wo Laura ist und ob sie der Mörder dieser Frauen sind." Anita platzt nun doch fast der Kragen, denn sie sieht keine Fortschritte und das Leben der zwei Frauen steht hier auf dem Spiel.

„Sie sollten etwas schroffer werden. Von ihm wird nichts weiter kommen. Entweder will er nicht oder er hat keine Ahnung von den Morden, zumindest nichts Genaueres. Auch wenn es gefährlich werden kann, es ist erforderlich sich mit dem anderen Rolf zu unterhalten. Fragen sie doch noch mal nach dem Sohn und Laura. Sie müssen ihn damit richtig nerven, damit er seine Persönlichkeit ändert", fordert die Ärztin Anita auf und diese atmet einmal richtig tief durch. Sie muss endlich Fortschritte machen.

„Herr Kadner, wo ist ihr Sohn?", fragt sie und versucht, seine Mine zu deuten, aber da ändert sich nicht das Geringste.

„Ich sage nichts mehr", antwortet er und genau das wollte sie auf keinem Fall hören.

„Sie müssen doch wissen, wo ihr Sohn ist", faucht sie ihn unbeherrscht an.

„Bei Laura und Lucie, aber er hat Angst", wird nun auch Rolf lauter.

„Warum hat er Angst?"

„Wegen Michell."

„Haben sie Laura deswegen entführt, weil sie Michell so ähnlich ist?", versucht Anita nochmals über Laura etwas zu erfahren.

„Fehler", platzt Rolf heraus.

„Sie war ein Fehler?", kombiniert Anita rasend schnell.

„Der erste."

„Haben Sie weitere Fehler gemacht?", springt Anita auf das Thema an.

„Ich nicht", kommt jedoch Rolf immer noch nicht mit der Sprache raus.

„Wer dann? Ihr Sohn? Hat er die Frauen umgebracht?" Anita wird stetig lauter und schlägt mit den Händen auf den Tisch, denn sie verliert nun endgültig die Geduld. Sie stellt die Fragen, obwohl sie schon weiß, dass es der Sohn nicht war, aber wie soll sie ihn sonst weiter reizen.

„Vorsicht, er drückt den Rücken durch und seine Hände sind unter dem Tisch zu Fäusten geballt", hört sie aufgeregt von Frau Boll in ihrem Ohr und sie soll recht behalten.

Anita sieht wie sich auf seinem Gesicht ein Grinsen breit macht und seine Augen werden gefährlich dunkel. Sie beobachtet ihn genau und hält erstaunlich eisern seinem Blick stand. Doch dann kommt ein Schnaufen, er springt auf und seine Fäuste fliegen auf den Tisch. Anita kann gerade noch zurückweichen und Stefan versucht, ihn wieder auf den Stuhl zu drücken.

„Lass mich los", flucht Rolf und will Stefans Hände abschütteln, dabei verpasst er ihn einen heftigen Schlag.

Er scheint von einem Moment auf dem anderen der Hölle entsprungen zu sein und Anita ist sich sicher, ein Monster vor sich zu haben. Rolf schnauft wie ein wildes Tier und die dazu geeilten Polizisten können ihn schnell aber mit viel Kraftaufwendung am Stuhl fixieren.

Nun an Händen und Füßen gefesselt, rutscht er wie besessen auf dem Stuhl hin und her. Die Polizisten postieren sich hinter ihm, damit so eine Situation nicht mehr passiert. Dass die

Ärztin dadurch nicht mehr die volle Sicht auf Rolf hat, spielt im Moment keine Rolle, denn die Sicherheit geht absolut vor.

Stefan rappelt sich währenddessen wieder auf und scheint den Schlag gut wegzustecken. Seine Nase blutet, aber er winkt tapfer ab und will auf keinen Fall den Raum verlassen.

„Können wir weiter machen?", setzt sich Anita wieder an den Tisch, ordnet ihre Unterlagen und schiebt die Fotos zurück in sein Blickfeld. „Wo waren wir stehengeblieben? Ihr Sohn. Wo ist er?", fährt sie fort.

„Mein Sohn hat doch keinen Arsch in der Hose. Er ist der größte Dummkopf, den es geben kann", brüllt Rolf und seine Gesichtszüge haben sich zu einer Fratze verzogen.

„Endlich ist der Rolf Kadner vor uns, den wir haben wollten", sagt Anita und reizt ihn unterbewusst noch mehr.

„Ach, was wissen Sie schon."

„Genug. Also sind Sie Herr Kadner?"

„Wer denn sonst?"

„Na ja, die letzten Fragen wurden mir augenscheinlich von jemand anders beantwortet."

„Der Schwachkopf ist so weich und zu nichts zu gebrauchen, genauso wie mein Sohn."

„Also sind da zwei Personen in ihrem Kopf", stellt sie fest und schaut ihn finster an.

„Das ändert sich bald. Ich brauch den Volltrottel, das Weichei nicht mehr", grinst Rolf hämisch.

„Haben Sie die Frauen umgebracht?", wiederholt Anita die Frage und hofft, nun andere Antworten zu bekommen.

„Können Sie das Beweisen?", hält er dagegen.

„Oh ja. Sie haben genug Spuren hinterlassen."

„Wenn Sie meinen."

„Ja, das meine ich."

„Wie sind sie überhaupt auf mich gekommen?", fragt nun Rolf neugierig, denn er ist davon überzeugt keine Fehler in Hinsicht seiner Herkunft gemacht zu haben.

„Ihr Pick-up wurde mehrmals an Tatorten gesehen", erklärt sie ihn.

„Wir existieren seit 10 Jahren nicht mehr", flucht er vor sich hin.

„Aber sie sitzen jetzt bei uns."

„Das verdammte Auto, es ist das Einzige, was ich aus dem alten Leben mitgenommen habe", nuschelt Rolf und schüttelt genervt über sich selbst den Kopf.

„Genau und dieser Pick-up überführt sie jetzt. Aber noch einmal zu Laura und Anna. Wo sind die Frauen?"

„Hätte ich diese Laura nur nicht angerührt."

„Sie geben also zu, Laura entführt zu haben?", hakt Anita nach.

„Sie denkt doch wirklich, sie wäre meine Frau. Sie ist nicht Michell", brüllt er abermals los und die Polizisten müssen wieder eingreifen und drücken ihn sicher zurück auf den Stuhl.

„Wie wahr, sie ist es nicht", kommt nun etwas genüsslich von Anita.

„Nicht, dass sie alles durcheinandergebracht hat, nein, mein Sohn steht auf ihrer Seite und hat sogar wieder geredet. Als hätte mich seine Stummheit gestört, der Trottel ...", spricht er abermals in Rätseln, aber die Ärztin hat sogleich eine Erklärung auf seine Äußerungen.

„Der Junge ist bestimmt psychisch krank, wegen all dem Umständen hat er sich sicher zurückgezogen und Depressionen entwickelt. Und Laura hat begonnen ihn aus diesem tiefen Zustand zu helfen", schlussfolgert sie und sagt es mit vollem Stolz auf ihrem Schützling. Anita hört zu und weiß nun genug, was Laura betrifft.

„Da ist jedoch noch eine junge Frau. Wo ist sie?", fragt sie deshalb weiter.

„Sucht sie doch", knurrt Rolf.

„Bei Ihrer Durchsuchung haben die Kollegen diesen Schlüssel gefunden. Zu welcher Tür gehört er?", fragt Anita und legt ihn zu den Fotos.

„Ich glaub, das ist mir entfallen", foppt er Anita, die merkt, dass sie wirklich nichts Weiteres erfahren wird. Und so fährt sie fort, obwohl sie noch so viele Fragen hätte. „Wenn Sie uns sagen, wo die zwei Frauen sind, würde es Ihnen zugutekommen", lockt Anita Rolf, was aber nicht bei ihm ankommt.

„Ich sage nichts mehr, ich geh doch sowieso in Knast", antwortet Rolf und schaut bockig in die Runde.

„Okay, ich habe da trotzdem noch eine Frage. Warum müssen die Frauen blond sein?", fragt sie und vielleicht kann sie ihn dazu bringen, sein Motiv preiszugeben.

„Warum nicht?", stellt er schnippisch die Gegenfrage.

„Hat das etwas mit Ihrer Mutter zu tun?" Anita ist auf dem Sprung trotz der Polizisten, denn sie weiß wie heikel das Thema Mutter oder Psychologin ist.

„Die verdammte Schlampe hat mein ganzes Leben versaut", schnauft Rolf und rollt mit den Augen. „Aber das tut nichts zur Sache", legt er schnell nach, um den Verdacht gleich wieder abzuwenden.

„Warum haben Sie sich keine Hilfe geholt?"

„Die war doch genauso bescheuert", schüttelt er mit dem Kopf.

„Sie meinen die Psychologin? Ich meinte allerdings etwas anderes, der Moment als Sie Ihre Krankheit erkannt haben. Stattdessen sind Sie abgetaucht samt Familie. Denken Sie, dass das der richtige Weg war? Wie man jetzt sieht wohl eher nicht", sagt Anita und kann kaum aufhören, ihn weiter zu provozieren.

„Schluss", brüllt er und funkelt sie aus dunklen Augen an. „Sie wissen gar nichts und ich werde Ihnen nicht den Gefallen tun meinen Plan zu erklären", knurrt er sie an.

„Sie hatten also einen Plan?", springt Anita sofort darauf an. „Spielt da Ihre Mutter oder Michell eine Rolle? Oder hat Sie ihre Vergangenheit dazu getrieben? Aber anscheinend wollen Sie ihn für sich behalten, das haben Sie ja schon auf den Nachrichten an uns mitgeteilt. Ich meine die kleinen Zettelchen, die Sie in dem Mund der Frauen hinterlassen haben", traut sich Anita, weiter zu reden, denn sie verbindet instinktiv im Kopf diese beiden Frauen aus seiner Kindheit und das er nichts neues Erkenntliches darüber sagen wird, ist ihr auch klar.

„Sie scheinen auf dem richtigen Weg zu sein. Er hat seine geliebte Frau verloren, weil er sie praktisch mit seiner Krankheit umgebracht hat. Und seiner Mutter gibt er dafür die Schuld, denn durch sie hat er diese Persönlichkeitsstörung entwickelt“, bestätigt Frau Boll Anitas Gedanken.

„Kein Kommentar. Ich will hier raus“, antwortet Rolf bockig und wendet provokatorisch seinen Blick zu Boden.

„Wie Sie wollen. Wir wissen, dass die beiden noch am Leben sind, und wir werden sie finden. Zudem liegt Ihr Motiv schon längst fest, denn wir haben einige Dokumente aus Ihrer Vergangenheit“, sagt Anita abschließend, aber er zeigt nicht die kleinste Reaktion und so packt sie ihre Unterlagen, die auf dem Tisch ausgebreitet liegen wieder zusammen.

„Die eine vielleicht, und wenn meine Lieblinge großen Hunger haben, finden Sie wohl gar nichts mehr, nicht einmal mehr meinen Sohn“, lacht Rolf hysterisch, als er von Polizisten auf die Beine gezogen wird.

„Soll ich mal reinkommen? Vielleicht bringt ihn das zum Reden?“, fragt Kerstin in das Mikrofon und Anita schüttelt heftig den Kopf.

„Du willst wohl, dass er aus der Haut fährt, wenn er dich siehst? Deine blonden Haare würden ihn bestimmt ausflippen lassen“, nuschelt Anita leise hinter vorgehaltenen Mund.

„Wäre aber ein Versuch wert“, hält Kerstin dagegen.

„Nein, das ist zu gefährlich.“

„Die Polizisten haben ihn doch unter Kontrolle.“

„Lasst es gut sein, heute werden Sie nichts mehr von ihm erfahren. Er hat vollkommen zu gemacht“, geht die Ärztin dazwischen und hält Kerstin gleichzeitig zurück, damit sie sich ihm nicht in den Weg stellen kann, wenn er abgeführt wird.

„Bringt ihn weg“, sagt Anita deshalb und hat nur noch einen zornigen Blick für das Monster übrig.

Die Polizisten führen Rolf aus dem Raum und er hat sich wohl seiner Lage ergeben, denn er geht ohne Gegenwehr mit.

Er wird umgehend einen Richter vorgestellt und kommt danach mit großer Wahrscheinlichkeit sofort in Untersuchungshaft. Das alles hat die Staatsanwaltschaft schon längst in die Wege geleitet.

Anita hingegen hört seine letzten Worte immer wieder in ihrem Kopf. Sollten sie wirklich zu spät kommen und diese Anna ist vielleicht schon tot? Hat er sie in seiner Wut umgebracht bevor er in den Baumarkt gefahren ist? Oder hatte er mit den gekauften Sachen etwas Bestimmtes vor? Das wird sie wohl nie erfahren.

Aber dann sind da noch die Hunde, wobei sie sich nicht vorstellen kann, dass die noch Lebenden sie ins Haus lassen würden. Und da ist ja auch Jonas. Wird er zu den Frauen stehen und ist er überhaupt psychisch dazu in der Lage? Oder geht vor Ort alles schief und die Hunde würden jeden umbringen, der sich im Haus befindet? Jede Situation ist denkbar, aber das werden sie nicht erfahren, zumindest jetzt nicht, wo sie noch weitere Information gebrauchen können.

Kapitel 29

*L*aura und Jonas sind wieder unten und jeder versucht auf seine Weise die Zeit totzuschlagen. Laura liegt mit einem Buch im Bett, aber sie muss die Zeilen zweimal lesen, weil sie sich nicht konzentrieren kann. Wo ist Rolf? Er ist gestern nicht mehr nach Hause gekommen. Irrt er durch die Gegend oder hat er sich irgendwo versteckt? Und in welchem Zustand kommt er wieder, wenn er sich vielleicht gefangen hat? Hat sie ihn so gereizt, dass er sie am Ende doch noch umbringt? Kann der gute Rolf nichts dagegen machen? Warum kommt er nicht wieder?

Jonas steht am Fenster und das gefühlte Stunden. Er wartet auch auf ihn, aber welche Fragen er sich stellt, kann sie nicht beurteilen. Sie hat ihn genauso verletzt und sie haben bislang nicht darüber gesprochen. Sie haben die Räume von Michell verlassen, sind nach unten gegangen und seitdem hüllt sie Stille ein.

„Was machen wir, wenn er nicht wiederkommt?", unterbricht sie Jonas plötzlich.

„Warum sollte er nicht?", fragt Laura und dann blitzt ein Gedanke auf. Er ist mit seinem Pick-up unterwegs! „Mach doch mal den Fernseher an", redet sie weiter und legt das Buch weg.

Gemeinsam sitzen sie am Tisch und Jonas schaltet durch die Programme.

„Was denkst du zu sehen?", will Jonas wissen, der Laura momentan nicht versteht.

„Es müssen doch irgendwo Nachrichten kommen", murmelt sie und in dem Augenblick findet er einen Sender. „Halt", meint Laura und lauscht dem, was da gerade berichtet wird.

„Sie haben ihn festgenommen", sagt Jonas mit brüchiger Stimme.

„Psst", stoppt Laura ihn am Weiterreden.

Nach einigen Minuten fasst sie das Gehörte zusammen.

„Er war in einem Baumarkt und dort haben sie ihn geschnappt", beginnt sie und Jonas sitzt wie betäubt neben ihr. „Er hat praktisch alles zugegeben, außer wo er wohnt und wo man uns findet. Und sie reden von sechs entführten Frauen", zählt sie auf und schaut Jonas dabei an.

„Er kommt also nicht wieder. Was wird jetzt aus uns?", entgegnet er irgendwie hoffnungslos und seine Worte dringen wie durch einen Nebel zu ihr.

„Wir müssen es schaffen, hier herauszukommen", überlegt Laura laut.

„Hast du die Hunde vergessen? Sie werden über uns herfallen sowie wir die Tür öffnen. Sie haben den zweiten Tag nichts gefressen", erklärt Jonas ängstlich.

„Da wären wir wieder bei der Waffe deines Vaters", sagt Laura nachdenklich.

„Ja, er hat sicher eine", nickt Jonas ihr zu.

„Wo könnten wir die nur finden?", überlegt sie und schaut ihn schräg an.

„Wie ich schon sagte, die ist bestimmt im Auto", zerschlägt er nochmals ihre Hoffnung. „Würdest du die Hunde wirklich abschießen?"

„Ja klar. Ich will hier raus und da sind sie nun mal im Weg", knurrt sie ihn an.

„Du kannst doch kochen."

„Soll ich etwa die Hunde in die Pfanne hauen?", scherzt sie.

„Nein. Mein Vater hat garantiert Rattenfutter. Wenn du was kochst und das Zeug hineinmischst", denkt Jonas laut weiter.

„Und wer macht dann die Tür oder ein Fenster auf?", zweifelt Laura an dem Verstand von Jonas. „Außerdem haben wir selbst kaum noch etwas zu essen. Die Reste würden nie für die Hunde reichen. Da können wir uns auch eine andere Waffe basteln."

„Willst du sie etwa mit einer Zwille erschießen?", scherzt jetzt Jonas.

„Hör auf, oder hast du unsere Lage immer noch nicht begriffen? Also was machen wir mit ihnen?", wird Laura langsam ungeduldig.

„Gar nichts. Ganz im Gegenteil, wir sollten alles rundherum verrammeln. Wenn die erst richtig Hunger kriegen, kommen die vielleicht irgendwo rein. Die haben eine unbeschreibliche Kraft", erläutert er die Gefahr, in der sie schweben, auch wenn sie im Haus sind, und er hat endlich die Lage begriffen.

„Dann lass uns loslegen. Ich will nicht gefressen werden", erwidert Laura und steht schon in der Küche.

Sie blickt sich um und als Erstes fällt ihr Augenmerk auf die Haustür. Schnell schiebt sie eine Kommode, die im Flur steht davor und Jonas ist augenblicklich bei ihr, um zu helfen. Währenddessen schaut sie in alle Schubladen, um vielleicht doch eine Waffe zu finden. Jonas beobachtet sie, bleibt aber still, denn er weiß, dass er sie nicht stoppen kann. Gemeinsam gehen sie dann alle Zimmer im Erdgeschoss ab und es bleiben drei Fenster, die zur Gefahr werden können. Im Wohnzimmer sind Gitter davor wie auch in dem Bad von Jonas. Da wären also zwei in der Küche und eines in Jonas Zimmer. Eins ist ja schon zugenagelt und so machen sie es mit den Restlichen ebenso. Sie suchen alles zusammen, was sie verwenden können, Schranktüren, Stuhlbeine und jede Menge Nägel, wobei Jonas weiß, wo er diese finden kann, denn er hat sie ja schon einmal benötigt.

So vergeht die Zeit und danach machen sie sich daran, das restliche Essbare zusammenzusammeln. Sie legen alles auf den Küchentisch, der fast noch das Einzige ist, was sie nicht zerschlagen haben. Ein Überblick zeigt ihnen, dass sie drei bis vier Tage gewiss ohne Probleme überleben können, aber das möchte Laura nicht hinnehmen. Sie will nach Hause, sie will zu Kai. Traurig zieht sie sich zurück, setzt sie sich auf das Bett und schwelgt in den Erinnerungen.

Im Hintergrund laufen abermals Nachrichten und dann lässt etwas Laura aufhorchen.

„Die reden wieder von sechs entführten Frauen", überlegt sie, denn vorhin hat sie das einfach so hingenommen, wobei Jonas nur mit den Schultern zuckt.

„Ja, und mein Vater ist ein Monster", antwortet er, ohne Laura richtig zu verstehen.

„Die haben aber nur vier Tote gefunden", redet sie weiter.

„Worauf willst du hinaus?", fragt er unverständlich.

„Vier Tote, dann wäre ich die Fünfte und wo bitte ist da eine sechste Frau?", zählt sie auf und Jonas beginnt ebenfalls zu überlegen.

„Vielleicht liegt die irgendwo im Wald und sie haben sie noch nicht entdeckt", mutmaßt Jonas.

„Nein, vorletzte Nacht hat er eine weggebracht und die wurde schon gefunden. Seitdem hatte er keine Gelegenheit mehr, um die zu entsorgen, die er zuvor entführt hat. Sie muss noch hier sein", erklärt Laura und erinnert sich an diese Nacht. Sie haben ihn doch wegfahren sehen und dann hat er eine hereingetragen. Sie hat sich ja auch gewundert, dass sie nicht in den Keller musste. Und am frühen Morgen hat sie gelauscht und einen markerschütternden Schrei gehört.

„Und wo?", unterbricht Jonas ihre Gedanken.

„Im Keller, da wo alle waren, wie auch ich", sagt sie mit gedämpfter Stimme und sie fühlt sofort wieder die Angst, die sie da unten hatte.

„Willst du nachschauen gehen?", fragt Jonas nicht gerade erpicht auf das Vorhaben.

„Was denkst du denn?", erwidert sie und steht auch schon vor der verschlossenen Kellertür.

„Die ist wie immer zugeschlossen", bemerkt Jonas. „Den Schlüssel hat er bestimmt bei sich", fährt er fort.

„Wir müssen sie aufbekommen", sagt Laura und geht auf die Suche nach etwas, mit dem sie die Tür aufstemmen kann, aber in der zerstörten Küche ist nichts Brauchbares mehr zu finden.

Jonas beobachtet sie und dann fällt ihm etwas ein. Er sucht im Wohnzimmer in einer Schublade nach einer Büroklammer.

Er findet eine und biegt sie sich zurecht. Laura hat es bemerkt und sieht ihn dabei erstaunt zu.

„Das habe ich irgendwann im Fernseher gesehen. Mal sehen, ob ich das auch hinbekomme", grinst er sie an.

Es braucht mehrere Versuche, bis es endlich klackt und die Tür aufspringt. Stolz steht Jonas an der Treppe und gibt Laura den Vortritt. Er ist nicht einmal überzeugt davon, ebenfalls da hinunterzugehen.

Laura steigt langsam eine Stufe nach der anderen in den nicht nur für sie qualvollen dunklen Keller hinab. Jonas bleibt oben stehen und sieht ihr nach. Auf der letzten Stufe geht plötzlich das Licht an. Jonas hat den Schalter gedrückt, an dem sie wie in Starre vorbeigelaufen ist. Zu mehr ist er momentan nicht fähig, denn er will nicht wissen, was sein Vater wirklich da unten gemacht hat.

Laura schaut sich um, es ist nicht mehr dunkel, aber auch nicht gerade hell. Nach einer Weile haben sich ihre Augen an das Schummerlicht gewöhnt.

Sie steht genau vor dem Kellerraum, in dem sie zwei Nächte verbringen musste. Automatisch klingen die verstörenden Geräusche der Frauen, die um ihr Leben kämpften in ihren Ohren nach. Sie leben nicht mehr und sie konnte ihnen nicht helfen. Das konnte wohl niemand. Auch die Gerüche, die immer noch in der Luft hängen, kann sie riechen. Sie beginnt zu würgen, aber nach einigen tiefen Atemzügen wagt sie einen genaueren Blick in den Raum. Die dreckige Matratze liegt an dem gleichen Ort, als wie sie da unten war, jedoch hängt ein Seil von der Decke herab. Das war noch nicht da. Was hat er hier gemacht? Musste auch hier eine Frau Grauenhaftes erleiden? Sie will sich gar nicht vorstellen, was er mit ihr angestellt hat. Schlimm genug, dass sie darin ausharren musste.

Die anderen Frauen waren immer neben ihr und wenn eine hier sein sollte, dann bestimmt da. Ein paar Schritte weiter und sie steht vor einem Bretterverschlag, woran ein Schloss hängt.

Sie schaut durch die Bretter hindurch und versucht, etwas zu erkennen. Ihr stockt sofort der Atem und Panik steigt in ihr auf.

Sie schaut nach oben und entdeckt eine Lampe, wo keine Glühbirne drin ist. Sie braucht mehr Licht, denn sie muss das Schloss aufbekommen.

„Jonas habt ihr irgendwo Glühbirnen", ruft sie zu ihm hoch.

„Warum brüllst du so", sagt er und Laura schreckt zusammen. Jonas ist ihr gefolgt, nachdem er sich allen Mut genommen hat. „Ich komm gleich wieder, ich weiß, wo welche sind. Schau mal ob du eine Leiter findest", redet er weiter und Laura schaut etwas entsetzt. Wo soll sie denn eine Leiter finden? Vor allem wenn es so dunkel ist und sie sich nicht auskennt. Sie geht jedoch vorsichtig in den hinteren Teil des Kellers und findet wirklich eine an der Wand angelehnt. Sie stellt sie auf und Jonas dreht die Birne kurz darauf ein. Sie werden einen Moment von dem Licht geblendet, aber dann sucht sie als Erstes nach dem Schlüssel. Sie entdeckt ihn gegen ihrer Erwartung oberhalb der Tür auf einer Latte. Zum Glück hat er diesen nicht eingesteckt, denn das Schloss hätten sie nicht so einfach aufbekommen. Doch es klickt und sie kann die Tür öffnen, die ein kratzendes Geräusch von sich gibt, was ihr zusätzlich einen Schauer des Grauens über den Rücken jagt.

„Ist da wirklich jemand drin?", fragt Jonas, der mit einem gewissen Abstand hinter Laura steht.

„Ja", kommt trocken von ihr, denn was sie da sieht, muss sie erst einmal selbst verkraften und hinunterschlucken.

Eine junge Frau und Laura ist sich sicher, dass es die Sechste ist, liegt fast nackt auf einer Matratze. Das Oberteil ist zerrissen und der Unterkörper ist gar nicht bekleidet. Laura huscht an Jonas vorbei, wobei sie die Tür hinter sich wieder anlegt, damit er das nicht sehen muss, und holt die Decke aus dem anderen Raum. In die hat sie sich eingewickelt, nicht nur, um nicht zu frieren, sondern auch um nichts zu hören. Inzwischen ist sie nass und riecht unangenehm nach Schimmel. Aber sie hat nichts anderes und für den Moment muss sie reichen.

„Was ist?", steht Jonas wie erstarrt da und beobachtet Laura.

„Das musst du nicht sehen", schiebt sie ihn weg, denn sie will die Frau vorerst bedecken. Wenn er das sieht, könnte er schreiend davonlaufen und sie braucht ihn. Einen psychischen Ausfall von ihm würde alles auf den Kopf stellen. Sie selbst würde am liebsten die Beine in die Hand nehmen, aber erst muss sie schauen, ob in dem geschundenen Körper noch Leben ist. Sie schiebt sich durch die kaum geöffnete Tür und nähert sich der Frau. Ihr Anblick tut Laura im Herzen weh und sie legt vorsichtig die Decke über den Unterkörper, der komplett entblößt und von blauen Flecken übersät ist sowie mit Blut beschmiert. Sehr viel Blut, was ihr eigentlich schon das Leben gekostet haben kann.

Ihr Blick geht nach oben und sie erkennt eine junge blonde Frau, wobei sie nur die Haare sieht, der Kopf ist zur Seite gewandt. Ihr Hände liegen auf der Brust und sie zerren an den wenigen Stofffetzen, die noch von dem T-Shirt übrig sind. Langsam hebt und senkt sich der Brustkorb und Laura wird klar, sie lebt.

Laura zieht die Decke noch etwas nach oben und bei der Berührung beginnt sie zu stöhnen und ganz wenig dreht sie den Kopf. Laura kniet sich neben sie und den panischen Blick und die angsterfüllten Augen wird sie wohl nie wieder vergessen.

„Nein", probiert sie zu schreien, und ihre Stimme, die aus einer trockenen Kehle kommt, klingt wie ein Reibeisen. Gleichzeitig schlägt sie mit letzten Kräften um sich.

„Es ist alles gut. Er ist nicht mehr da", versucht Laura sie zu beruhigen und nach ihren Händen zu greifen. Dabei bekommt sie selber einen Schlag ins Gesicht ab. Den Schmerz nimmt sie kaum wahr, sie will und muss diese Frau besänftigen.

„Er wird uns umbringen", hört Laura ihre kratzige panische Stimme.

„Er wurde festgenommen und kommt nicht mehr wieder", entgegnet Laura und bekommt endlich ihre Handgelenke zu fassen und drückt sie sanft zurück auf ihre Brust. Die Frau atmet schwer und Laura sieht nun, was Rolf ihr angetan hat. Die eine Seite des Gesichts ist blau und das Auge ist zugeschwollen. An der Augenbraue hat sie eine ziemlich große Platzwunde und das Blut klebt im gesamten Gesicht, wie auch in ihren Haaren. Bei der anderen Seite ist die Wange zerkratzt und sie sieht ebenfalls an den Armen überall Schürfwunden. Wo sie noch welche hat, sieht sie im Moment nicht und das muss auch nicht sein. Der erste Anblick genügt ihr. Was hat er nur mit ihr gemacht, das kommt doch nicht alles vom Schlagen. Laura will es sich gar nicht vorstellen.

Die Frau dreht sich unter Schmerzen auf die Seite und Laura zieht die Decke wieder über den Körper. Dabei nimmt sie wahr, wie sie von ihr aufmerksam, aber immer noch ängstlich beobachtet wird.

„Wer bist du?", krächzt die Frau.

„Auch eine Gefangene", antwortet Laura und ihr wird gleichzeitig klar, dass sie es nicht glauben wird, da sie keinerlei Verletzungen hat. „Möchtest du etwas trinken?", redet Laura deshalb weiter und ein kaum wahrzunehmendes Nicken ist von der geschwächten Frau zu erkennen. Laura erhebt sich und will zur Tür gehen, um ihr Wasser zu holen.

„Lass mich nicht allein", jammert die Frau und versucht, sich vergeblich auf die Ellenbogen zu stützen.

„Nein, ich hole dir nur etwas Wasser", erwidert Laura und sie sinkt wieder zurück auf die ekelige Matratze, welche sie in ihrer Verfassung gar nicht wahrnimmt.

An der Tür reicht Jonas ihr eine Flasche Wasser ohne einem Wort, aber das braucht er auch nicht. Ihm ist das Entsetzen im Gesicht anzusehen. Er hat alles mitbekommen und gehört. Leichenblass steht er vor Laura und schüttelt den Kopf, denn er kann es kaum verkraften, geschweige verstehen, was sein Vater da getan hat und was für eine Angst die Frau hat. Laura nimmt schweigend die Flasche und nickt ihm zu. Aber er bewegt sich nicht ein Stück. Sie geht zurück, legt die Flasche an den aufgerissenen Lippen an und flößt vorsichtig und nicht zu viel

Wasser in die Frau. Ein dankbarer Blick bestätigt Laura, dass sie genau das Richtige tut.

„Wie heißt du?", fragt Laura nach einem weiteren Schluck.

„Anna und du?", antwortet sie und ihre Stimme klingt schon nicht mehr so kratzig.

„Okay Anna, ich bin Laura", versucht sie zu lächeln, aber irgendwie klappt das nicht, deswegen redet sie weiter. „Denkst du wir schaffen es zusammen aus dem verdammten Keller raus?", fragt Laura, denn sie selbst muss hier weg und sie lässt Anna auf keinem Fall hier liegen.

„Wenn du mir hilfst", nickt Anna und will schon versuchen aufzustehen.

„Warte, ich komm gleich wieder", hält Laura sie zurück, denn sie kann sie ja nicht nackt nach oben bringen und die schmutzige Decke, die momentan auf ihr liegt, soll samt den Matratzen hier unten bleiben. „Gehst du bitte hoch und holst mir den Morgenmantel aus dem Bad? Er hängt unbenutzt an der Tür, weil ich so etwas nicht brauch", wendet sie sich Jonas zu, der immer noch wie angewurzelt hinter der Tür steht. Sie stupst ihn an und dann kommt er langsam in Bewegung. Laura kann sich gar nicht vorstellen, was in seinem Kopf abgeht. Was denkt er jetzt von seinem Vater? Er hat schon einiges mitbekommen oder geahnt, aber das ist wohl das Schlimmste, was er erfahren musste. Brutal konfrontiert mit der Wahrheit.

Jonas reicht von weitem Laura den Mantel und traut sich nicht einmal, um die Ecke zu schauen. Ihr ist es recht, dass er Abstand hält, er muss Anna nicht nackt sehen. Vor allem nicht in dem Zustand.

Vorsichtig stützt sie Anna und bringt sie erst einmal dazu, zu sitzen. Sie beißt die Zähne zusammen und fährt mit den Armen in den Mantel. Dann kommt das Schwierigste, sie auf die Beine zu bekommen. Laura legt ihre Arme um ihren Hals und zieht sie langsam nach oben. Anna schluchzt und man kann ihr anmerken, dass sie am liebsten schreien würde. Laura wartet einen Moment, bis sie einigermaßen sicher auf den Beinen steht, dann bindet sie den Morgenmantel zu. Zusammen und Schritt für Schritt machen sie sich langsam auf den Weg nach oben. An der Brettertür schaut Anna noch einmal zurück und sieht die Matratze, auf der sie die Tage gelegen hat. Angeekelt wird ihr Körper geschüttelt und Laura hält sie automatisch fester.

Auch Anna klammert sich noch mehr an Laura und das Zittern ihres Körper scheint nicht aufzuhören.

„Wer ist da?", stammelt sie und Laura bemerkt, wie Jonas die Flucht ergreift. Er stand noch im Kellergang, wollte eigentlich helfen, aber der panische Blick, der ihn von Anna getroffen hat, hat er nicht verkraftet.

„Er wird dir nichts tun", erklärt Laura, das scheint jedoch bei ihr nicht anzukommen. „Er ist der Sohn und wurde ebenfalls jahrelang eingesperrt. Er hat mit dem allem nichts zu tun", fügt sie schnell hinzu, damit ihr Anna nicht vor wiederkommender Angst umkippt.

„Bist du sicher?", murmelt Anna, die es immer noch nicht glauben will.

„Ich bin schon einige Tage hier und er hat mich vor seinem Vater beschützt", redet sie auf Anna ein und langsam lockert sich der verkrampfte Griff.

Völlig außer Puste kommen sie oben an und Laura führt sie zu ihren bis heute sicheren Ort.

„Hier ist es so dunkel", flüstert Anna und schaut sich hektisch um.

„Ich werde dir alles erklären. Lass mich dir erst einmal helfen", entgegnet Laura und schiebt sie vorsichtig ins Bad.

„Wieso bist du nicht verletzt?", zweifelt Anna weiter an Lauras Worte.

„Ich bin es, glaube mir. Er hat mich tagelang psychisch gequält und das ist nicht weniger schlimm", versucht Laura zu erklären, und sie schaut sie nur an.

„Er ist nicht mehr da, aber frei sind wir trotzdem nicht", sagt Anna mit weinerlicher Stimme.

„Ja so ist es, keiner von uns ist jedoch allein. Wir haben momentan genug zu essen und trinken und wir werden bestimmt bald hier herausgeholt", will Laura ihr Hoffnung machen, wobei sie selbst Zuspruch bräuchte.

„Warum können wir nicht einfach gehen, oder Hilfe holen?", fragt Anna und versucht, fast vergeblich ihre Angst zu verbergen.

„Hier gibt es kein Telefon und auch keine Handys. Und fliehen können wir ebenfalls nicht, weil da draußen zwei Kampfhunde sind, an denen wir nie vorbeikommen würden. Deshalb haben wir auch die Fenster vernagelt, da sie hindurch springen könnten, weil sie ja jetzt keiner mehr füttert", erläutert Laura ihr und hofft, die ersten Fragen beantwortet zu haben.

„Sie würden uns töten?", zittert Anna plötzlich wieder.

„Ja, das würden sie", blockt Laura ab, denn sie will von der anderen jungen Frau, der dieses Schicksal widerfahren ist, nichts erzählen. „Halte dich bitte hier fest, ich hole einen Stuhl", redet Laura weiter und Anna klammert sich an die Duschwand, wobei ihr ganzer Körper bebt.

Laura läuft zurück ins Zimmer, schnappt sich einen der beiden Stühle und Jonas beobachtet sie nur aus der Ferne. Sie bemerkt seinen verwirrten Blick und weiß, dass sie ihm im Moment nicht helfen kann, denn jetzt braucht Anna sie.

Er lässt die beiden machen und macht sich selbst nochmals auf die Suche nach Schwachstellen am Haus, die die Hunde ausnutzen könnten.

Nur Sekunden später setzt sich die kraftlose Frau dankbar hin.

„Willst du, dass ich dir beim Duschen helfe?", fragt Laura, wobei sie sich nicht sicher ist, wie sie das anstellen soll.

„Ja, bitte, ich kann mich kaum bewegen", jammert Anna vor Schmerzen.

Laura hilft ihr aus dem Morgenmantel und dann befreit sie sie von den letzten Resten des T-Shirts. Sie stellt den Stuhl in die Dusche und Anna scheint sich nicht im Geringsten zu schämen. Schnell legt auch Laura die Scham ab und dreht das Wasser auf. Die warmen Tropfen laufen sanft über den geschundenen Körper. Ganz vorsichtig wäscht Laura sie mit einem weichen Schwamm, wobei sich Anna an den Stuhl klammert, da ihr immer wieder schwindlig ist. Sie beginnt ihr das Blut aus dem Gesicht zu entfernen und dann fährt sie sacht über all diese blauen Flecken und Schürfwunden und den Haaren. Anna zuckt mehrmals zusammen und Laura hält immer wieder kurz inne.

„Woher sind die Schürfwunden?", kann sie dann doch nicht an sich halten, denn diese machen für sie keinen Sinn. Wobei eigentlich alles keinen Sinn macht.

„Er hat mich gegen die Wand geschlagen. Ich hing da an der Decke", antwortet Anna leise und Laura ist froh überhaupt eine Antwort zu bekommen. Dass sie darüber redet, ist gut, denn sie darf von Anfang an nichts in sich hineinfressen. „Ich glaub, er hat mir dabei ein paar Rippen gebrochen", spricht sie weiter und ihre Hände fahren vorsichtig unter ihrer Brust entlang.

„Bekommst du genug Luft?", fragt Laura und will damit sichergehen, dass die Lunge nicht verletzt ist. Dann hätten sie noch weniger Zeit, denn wenn sie kollabieren würde, könnte sie Anna nicht mehr helfen.

„Ja, aber es tut trotzdem höllisch weh", antwortet Anna leise.

„Das ist dabei passiert, wo auch die Schürfwunden entstanden sind", kommt von Laura und Anna nickt ganz sacht mit dem Kopf, der ihr von der Platzwunde immer noch dröhnt. Nun weiß Laura, warum da das Seil hing. Das war etwas, was die ersten Frauen wahrscheinlich nicht erleben mussten. Er hat sich stets mehr einfallen lassen, um seine Wut auszulassen und seine Gier zu befriedigen. Sie will sich nicht ausmalen, was noch alles passiert wäre, wenn er nicht einsitzen würde.

Laura macht weiter und vergisst einen Moment, wo sie sind, und widmet sich ganz Anna, als wäre sie ihre Schwester. Sie werden fast zu eins, sie sind beide Opfer, eine körperlich und die andere seelisch.

Erschöpft aber froh die obersten Spuren weg gewaschen zu haben steigt sie aus der Dusche. Gerade als Laura ihr ein

Handtuch um den Körper legt, klopft es an der Tür. Anna fährt panisch zusammen und beginnt wieder zu zittern.

„Keine Angst, hier kommt niemand rein", redet Laura auf sie ein. „Was ist?", dreht sie sich dann der Tür zu, macht sie jedoch nicht auf.

„Ich stelle euch Essen und Wasser hin. Ihr könnt dieses Zimmer allein nutzen. Ich bin nebenan im Wohnzimmer und schlafe auf der Couch. Wenn ihr was braucht, dann melde dich", kommt von Jonas, der sich zurückzieht, jedoch trotzdem für sie da sein will.

„Danke", erwidert Laura und ist über sein Verständnis erstaunt, aber sie weiß auch, dass er der Situation nur aus dem Weg geht, um sich nicht selbst weiter zu verletzen.

Laura führt Anna aus dem Bad und setzt sie auf das Bett. Sie ist eingewickelt in einem Handtuch und mit einem Zweiten rubbelt sie ihr vorsichtig die Haare trocken. Dann flitzt sie zurück ins Bad und holt frische Sachen. Sie hat genug von Rolf bekommen und die müssten auch Anna passen. Erstaunt davon und mit Fragen auf den Lippen lässt sie sich in die Sachen helfen. Sie scheint tief in sich zu grübeln, darüber, ob Laura ihr nicht doch etwas vorspielt. Wenn sie auch verschleppt wurde, wieso hat sie so viel Wäsche hier und kennt sich überall aus? Gibt sie sich nur für eine Entführte aus und ist am Ende die Freundin oder Schwester von diesem Jonas? Und warum hilft sie ihr dann? Die Fragen werden immer mehr und Laura merkt, wie es in ihr arbeitet.

„Ich weiß, du hast viele Fragen, aber erst muss ich deine Wunde am Kopf versorgen", sagt Laura und der Blick von Anna bestätigt ihre Vermutung. Mit einem Lächeln läuft sie zu Jonas, der auf der Couch liegt und sie verwirrt anschaut.

„Habt ihr irgendwo Verbandsmaterial und vielleicht auch Schmerztabletten?", fragt Laura, momentan nur Anna im Hinterkopf.

„Weiß nicht. Hab nie etwas gebraucht", antwortet Jonas und richtet sich mühsam auf.

„Könnte deine Mutter so etwas gehabt haben?", drängelt Laura weiter.

„Keine Ahnung", zuckt Jonas mit den Schultern und Laura ist sich nicht sicher, ob er sie überhaupt versteht.

„Darf ich noch mal hochgehen?", bittet Laura.

„Warum fragst du? Das hast du das erste Mal auch nicht", knurrt Jonas genervt.

„Das war was anderes."

„Ich halte dich nicht zurück", murrt er und legt sich wieder hin.

Laura ist blitzschnell in den Zimmern von Michell und diesmal hat sie keine Augen für die Details ihres Lebens. Sie geht direkt ins Badezimmer und öffnet den großen Spiegelschrank. Sie braucht nicht weiter zu suchen, denn es ist alles da. So greift sie nach ein Körbchen, was auf der Fensterbank steht, schüttet die Dekosachen aus dem Korb in das Waschbecken und füllt es stattdessen mit Kompressen, Mullbinden, Salben und noch so manches mehr. Sogar Schmerztabletten sind dabei, die Anna vielleicht ein wenig helfen können.

Dann rennt sie die Treppe wieder hinunter und steht nur wenige Minuten später neben Anna. Sie ist inzwischen erschöpft auf das Bett gesunken.

Laura macht sich sofort daran Anna zu versorgen. Als Erstes tupft sie vorsichtig die Platzwunde über dem Auge mit Jod ab, wobei Anna nicht einmal zuckt. Sie wartet darauf, all ihre Fragen stellen zu können, und vergisst dabei die Schmerzen. Mit einer Kompresse bedeckt sie die Wunde und schaut sich danach die Schürfwunden am Becken an.

Sie holt eine Wundsalbe aus dem Körbchen und trägt sie behutsam auf. Auch da legt sie Kompressen auf und zum Schluss reicht sie Anna eine Tablette. Laura hofft, dass dadurch die Schmerzen von den gebrochenen Rippen etwas besser auszuhalten sind, denn da kann sie nichts weiter tun.

Dann deckt Laura Anna zufrieden zu. Das ist das Zeichen für sie, Laura mit ihren Fragen zu bombardieren.

„Wer bist du? Warum darfst du dich hier frei bewegen? Woher hast du die vielen Sachen? Warum hört dieser Jonas auf dich? Bist du etwa seine Schwester und versorgst mich nur aus Mitleid, weil es dein Vater war, der mir das angetan hat?", sprudeln die Fragen aus Anna heraus und sie hat bestimmt noch viel mehr, aber Laura stoppt sie mit einer Handbewegung. Sie ist entsetzt, dass Anna denkt, sie habe mit dem allem etwas zu tun.

„Ich wurde auch entführt", wehrt sie sich und Anna schaut sie ungläubig an. „Du und die toten Frauen ihr seid alle blond. Solche Frauen wollte er. Mich hat er ungewollt mitgenommen. Es hat geregnet und ich hatte eine Kapuze auf. Erst hier zu Hause sah er, dass ich nicht blond bin, und zudem sehe ich mysteriöserweise aus wie seine Ehefrau und die Mutter von Jonas", redet Laura weiter und zeigt ihr als Bestätigung das Foto.

„Der siehst du wirklich ähnlich. Aber das könnte auch so sein, weil das deine Mutter ist", widerspricht Anna immer noch nicht überzeugt und rutscht ängstlich von Laura weg, die sich auf die Bettkante gesetzt hat.

Wie kann sie das nur Anna erklären? Das Foto lässt sie eher mehr zweifeln. Sie schaltet den Fernseher an und sucht nach einem Nachrichtensender. Sie muss nicht lange durch die vielen Programme gehen und da schreit Anna plötzlich auf. Sie zieht sich die Decke über den Kopf, denn sie zeigen gerade Rolf, wie er festgenommen wurde.

„Schau hin", fordert Laura sie auf. „Er kommt nicht wieder und da sind die Frauen, die er entführt hat", redet sie weiter und zieht ihr die Decke weg.

Anna starrt auf den Bildschirm, erkennt sich selbst und auch Laura. Alle werden gezeigt und dann wird ebenfalls gesagt, dass sie bislang nicht gefunden wurden, aber wahrscheinlich noch am Leben sind.

„Entschuldige bitte", flüstert Anna beschämt.

„Schon okay. Ich hätte bestimmt genauso reagiert." Laura schaltet ein anderes Programm ein und hofft, dass es sie auf bessere Gedanken bringt.

„Du siehst ihr aber sehr ähnlich", beginnt Anna dann doch wieder.

„Ja und das habe ich ausgenutzt", grinst Laura und ist immer noch über ihren eigenen Mut erstaunt.

„Wie meinst du das?"

„Ich muss dazu sagen, dass ich Psychologiestudentin bin. Ich habe die Krankheit von Rolf erkannt und konnte mich darauf einstellen", erklärt Laura.

„Der ist echt krank", knurrt Anna.

„Er hat eine Persönlichkeitsstörung", meint Laura und Anna versucht, sich etwas aufzusetzen. Sie hat ihre Neugierde geweckt und Laura stellt das Bettende höher, damit sie bequemer liegen kann. „Er hat also zwei Seiten. Eine gute und eine böse, die die Frauen gequält und umgebracht hat", erläutert Laura verständlich.

„Da habe ich ja mal Glück gehabt", versucht Anna zu grinsen, aber ihre Schmerzen lassen es nicht zu.

„Der Gute hat mir die Sachen gekauft und er hat uns mit allem versorgt. Er hätte mich auch gern freigelassen, aber wie schon gesagt sind da die Hunde. Auf ihn haben sie nicht gehört und ich wäre niemals an ihnen vorbeigekommen. Der andere hat in mir seine Frau gesehen und es einen Fehler genannt, mich mitgenommen zu haben. Er hatte eigentlich Angst vor mir und dachte, ich bin ein Geist. Am Ende hat er mich aber auch im Keller eingesperrt und ich musste zuhören, wie er die Frauen misshandelt und umgebracht hat", redet Laura ruhig weiter und hofft, die Zweifel bei ihr endgültig weggewischt zu haben.

„Da konnte dir Jonas wohl nicht helfen?", will Anna wissen.

„Nein, er hat vor dieser Seite seines Vaters auch Angst und ist dazu depressiv", zuckt Laura mit den Schultern. „Aber wir haben noch einen Beschützer", legt sie schnell nach und gibt

Lucie ein Zeichen, dass sie aus ihrem Versteck kommen kann. Sie hatte sich unter dem Tisch verkrochen und Anna hat sie bis jetzt auch nicht bemerkt.

„Ein Hund? Du hast doch gesagt, die sind gefährlich", weicht sie zurück.

„Du brauchst keine Angst zu haben", sagt Laura und Lucie sitzt brav neben ihren Beinen und schaut Anna mit schief haltenden Kopf an. „Sie war die Hündin von der Frau von Rolf. Sie hieß Michell und das hier ist Lucie ihr treuer Begleiter. Er wird uns beschützen und das hat er bis jetzt auch schon getan. Er hat mit den beiden da draußen nichts zu tun", sagt Laura und Anna sieht nicht mehr so steif vor Angst aus.

„Sie lebt ebenfalls nicht mehr, stimmt´s?", fragt Anna erschüttert.

„Nein, sie hat sich selbst das Leben genommen. Sie hat unter ihren Mann sehr gelitten", erklärt Laura kurz und beide schütteln nur noch den Kopf.

„Sie haben ihn wirklich festgenommen", sagt Anna mehr zu sich selbst.

„Ja, ich habe ihn durcheinandergebracht, weil ich mich als seine Frau ausgegeben habe. Da ist er in seiner Wut mit dem falschen Auto weggefahren und somit konnten sie ihn schnappen", meint Laura irgendwie stolz auf sich.

„Falsches Auto?" Anna scheint nun gar nichts mehr zu verstehen.

„Weißt du, ich werde dir morgen den Rest erklären. Ich hole uns etwas zu essen und dann sollten wir schlafen. Für heute ist es wirklich genug", lächelt Laura Anna an und sie nickt. Langsam fühlt sie sich sicher und ihre Fragen wird sie alle irgendwann beantwortet bekommen.

Laura holt, was Jonas für sie bereitgestellt hat, und sieht ihn im Augenwinkel schlafend auf der Couch liegen. Leise schließt sie die Tür und so zieht bei den Frauen Ruhe ein. Diese brauchen sie jetzt beide, wie auch Schlaf. Lucie liegt am Bettende auf dem Fußboden, stets alles im Blick und Laura weiß, dass sie sich auf sie verlassen kann.

Kapitel 30

*A*nita läuft aufgeregt im Büro hin und her. Stefan telefoniert mit dem Grundbuchamt und Kerstin fragt ständig bei den Kollegen nach, wo Rolf in der Zelle sitzt, in welcher Verfassung er sich befindet.

Anita würde ihn am liebsten in dem guten Zustand noch einmal befragen. Vielleicht könnte sie aus ihm den Wohnort herauskitzeln, aber die schlechte Seite von Rolf scheint die komplette Kontrolle übernommen zu haben. Laut der Kollegen brüllt er nur herum und beschimpft alle und jeden. So will Anita ihn nicht mehr gegenübertreten.

„Ich habe da was", unterbricht Stefan die Gedanken von ihr und lässt sie direkt vor der Tafel stoppen.

„Was?", will sie sofort wissen und hat auch schon den Stift in der Hand um es in der Karte zu markieren.

„Laut dem Grundbuchamt treffen unsere Angaben und Vermutungen auf einen Bauernhof in Oberschonbach zu. Er liegt weit auswärts von diesem Dorf. Ein Herr Grunder ist dort als Eigentümer eingetragen. Das Einwohnermeldeamt hat es auch bestätigt", erklärt er zudem.

„Okay, Kerstin du fragst bitte alle Medien und Versorger danach ab und du Stefan könntest da mal hinfahren und vielleicht im Dorf die Bewohner nach dem Mann befragen", verteilt Anita die wichtigen Aufgaben und beide legen sofort los. Kerstin ist am Telefon und Stefan schon zur Tür hinaus.

Anita selbst versucht eine Beziehung von Rolf zu diesem Herrn Grunder zu ermitteln, aber sie findet nicht den kleinsten Hinweis. Rolf war und ist bis heute samt Familie laut Ämtern und Behörden verschwunden. Langsam zweifelt sie daran, nicht die geringsten Daten zu finden und auch, ob der Mann im Gewahrsam überhaupt der ist, der er zu sein scheint. Aber er ist nun mal kein Geist und die Frauen sind tot. Von ihm getötet und das hat er zugegeben. Kopfschüttelnd sitzt sie vor ihrem

Computer und kann nur hoffen, dass sie die beiden letzten entführten Frauen auf diesem Bauernhof lebend finden.

„Ich hab da was wie auch nicht", beginnt Kerstin und reißt Anita schon wieder aus ihren Gedanken. „Also der Herr Grunder ist 85 Jahre alt, soweit er noch am Leben ist. Totenschein gibt es nicht. Seine Frau ist vor 21 Jahren verstorben und er lebt seitdem auf dem Bauernhof allein. Laut der Versorger bis heute, die Rechnungen werden regelmäßig bezahlt. Er soll einen kleinen roten Opel Corsa fahren, was ja zu dem Rolf passen könnte, der tagsüber unterwegs gewesen ist", zählt Kerstin die Fakten auf und holt nun erst einmal tief Luft.

„Ich glaube nicht, dass er noch lebt. Genauso wenig wie seine Frau Michell. Er kann doch nicht alle einsperren. Und dann streicht er ja ebenfalls die Rente des Mannes ein, sozusagen hat er auch keine Geldprobleme", entgegnet Anita und notiert die neuen Fakten an der Tafel.

„Wenn das Haus groß genug ist", widerlegt Kerstin die Aussage. „Aber dann müsste er ja auch alle versorgen", legt sie noch nach und schaut Anita verwirrt an.

„Guten Morgen die Damen", unterbricht Frau Boll die Unterhaltung, die nach mehrmaligen Klopfen und keiner Antwort einfach eingetreten ist.

„Guten Morgen. Entschuldigen Sie bitte, wir haben Sie nicht gehört", empfängt Anita die Frau, die lächelnd abwinkt.

„Ich hoffe, ich habe Sie nicht gestört. Wollte einfach wissen, ob sich etwas Neues ergeben hat", sagt Frau Boll und schaut interessiert auf die Tafel.

„Wir warten auf einen Anruf vom Kollegen. Es könnte sein, dass wir den Ort gefunden haben, wo die zwei Frauen noch immer gefangen sind", erklärt Anita und in dem Moment klingelt ihr Handy. Stefan ruft an und sie drückt sofort auf laut, damit alle zuhören können.

„Hallo Stefan, was hast du herausbekommen?", fragt Anita und setzt sich hin.

„Wir sind hier vor Ort, können jedoch erst einmal nichts machen. Sowie wir über die Straße gehen und uns dem Grundstück nähern flippen die Hunde förmlich aus. Zwei riesige Kampfhunde, so was hast du noch nicht gesehen", erläutert Stefan die Lage.

„Und habt ihr mit jemanden aus dem Ort reden können?", hakt Anita nach.

„Ja, der alte Herr war ein Einzelgänger und seitdem seine Frau gestorben ist, das muss mehr als zwanzig Jahre her sein, hat man ihn kaum noch gesehen", antwortet er zügig.

„Und die letzten Jahre? Irgendetwas auffälliges?", will Anita wissen, denn die Hunde sind bis jetzt das einzige Indiz dafür, dass sie das richtige Grundstück haben.

„Eine ältere Dame hat gesagt, dass der Herr erwähnt hatte jemanden gefunden zu haben, der den Hof übernehmen will. Aber sie hat ihn schon seit langem nicht mehr gesehen und dachte, er wäre vielleicht in einem Heim. Die dazugehörigen Felder wurden jedoch nicht weiter bewirtschaftet, nur das Haus etwas ausgebaut. Wer das war, konnte sie auch nicht sagen, beobachtet wurde niemand", erklärt Stefan und ist selbst damit nicht zufrieden.

„Und keinem ist aufgefallen, dass da etwas nicht stimmt?", will Anita wissen.

„Nein, die Häuser liegen so weit auseinander, dass sich die Nachbarn kaum kennen, und die Leute kümmern sich anscheinend auch nicht um den Nächsten, nur um sich selbst", kommt von Stefan unverständlich, aber sie können an den Umständen nichts ändern.

„Er ist in keinem Heim. Er hat den Hof laut Unterlagen bis heute nicht verlassen", sagt Kerstin dazwischen.

„Seht ihr zufällig einen kleinen roten Opel rumstehen? Oder sonst etwas Relevantes?", fragt Anita Stefan in der Hoffnung, doch noch etwas mehr in der Hand zu haben.

„Die Scheune steht offen und es ist ein kleines rotes Auto zu sehen, aber die Marke erkenne ich nicht. Die Fenster scheinen von innen verrammelt zu sein, alles wirkt irgendwie nicht bewohnt. Und ehrlich ich nähere mich den Hunden nicht noch einmal, um dir mehr sagen zu können", erwidert Stefan, aber das reicht Anita.

„Ihr bleibt bitte vor Ort und beobachtet den Hof aus der Entfernung. Ich hole einen Durchsuchungsbefehl und komme dann zu euch. Wie wir weiter vorgehen, werde ich mir noch überlegen", sagt Anita und damit ist Stefan mit zwei Kollegen aus einem Streifenwagen, den er einfach gestoppt hat, erst einmal auf Observierung abgestellt.

„Dürfte ich mit?", fragt Frau Boll. Sie will dabei sein und Laura sofort helfen.

„Ja sicher, aber Sie müssen stets im Hintergrund bleiben", nickt Anita ihr zu.

„Das mache ich und vielleicht kann ich den Frauen etwas Halt geben, soweit sie wirklich in diesem Haus sind", erwidert die Ärztin.

„Das wäre sehr gut. Wir wissen jedoch nicht, in welchem Zustand die Frauen sind. Zudem ist da auch noch der Sohn", sagt Anita und redet gleich weiter „Ich telefoniere erst einmal mit dem Staatsanwalt. Setzen Sie sich derweil, es wird ein Weilchen dauern", lächelt Anita sie an, denn sie ist zufrieden, auf die Aussicht, endlich den Fall, mit der Befreiung der Frauen, abschließen zu können.

Laura ist schon eine Weile munter und hat das Frühstück vorbereitet. Anna liegt bewegungslos im Bett und fühlt sich immer noch sehr schlecht. Sie hat die Nacht kaum geschlafen, nicht nur vor Angst, sondern wegen der Schmerzen, die sie ständig wieder aufwecken lassen haben.

„Hilfst du mir bitte? Ich müsste mal ins Bad", fragt sie Laura, die gerade den Tisch deckt.

„Natürlich", antwortet sie und ist sofort bei ihr. Es ist genauso mühsam wie am Vorabend und Anna kann sich kaum auf den Beinen halten. Laura begleitet sie bis zur Toilette und zieht sich dann wieder zurück.

„Ruf, wenn du fertig bist", zwinkert sie ihr zu und schließt die Badezimmertür.

Laura kann sie allein lassen, denn das Fenster geht zwar auf, aber da ist ja das Gitter. Also versuchen zu fliehen ist nicht möglich und bei den Schmerzen, die sie hat auch kaum vorstellbar. Und so kann ihr Zustand ihr ebenso wenig zur Gefahr werden, falls sie immer noch nicht davon überzeugt ist, dass sie nichts mit Rolf zu tun hat. Sie bräuchte sie nur anstupsen und sie würde sich nicht mehr auf den Beinen halten können.

„Kommst du", hört sie Anna rufen und sie holt sie wieder in das Zimmer.

„Möchtest du mit mir am Tisch essen, oder lieber im Bett?", fragt Laura und Anna zeigt still auf den Stuhl.

Sie kann nicht viel zu sich nehmen, die Lippen sind aufgerissen, die Zunge tut ihr weh, da sie aus Angst auf sie gebissen hat, und durch die Schwellungen im Gesicht, kann sie den Mund kaum öffnen. Aber auch die wenigen Bisse von der belegten Toastschnitte werden sie kräftigen und ein Tee ist niemals schlecht. Lucie liegt auf dem Boden und hat immer einen schützenden Blick auf die Frauen. Jede Bewegung der beiden schätzt sie ab und bei undefinierbaren Geräuschen legt sie sich sofort vor die Tür. Anna hat es auch schon beobachtet und langsam baut sich Vertrauen zu der Hündin auf.

„He ihr beiden. Ich habe da was gefunden", hören sie Jonas vor der Tür. Anna erschrickt nicht mehr so sehr wie einen Tag vorher, aber Jonas ist ihr trotzdem unheimlich.

„Ich komm gleich", sagt Laura und hilft erst einmal Anna ins Bett. Denn auch das kurze Sitzen am Tisch bereitet ihr große Schmerzen und so legt sie sich wieder hin. Lucie sitzt neben ihr und sie muss schmunzeln, denn die Angst, die sie bis gestern noch hatte, ist gewichen. Sie kann nur hoffen und da ist sie nicht allein, dass sie bald gefunden werden.

Laura geht in die Küche und Jonas hält ihr eine Schachtel entgegen.

„Was ist das?", fragt sie überrascht.

„Ich war noch mal im Keller und habe ganz hinten diesen Karton gefunden", antwortet er und öffnet ihn. Laura glaubt nicht, was sie da sieht.

„Das sind ja Handys", lacht sie und schaut genauer hin.

„Und da sind auch Akkus und sogar ein Ladekabel. Kannst du damit was anfangen?", fragt Jonas und ist froh, etwas beizutragen, dass die Frauen vielleicht bald wieder frei sind.

„Ja klar. Ich setz mich gleich hin und werde zuerst alles sortieren", meint Laura und greift nach der Schachtel. „Aber wieso warst du da noch mal unten?", will sie wissen, denn er wollte ja erst gar nicht da hinunter.

„Ich habe Wasserflaschen gesucht. Die Kästen hat er immer da unten gelagert. Und da habe ich in die Kartons geschaut, die da herumstanden. Mein Vater war eigentlich stets sehr ordentlich und dort sah es eben ganz anders aus", erklärt Jonas und ist über seinen eigenen Mut erstaunt. Aber der dankende Blick von Laura ist ihm genug Bestätigung für das, was er getan hat.

Sie geht zurück in das Zimmer und schüttet alles aus dem Karton auf den Tisch. Sie beginnt zu sortieren und hat am Ende Einzelteile von mindestens drei Handys.

„Was hast du da?", fragt Anna neugierig.

„Rolf hat anscheinend euch die Handys weggenommen und in sämtliche Teile zerlegt", antwortet sie und versucht, eines wieder zusammenzubauen.

„Ist da eine blaue Hülle mit einem Schmetterling dabei?", will Anna wissen und macht einen langen Hals.

„Ja", lächelt Laura und packt kurzer Hand alles auf das Bett.

Gemeinsam fangen sie an, eines aus den vielen Teilen zusammenzubasteln. Auch wenn sie es vielleicht mit jeden könnten, haben sie nur für das von Anna die PIN. Die Akkus sind leer, aber sie benötigen wenigstens einen, um das eine von Anna wieder starten zu können. Sie versucht derweil, die Karte bei einem einzusetzen und es mit ihrer PIN zu aktivieren. Aber es funktioniert nicht. Alle drei Handys müssen erst einmal aufgeladen werden und so steckt Laura erst mal eines an. Nun heißt es warten, zumindest bis der Akku ein wenig geladen ist und um zu sehen, ob Rolf sie versucht hat zu beschädigen.

Inzwischen macht Laura den Fernseher an, um sich auf dem neusten Stand der Ermittlungen zu bringen. Jedoch findet sie keinen Sender, der irgendetwas in diese Richtung bringt.

Enttäuscht geht sie ins Bad und holt das Verbandsmaterial. Sie will die Kompresse auf der Kopfplatzwunde wechseln, weil sie schon durchgeblutet ist. Die anderen hebt sie nur an und trägt nochmals etwas Salbe auf. Zudem versucht sie damit, ihre Aufregung vor dem rettenden Anruf zu überspielen.

Gegenüber dem Gehöft halten zu der Zeit weitere Polizeiautos. Schon die ersten zwei wurden von denen, die vielleicht da drin sind, nicht bemerkt, auch weil alle Fenster zur Straße hin soweit sie erkennen mit Holz zugenagelt sind.

Stefan, der ja schon mit den beiden Polizisten über eine Stunde vor Ort ist, ist froh, dass endlich Verstärkung kommt. Es sind vier weitere Beamte und Anita, gefolgt von Kerstin mit Frau Boll.

Anita inspiziert aus der Ferne das Grundstück und wagt dann, trotz der Warnung von Stefan, über die Straße zu gehen. Sie kommt nicht einmal einen Meter an den Zaun heran als die Hunde wie wild an diesen Hochspringen, bellen und gefährlich die Zähne fletschen. Zum Glück ist die Barriere mindestens zwei Meter hoch und die fülligen, vor Kraft strotzenden Hunde können diese niemals überspringen.

„Ich habe es dir gesagt, die sind nicht ohne", empfängt Stefan sie zurück auf der anderen Straßenseite.

„Sollen wir warten, bis ein Tierarzt kommt und die Hunde betäubt?", fragt Stefan, weil er nichts davon hält einfach wild loszuballern.

„Nein, die werden sowieso eingeschläfert", entgegnet Anita scharf.

„Schon aber ...", will Stefan protestieren.

„Die haben eine Frau zerfleischt und das würden sie mit uns auch machen, wenn sie könnten", kommt zornig von ihr. „Wer übernimmt den Job?", fragt sie dann und schaut in die Runde. Sie selbst will sie nicht erschießen, nicht das sie es sich nicht zutraut, aber sie hat ihre Waffe noch nie im Einsatz benutzt und ist sich nicht sicher, dass sie mit je einen Schuss die Tiere treffen würde. Sie haben zwar in festgelegten Abständen Schießtraining, aber das hier ist etwas ganz anderes.

„Ich mach das. Sie sind genauso Bestien wie ihr Halter", kommt von einem der Polizisten, tritt auf Anita zu, der ihr Zögern bemerkt hat. Er bekommt sofort ihre Zustimmung und mit dem Griff an der Waffe überquert er die Straße. Er wird mit wilden Bellen und Knurren begrüßt. Ohne ihnen angst zu zeigen postiert er sich so, dass er beide im Blick hat und mit zwei gezielten Schüssen wird es still.

Laura ist gerade dabei eine neue Kompresse aufzulegen und mit Pflaster zu befestigen als beide Zusammenfahren.

Schüsse!

„Was war das?", wird Anna panisch und verkriecht sich unter die Bettdecke.

„Ich schau nach, Rolf kann es nicht sein, er ist doch im Gefängnis", antwortet Laura sicher, zeigt Lucie, dass sie bei Anna bleiben soll, und geht in die Küche.

Jonas ist schon dabei bei einen der Fenster ein Brett zu entfernen und dann können beide dadurch auf den Hof hinaus spähen.

Sie beobachten wie Polizisten das Grundstück betreten und zu den Hunden gehen die reglos am Boden liegen. Sie stoßen sie mit den Füßen an, aber sie bewegen sich nicht mehr. Ihr wird klar, sie haben die Bestien erschossen und sie wird ihnen keine Träne nachweinen, auch wenn sie Tiere liebt.

„Wir werden befreit", lächelt sie Jonas an.

Laura stößt Jonas an, der wie angewurzelt neben ihr steht. Langsam bewegt er sich und dann zieht er die Kommode von der Tür weg, an der schon lautstark geklopft wird.

Nur Sekunden später hebt Jonas die Arme und weicht bis zur Treppe, die nach oben führt zurück. Sein entsetzter Blick jagt Laura Angst ein, aber blitzschnell erkennt sie die Situation und rennt auf den Polizisten zu, der mit der Waffe auf Jonas gerichtet das Haus betritt.

„Nein", schreit sie, als sie die Pistole wahrnimmt. „Es ist Jonas, er hat mich die ganze Zeit beschützt", stellt sie sich nun schützend vor ihn.

„In Ordnung", sagt Anita, die neben den Polizisten tritt und legt vorsichtig ihre Hand auf die Waffe, die nun auf Laura zeigt, weil sie vor Jonas steht und drückt sie langsam nach unten.

„Sie sind Jonas Kadner?", wendet sich Anita direkt an ihn, der vor Angst nur kurz nicken kann.

„Er kann wirklich nichts für das alles hier. Das war Rolf", geht Laura dazwischen.

„Das wissen wir", beschwichtigt Anita. „Ist sonst noch jemand hier im Haus?", wendet sie sich an Laura.

„Ja, Anna liegt im Bett. Wir haben sie aus dem Keller geholt. Sie ist schlimm verletzt und ich habe ihr, so gut ich konnte geholfen", erklärt Laura und führt Anita durch die Küche. Sie folgt ihr und hat gleichzeitig die Augen überall. Sie macht sich ein erstes Bild und sieht natürlich auch die zugenagelten Fenster. Sie weiß, dass es der Eigenschutz der Jugendlichen war, und kann sich kaum vorstellen in welcher Angst sie hier die letzten Tage gelebt haben. Man kann auch sagen, überlebt haben.

„Ruft sofort einen Krankenwagen." Anita steht an der Tür und sieht Anna im Bett liegen. Ihr Anblick lässt sie einen Moment lang verharren. „Und du Kerstin bleibst bei dem Jungen und gehe mit ihm bitte nach draußen. Der ist ja total durch den Wind, aber keinesfalls verdächtig", richtet sie sich direkt an sie.

Laura zieht sacht Lucie vom Bett weg und Anita redet leise und ruhig auf Anna ein, die sich schon wieder in einem unermesslichen Angstzustand befindet.

„Laura", ruft Jonas und Kerstin kann ihn nicht zurückhalten. Sie will ihn gerade hinaus bringen, als er sich panisch umdreht.

Er läuft ebenfalls in das Zimmer und Laura fast in die Arme. „Was machen die jetzt mit mir? Ich kann und will aber hier auch nicht allein bleiben", fragt er mit Tränen in den Augen, was natürlich Anita genauso wenig verborgen bleibt.

„Jetzt werde ich dir helfen, wie du mir geholfen hast", sagt Laura leise.

„Ich hab doch gar nichts gemacht", schluchzt er.

„Oh, sehr viel sogar, und zwar für mich", lächelt sie ihn an.

„Ganz meine Laura", sagt auf einmal Frau Boll an der Tür, die sich ebenfalls nicht zurückhalten ließ, und Laura fährt herum.

„Roswita", krächzt Laura und fällt ihr in die ausgebreiteten Arme.

„Schon gut meine Liebe. Lass uns hinausgehen, die Sanitäter brauchen Platz", umarmt sie Laura ganz fest.

„Wir müssen uns um Jonas kümmern", bettelt Laura und hängt plötzlich total fertig in ihren Armen.

„Das werden wir, versprochen", sagt die Ärztin, hält sie krampfhaft fest und wendet sich ihm zu. „Komm mit Jonas, das hier drin ist viel zu viel Aufregung. Pack Laura an den Arm, wir müssen sie gemeinsam stützen." Ihre ruhigen Worte dringen tatsächlich zu ihm durch und obwohl er die Frau gar nicht kennt, greift er nach Lauras Arm und macht, was von ihm gefordert wird. Die Ärztin nimmt den anderen und dann gehen sie mit der Zustimmung von Anita nach draußen.

Schnell führt sie die beiden an den toten Hunden vorbei. Gegenüber bei der Scheune steht eine Bank, wo sie sich erschöpft setzen. Von da aus beobachten sie still, wie immer mehr Polizisten eintreffen, die jetzt jeden Zentimeter des Anwesens unter die Lupe nehmen. Anna wird nach einer Weile in den Krankenwagen geschoben und Anita kommt schließlich zu ihnen.

„Wenn Sie erlauben, würde ich Jonas in meine Obhut nehmen. Ich habe zusammen mit dem Jugendamt und Sozialdienst einige Wohngruppen. Dort würde ich ihn gern unterbringen und ebenfalls ärztlich betreuen", wendet sich Frau Boll sofort an Anita.

„Sehr gerne, aber zuerst müssen wir alle auf das Revier. Wir brauchen von jedem Aussagen. Das kann ich leider nicht ändern, weil auch der Vorwurf der unterlassenen Hilfeleistung bei ihm ansteht", sagt Anita und schaut einen nach dem anderen an.

„Was? Muss ich etwa ins Gefängnis? Ich habe doch gar nichts getan", bebt die Stimme vor Angst von Jonas.

„Sie waren die ganze Zeit mit im Haus", hält Anita dagegen.

„Wo sollte ich Ihrer Meinung nach sonst hin?"

„Hilfe holen", kommt hart von Anita.

„Wie denn, wir haben nicht einmal ein Telefon. Und er hätte mich sicher umgebracht, wenn ich nur den kleinen Finger gegen ihn erhoben hätte", schüttelt Jonas verzweifelt den Kopf.

„Wie ihre Mutter. Hat er sie getötet?", fragt Anita und alle schauen sie etwas entsetzt an, denn das sollte sie nicht hier klären.

„Sie war es selbst, sie hat das Leben mit ihm nicht mehr ertragen?", antwortet Jonas ernst.

„Wie lange ist sie schon tot?", hört Anita nicht auf, wobei Kerstin ihr bereits auf die Schulter geklopft hat.

„Ein Jahr ungefähr."

„Und warum hat dein Vater jetzt mit dem Morden angefangen?", Anita will immer mehr wissen, und zwar sofort, wo bei ihm noch alles ganz frisch ist.

„Das weiß ich nicht", wehrt Jonas ab, denn er hat wirklich keine Ahnung, was ihn dazu getrieben hat.

„Anita ist gut jetzt", greift nun Kerstin richtig ein.

„Eins noch", erwidert sie. „Was ist mit dem älteren Mann, dem Herrn Grunder? Wo ist er?", fragt sie Jonas und schaut ihn intensiv an.

„Der war, nachdem wir hier eingezogen sind nicht lange da. Ich glaube, er ist weggezogen", antwortet Jonas zaghaft.

„Er ist doch nicht weggezogen", entfährt Anita.

„Ich war zehn Jahre alt. Woher soll ich das denn wissen", wird Jonas plötzlich laut, was keiner von ihnen erwartet hätte. Anita weicht erschrocken zurück und sieht endlich ein, einen Schritt zu weit gegangen zu sein.

„Die zwei sollten jetzt in die Klinik", geht jetzt Frau Boll energisch dazwischen.

„Einverstanden", kommt leise von Anita. „Danach kommen Sie bitte auf das Revier. Wir müssen für den jungen Mann sämtliche Papiere beantragen. Er existiert ja praktisch nicht", legt sie noch nach.

„Das kann ich mit dem Sozialdienst erledigen. Und wenn wir im Krankenhaus waren, kommen wir natürlich alle zu Ihnen", wendet sich Frau Boll ruhig an Jonas sowie Anita.

„Ich werde mitkommen und erzähle, was ich kann, aber ich will ihn nicht wiedersehen", kommt leise von Jonas.

„Das brauchen Sie nicht. Wir haben so viele Beweise, die ihn eine hohe Gefängnisstrafe einbringt, aber ich hätte da trotzdem noch einige andere Fragen an Sie, als die gerade eben", versucht Anita ihn die Angst zu nehmen und ihren Auftritt zu entschuldigen. In ihrem Kopf bildet sich schon ein Bild unter welchen Umständen er und seine Mutter hier gelebt haben.

„Als seine Ärztin würde ich aber gern die ganze Zeit bei ihm bleiben, wie auch bei Laura", sagt Frau Boll weiter, weil sie jetzt schon bei den zwei die psychischen Schäden, die sie davon getragen haben, bemerkt.

„Diese Unterstützung wird beiden helfen. Vielleicht können Sie ebenso diese Anna betreuen, ich werde im Krankenhaus Bescheid sagen, dass Sie zu ihr dürfen", erwidert Anita.

„Das mache ich gern, sie haben ja alle drei unter dem gleichen Menschen gelitten", stimmt die Ärztin sofort zu. „Normalerweise behandele ich keine, die einen gemeinsamen Auslöser haben, aber bei den Jugendlichen könnte es mich sogar weiterbringen, wie auch die drei, denn sie können sich genauso gegenseitig helfen. Sie hatten alle mit diesem Rolf zu tun, jedoch jeder auf eine andere Weise", fährt sie erklärend fort.

Nach einem kurzen Blick auf all die Polizisten, die ihren Aufgaben nachgehen, redet Anita weiter. „Prima, dann werden Sie als Erstes mit Laura und Jonas ins Krankenhaus gefahren. Anna kommt auf einen anderen Weg da hin", lächelt sie Frau Boll an und schaut danach zu Laura.

Sie kauert inzwischen bei Lucie, die eine Leine angelegt bekommt. Eine nette Frau aus dem Tierheim, die ebenfalls angefordert wurde, will sie mitnehmen.

„Was passiert mit ihr? Sie ist nicht wie die da, sie hat mich beschützt", sagt Laura und zeigt auf die toten Kampfhunde.

„Ich bin darüber bereits informiert. Aber wir müssen sie erst einmal mitnehmen und ein Tierarzt sieht sie sich an. Keine Angst, bei uns wird es ihr gut gehen", entgegnet die Frau ruhig und führt Lucie zu ihrem Fahrzeug, wo er in eine Box eingeschlossen wird.

„Bitte ich werde sie abholen, so schnell ich kann. Sie gehört zu mir", meint Laura und schaut Lucie tief in die Augen. „Ich hole dich da wieder raus, das verspreche ich dir", flüstert sie dem Hund zu.

„Kommen Sie erst einmal zur Ruhe und ich garantiere Ihnen, dass er auf sie wartet und nicht anderweitig vermittelt wird", zwinkert die Frau Laura zu und schließt die Hecktür. Dann fährt sie davon und Laura steht starr da und schaut ihr mit Tränen in den Augen hinterher.

„Es wird alles wieder gut", sagt Frau Boll und legt ihr den Arm schützend um die Schulter.

„Sie sollten fahren", kommt Anita auf sie zu. „Meine Kollegin bringt Sie ins Krankenhaus", fährt sie fort und zeigt auf Kerstin, die mit Jonas an ihrem Auto steht. „Zudem hat sie bereits alle Angehörigen informiert und die Warten bestimmt schon in der Klinik." Mit diesen Worten zaubert Anita ein Lächeln in Lauras Gesicht und sie gehen sofort zu Kerstin hinüber.

Als diese abgefahren sind, geht Anita zu Stefan, der kreidebleich an der aus den Angeln gerissenen Haustür steht.

„Du kannst dir das nicht vorstellen", krächzt er und schnappt nach Luft.

„Das will ich auch gar nicht", kommt kurz von Anita. „Du warst also im Keller?", stellt sie trotzdem noch die Frage.

„Schon der Geruch da unten, lässt so viel erahnen. Die armen Frauen", bemüht er sich die Fassung zu behalten, was kaum möglich ist, nachdem er noch nicht mal alles im Keller gesehen hat.

„Würdest du bitte trotz alledem hierbleiben und Lutz zur Hand gehen?", fragt Anita und weiß genau, was sie da verlangt.

„Ja klar. Lutz ist in seinem Element und sammelt sämtliche Spuren. Das kann noch eine Weile dauern. Er lässt sogar Beweise aus dem Keller, egal wie groß sie sind, in sein Labor bringen", nickt Stefan ihr zu. „Zurzeit ist er unten und ich werde oben alles mit Fotos dokumentieren", legt er noch nach.

„Wir haben zwar einiges durcheinandergebracht wie auch die Sanitäter, aber die anderen Räume können uns ebenfalls viel Interessantes zeigen", sagt Anita und versucht, so das Leben von Rolf und seinen zwei Seiten nachvollziehen zu können.

„Ich werde nichts übersehen", grinst Stefan, der von seiner Arbeit überzeugt ist.

„Nehmt euch soviel Zeit, wie ihr braucht, und dann versiegelt bitte alles. Ich fahre ins Büro und beginne schon mal mit dem Bericht", erwidert sie, erzwingt sich ein Lächeln und ist insgeheim froh, diesen unheimlichen und gleichzeitig schrecklichen Ort verlassen zu können.

Kapitel 31

*E*rschöpft aber glücklich fällt Laura in die Arme von Kai. Nachdem er von Kerstin telefonisch informiert wurde, hat er sofort eine Vorlesung verlassen. Er küsst sie auf die Stirn, wischt ihr die Tränen der Freude aus dem Gesicht und alle schauen zu. Anita und Kerstin schmunzeln, Frau Boll atmet erleichtert aus und ist über diesen Ausgang froh, wobei sie sich sicher war, dass Laura dem gewachsen ist. Und sie hat sich nicht geirrt. Jonas wendet den Blick ab, als Kai Laura küsst. Er hat in ihr eine Freundin und zugleich eine Therapeutin gefunden. Ohne sie würde er bestimmt noch depressiv in seinem Zimmer sitzen oder wäre irgendwann seiner Mutter auf dem gleichen Weg gefolgt.

„Das ist Jonas, er hat mich beschützt", sagt Laura, die ihn mit diesen Worten Kai vorstellt.

„He Kumpel, ich kann dir nicht genug danken", geht Kai auf ihn zu, aber Jonas weicht zurück und schaut beschämt zu Boden.

„Ich glaube, der Kumpel muss erst einmal die neue Umgebung und alles was jetzt auf ihn zukommt verkraften", zwinkert Frau Boll Kai zu, der sofort begreift, dass er wohl zu heftig auf ihn zugegangen ist. Sie legt einen Arm um Jonas und führt ihn zu einem anderen jungen Mann vom Sozialdienst, der ihn zusammen mit Frau Boll einer schon wartenden Ärztin vorstellt und anschließend in eine Wohngruppe bringen will.

„Ich werde dich so schnell wie möglich besuchen", blinzelt Laura Jonas noch zu und damit scheint er auch zufrieden zu sein. Still ergibt er sich dem, was ihn jetzt erwartet, denn er hat längst begriffen, dass ihm alle nur helfen wollen.

Kai weicht Laura nicht von der Seite und nach ihrer Untersuchung, die spezifisch auf körperliche Schäden aus ist, dürfen sie das Krankenhaus verlassen. Zu Hause wird sie von Lucie erzählen, wenn sie die Ruhe dazu gefunden hat und hofft, dass Kai nichts dagegen hat, dass sie ihn aufnehmen. Ihre

Wohnung ist zwar nicht groß, aber vielleicht ergibt sich dadurch ein Umzug in eine andere. Zudem hätte sie auch immer einen Begleiter beim Joggen. Das wird sie weiterhin tun, denn sie ist sich sicher, dass nicht wieder so ein Täter unterwegs ist.

Am nächsten Morgen sitzt Anita über dem notwendigen Bericht. Die Aussagen, die Laura und Jonas wohl heute Nachmittag machen werden, wird sie nachträglich eintragen. Sie hat ihnen nach allem, was am Vortag passiert ist, erst einmal Ruhe gegönnt.

Ihr fällt es schwer, diesen Fall mit Abstand zu Papier zu bringen. Sie muss neutral bleiben sowie sachlich und objektiv. Ihre eigene Meinung dazu und unwichtige Details dürfen da nicht einfließen.

„Du bist ja ganz allein", wird Anita plötzlich unterbrochen. Andrea hat das Büro betreten und sie war so vertieft in ihrer Arbeit, dass sie es nicht bemerkt hat.

„Ja, Kerstin hat heute frei und die Jungs sind gemeinsam im Labor. Lutz hat alles, was nicht nagelfest war hierher bringen lassen. Er wird wohl noch hunderte Spuren finden und sichern", entgegnet Anita und lehnt sich zurück.

„Je mehr Beweise umso besser. Und du hast schon mit dem Bericht begonnen?", fragt Andrea, die ihr über die Schulter geschaut hat.

„Ich mach erst einmal die Formalitäten. Die Aussagen kommen später dran", erklärt sie. „Hast du deine Abschlussberichte von den toten Frauen fertig?", hakt sie neugierig nach, denn sie bekommt immer nur eine kurze Übersicht, die für den entsprechenden Fall interessant ist.

„Die sind schon bei der Staatsanwaltschaft und die Frauen werden heute noch zu den Angehörigen überführt, beziehungsweise zu den Bestattungsunternehmen. Sie können dann in den nächsten Tagen die Beisetzungen planen. Also mein kühler Raum ist wieder leer. Zum Glück", antwortet Andrea und lässt sich auf den Stuhl von Kerstin fallen.

„Hat die Staatsanwaltschaft dir gegenüber etwas erwähnt, wie lange es bis zum Prozess dauern wird?", will Anita wissen, denn sie hat keine Information darüber bekommen.

„Das können die noch nicht sagen. Zuerst müsste auch diese Anna wieder gesund werden. Sie ist eine wichtige Zeugin. Und deine schriftlichen Zeugenaussagen sowie der komplette Abschlussbericht muss ja ebenfalls erst dort vorliegen."

„Gesund? Das wird wohl eine geraume Zeit dauern. Die psychischen Schäden verschwinden nicht mit den körperlichen Wunden. Wie lange sie braucht, um vor Gericht auszusagen, ist nicht absehbar", platzt Frau Boll heraus, die ebenfalls fast unbemerkt in dem Büro erschienen ist.

„Mal sehen, ob sie wenigstens mit mir spricht. Ein paar Einzelheiten was da in dem Keller passiert ist brauch ich schon, um meinerseits alles abzuschließen", meint Anita, nachdem sie die Ärztin begrüßt hat.

„Aber bitte sehr vorsichtig. Es kann auch sein, sie macht komplett dicht", warnt Frau Boll inständig.

„Wie geht es Laura?", wechselt Anita das Thema.

„Dadurch das sie Psychologie studiert und sich somit auf den Kerl einstellen konnte, hat sie es ganz gut verkraftet. Sie kümmert sich momentan mehr um Jonas als um sich selbst. Aber ich pass auf sie auf und stehe den beiden bei einer möglichen Aussage vor Gericht zur Seite", erklärt sie.

„Das ist gut zu hören", kommt zufrieden von Anita.

„Was denkt ihr, was er für eine Strafe bekommen wird?", fragt Andrea, die stille Zuhörerin war.

„Ich hoffe lebenslänglich", prustet Anita heraus.

„Er wird wohl eher in eine spezielle Klinik kommen", dämpft die Ärztin die Aussage.

„Sie meinen in eine Anstalt", grinst Andrea.

„Ja, und dort kommt er wahrscheinlich auch nicht mehr raus. Ich kann jedoch nicht sagen, was besser ist, Knast oder Anstalt", zuckt die Ärztin mit den Schultern und redet sofort weiter. „In der geschlossenen Klinik würde er Hilfe bekommen, aber ob er sie annimmt, steht wohl in den Sternen.

Im Gefängnis dagegen könnte es für die anderen Insassen gefährlich werden."

„Wir werden alles beobachten und entscheiden wird es sowieso ein Richter", beendet Anita das Thema. „Ich werde jetzt ins Krankenhaus fahren und versuchen, mit dieser Anna zu reden. Mal sehen, ob ich etwas erreiche", legt sie noch nach und verabschiedet sich von Frau Boll und Andrea.

Kurz darauf betritt die Kommissarin das Krankenhaus und fragt sich bis zu der Station durch, wo Anna liegt.

„Darf ich bitte mit Frau Zerbst sprechen?", wendet sich Anita an die erste Schwester, die ihr über den Weg läuft.

„Ich glaub, da dürfen zur Zeit nur Angehörige in das Zimmer. Sind Sie verwandt mit ihr?", fragt die Krankenschwester und mustert Anita.

„Ich bin Kommissarin Anita Keller und wollte ihr nur ein paar Fragen stellen", antwortet Anita, zeigt ihren Ausweis und sieht im Augenwinkel eine weitere Schwester dazu eilen.

„Frau Zerbst will ausdrücklich niemanden sehen, außer natürlich ihrer Familie", geht diese energisch dazwischen und die andere huscht schnell in ein Zimmer. Vor Anita steht die Stationsschwester und stellt sich auch als diese vor.

„Das ist schlecht, da ich eigentlich ein paar Einzelheiten abfragen wollte", murmelt Anita und überlegt wie sie an dieser strengen Krankenschwester vorbeikommt. „Hat sie vielleicht Ihnen gegenüber etwas geäußert, wer ihr diese Verletzungen zugefügt hat?", versucht sie es deshalb weiter.

„Nein, sie redet kaum und darüber gar nicht", erwidert die Schwester.

„Wir benötigen dringend ihre Aussage, aber wenn es nicht geht ...", sagt Anita und dreht sich weg, um den Anschein zu erwecken, dass sie überlegt doch wieder zu gehen.

„Sie erwähnt nur ab und zu einen Namen. Und zwar Laura. Vielleicht können Sie damit etwas anfangen", antwortet die Schwester lapidar, als hätten sie jeden Tag solche Patientinnen mit diesen speziellen Verletzungen auf Station, was in Anita so etwas wie Abneigung ihr gegenüber aufkommen lässt.

„Das ist Laura Gerold. Sie wurde mit Frau Zerbst zusammen aus dieser Hölle befreit", sagt Anita und erwartet eine gewünschte Reaktion.

„Das dachte ich mir schon. Ich würde dem entsprechen, dass Sie mit ihr gemeinsam zu Frau Zerbst können", kommt trocken von der Schwester.

„Ich werde sie bitten herzukommen. Haben Sie erst mal vielen Dank", bleibt Anita trotzdem freundlich.

„Gerne", hört sie noch und hat gleichzeitig Laura schon am Telefon. Sie ist natürlich bereit, sofort zu kommen, ob sie jedoch etwas erreicht, kann sie nicht versprechen.

Es dauert nur wenige Minuten und Laura betritt gemeinsam mit Anita das Zimmer von Anna.

„Anna", sagt Laura leise und greift nach ihrer Hand.

„Laura", flüstert sie und dreht den Kopf zu ihr. Das Auge ist immer noch zugeschwollen und so schaut sie Laura nur mit dem einen an.

„Fühlst du dich inzwischen etwas besser?", fragt Laura und kann den Schmerz wie vor einigen Tagen spüren, den ihr ganzer Körper ausstrahlt.

„Es geht noch lange nicht gut, es hat sich jedoch gebessert. Mir tut immer noch alles weh, aber ich bin hier in Sicherheit", antwortet Anna bedächtig und dann zuckt sie plötzlich zusammen. „Wer ist das?", fragt sie mit bebender Stimme und schaut an Laura vorbei zu Anita.

„Keine Angst. Das ist Frau Keller die Kommissarin", entgegnet ihr Laura und streicht ihr sacht über den Arm, um sie zu beruhigen.

„Was will sie hier?", wendet sich Anna an Laura, als wäre Anita gar nicht da.

„Ich weiß es ist schwer, aber sie möchte dir ein paar Fragen stellen."

„Ich will das alles vergessen und nicht darüber reden", schüttelt Anna den Kopf.

„Aber wir zwei sind die Einzigen, die erzählen können, was da abgegangen ist", hält Laura dagegen.

„Das wissen die doch, was soll da meine Aussage noch nützen? Außerdem haben sie den Kerl."

„Stimmt, aber mit dem, was wir zu sagen haben, können wir ihn für immer hinter Gitter bringen, nicht nur ein paar Jahre", versucht Laura sie zu überreden.

„Hast du schon ausgesagt?"

„Nein, das mache ich heute noch oder morgen, aber bei mir waren es die psychischen Qualen. Bei dir ist es doch ganz anders."

„Die wissen auch längst, was er mir angetan hat. Alle Verletzungen haben sie sich angeschaut und sogar Fotos davon gemacht", sträubt sich Anna eisern und ignoriert Anita immer noch, die sich nun auf die andere Seite des Bettes gestellt hat. Das Diktiergerät hat sie längst angeschaltet, was die beiden gar nicht mitbekommen haben.

„Bitte bloß ganz kurz. Du musst nicht alles erzählen, vielleicht nur die Entführung. Das wäre schon etwas", sagt Laura und Anita zwinkert ihr fast unbemerkt zu, denn sie könnte es nicht besser machen, eine so traumatisierte Frau zum Reden zu bringen.

„Er hat mich beim Joggen überfallen. Von hinten. Ich hatte Kopfhörer drin und ihn nicht gehört", beginnt Anna zaghaft und Laura nickt ihr aufmunternd zu. „Er hat mir etwas auf den Mund gedrückt und dann ..." Sie holt tief Luft und scheint zu überlegen, ob sie weiterredet oder nicht.

Laura sagt nichts, weil sie allein entscheiden muss, was sie preisgibt, denn sie weiß selbst wie schwer das auf der Seele liegt und man es vielleicht nie verarbeitet.

„Ich bin im Keller wieder zu mir gekommen, als er mich gegen die Wand geschleudert hat. Ich glaube, da hat er mir schon einige Rippen gebrochen. Später hat er ...", unterbricht sie abermals. „Immer wieder und überall", sagt sie als Letztes und bricht mit einem Schluchzen ab.

Anita hat inzwischen ein Foto von Rolf auf das Bett gelegt und nur mit einem stillen Hinweis gebeten es ihr zu zeigen. Laura greift mit zitternden Fingern danach und kann den Anblick selbst kaum ertragen.

„Anna, eins hätte ich noch", sagt Laura, ihre eigenen Tränen unterdrückend, dass sie einen Blick auf das Foto werfen soll.

Sie tut es, beginnt sofort zu zittern, dreht den Kopf zur Seite und weint bitterlich.

Anita verlässt zutiefst berührt, still und nur mit einem kurzen Blickkontakt zu Laura den Raum.

Sie bleibt noch sitzen und versucht tröstend auf Anna einzureden. Den Schmerz kann sie nicht mit ihrem vergleichen, aber sie will ihr weiterhin helfen.

„Anna, ich gehe jetzt. Deine Eltern sind da", sagt Laura einfühlsam, die Mutter und Vater vor der Tür stehen sieht.

„Kommst du wieder? Du bist die Einzige, die mich richtig versteht."

„Ja natürlich, du kannst auch zu jeder Zeit anrufen."

„Das ist lieb von dir."

„Anna, du brauchst aber nicht nur mich, sondern auch eine Therapie", versucht Laura vorsichtig das Thema anzuschneiden.

„Ich weiß und da war schon einer vom Krankenhaus hier, ich konnte jedoch nichts sagen", erwidert Anna und schüttelt den Kopf.

„Ein Mann? Bei den Hintergründen?", kommt entsetzt von Laura. Wie unsensibel kann man nur sein.

„Ich dachte auch, die wollen mich veräppeln."

„Ich hätte da eine Idee. Meine Psychologin hat schon angedeutet, dass sie ebenfalls für dich da sein möchte", schlägt Laura ihr vor.

„Würdest du das für mich organisieren?"

„Aber sicher", lächelt Laura sie zufrieden an, denn es ist der erste Schritt, sich auf die Aufarbeitung einzulassen.

„Ich werde dir Bescheid geben, wenn ich so weit bin."

„Warte aber nicht zu lange. Es wird immer schwerer, alles zu verarbeiten, je mehr Zeit vergeht, in der du es mit dir herumschleppst", sagt Laura eindringlich.

„Glaube mir, ich werde keine Einzelheit je vergessen. Ich kann wahrscheinlich bei ihr nur lernen, mit ihnen umzugehen und damit zu leben", erklärt Anna und zittert schon wieder nur bei den Gedanken an die Zeit im Keller.

„Aber immer noch besser als nichts zu tun, denn sonst kannst du daran kaputt gehen", betont Laura und sie meint es wirklich ernst. „Wir können auch später darüber sprechen", redet sie weiter und will, dass die Anspannung sie wieder loslässt.

„Danke für dein Verständnis", flüstert Anna und versucht, ein wenig zu lächeln.

„Tschüss und werde schnell wieder gesund, zumindest körperlich", steht Laura auf und will die Eltern zu ihr lassen.

„Ich streng mich an", sagt Anna und schaut etwas bedrückt.

„Bis bald", winkt ihr Laura noch einmal zu und macht den traurig schauenden Eltern platz.

Anita ist mit den Ermittlungen zufrieden und kann den für ihr Revier schlimmsten Fall abschließen. Nach diesen aufregenden und schweren Tagen zieht wieder etwas Ruhe ein.

Einige Monate später bekam Rolf eine lebenslange Haftstrafe mit Sicherungsverwahrung.

Er wurde in eine geschlossene Anstalt eingewiesen und eine Behandlung samt Therapie angeboten. Aber er lehnt ab und scheint seine böse Seite, die den Mann inzwischen fast ganz beherrscht, zu genießen. Wie lange das anhält und ob er seine Meinung jemals ändert, ist dahingestellt. Seine Zukunft ist hinter Gittern, egal in welchem Zustand.

Die Zukunft von Laura und Anna sieht dagegen viel besser aus. Mit Hilfe der Ärztin Frau Boll haben beide ihr Leben bald wieder im Griff. Spuren werden immer bleiben, sie müssen nur lernen, mit ihnen umzugehen.

Lucie durfte wie versprochen zu Laura und ist seitdem stets an ihrer Seite. Sie liebt sie genauso bedingungslos wie zuvor Michell. Lauras Liebe und Dankbarkeit hat sie fest zusammengeschweißt.

Jonas lebt in einer Wohngruppe, wo er sich erstaunlich schnell eingelebt hat, und er kommt mit anderen Jugendlichen bestens zurecht. Seine Depression ist der Neugierde auf das alles, was er die letzten Jahre verpasst hat, gewichen. Er nimmt jede Hilfe, die er bekommt an und hat damit einen neuen Abschnitt seines Lebens begonnen. Frei und immer mit liebevollen Erinnerungen an seine Mutter Michell.

Über die Autorin

Ich, Angela Zimmermann, wurde 1966 geboren, bin Mutter eines erwachsenen Sohnes und lebe heute mit meinem Mann in Dippoldiswalde / Deutschland.
Nach mehrjähriger Tätigkeit in dem Beruf als Uhrmacherin widme ich mich nun dem Schreiben.
Das Interesse dazu, war schon lange da, und 2011 fand ich endlich die Zeit und Ruhe, alles niederzuschreiben.
Mit dem Erscheinen des ersten Romans 2014 im Verlag DeBehr begann eine Wende in meinem Leben. Insgesamt fünf weitere Romane sind im Telegonos-Verlag erschienen, leider aber nur noch über den persönlichen Kontakt zu mir erhältlich.

Ich lote mit den Geschichten die Grenzen der menschlichen Existenz aus und befasse mich mit Erscheinungen, die über das normale Fassbare für uns hinausgehen.

Bei BoD – Books on Demand, erscheint nun mein zweiter Thriller von mir als Selfpublisher. Da habe ich ebenfalls schon einen Roman veröffentlicht. Ein weiteren findet ihr bei epubli.
Weitere Informationen findet ihr hier: autorin-angela-zimmermann.jimdofree.com

Veröffentlichte Fantasy-Romane:
Als du nicht da wart, hielt unsere Liebe mich fest
Geliebtes fremdes Wesen
Mein neues altes Leben
Erlös mich, wenn du kannst
Dem Himmel verbunden

Trilogie:
Angie – Die Prüfung
Angie – Zwischen Gegenwart und Vergangenheit
Angie – Das Familienband

Thriller:
10 Tage Angst